葉嘉莹谈词

(第二版)

葉嘉莹 著

南開大學出版社

图书在版编目(CIP)数据

叶嘉莹谈词 / 叶嘉莹著. —2版. —天津：南开大学出版社，2015.11（2017.1重印）
ISBN 978-7-310-04988-2

Ⅰ.①叶… Ⅱ.①叶… Ⅲ.①词(文学)－诗词研究－中国 Ⅳ.①I207.23

中国版本图书馆 CIP 数据核字(2015)第 226864 号

版权所有　侵权必究

南开大学出版社出版发行
出版人：刘立松
地址：天津市南开区卫津路 94 号　邮政编码：300071
营销部电话：(022)23508339　23500755
营销部传真：(022)23508542　邮购部电话：(022)23502200

＊

天津泰宇印务有限公司印刷
全国各地新华书店经销

＊

2015 年 11 月第 2 版　2017 年 1 月第 2 次印刷
230×170 毫米　16 开本　15.5 印张　2 插页　217 千字
定价：36.00 元

如遇图书印装质量问题,请与本社营销部联系调换,电话:(022)23507125

目 录

本体论 ………………………………………………………… *1*
 词的美感特质 ………………………………………………… *3*
 言外意蕴 …………………………………………………… *20*
 弱德之美 …………………………………………………… *30*
 诗词之别 …………………………………………………… *35*
 词曲之别 …………………………………………………… *48*

批评论 ……………………………………………………… *49*
 传统词学批评 ……………………………………………… *51*
  清前期词学之困惑 ……………………………………… *51*
  浙西派词论 ……………………………………………… *56*
  常州派词论 ……………………………………………… *60*
  王国维词论 ……………………………………………… *71*
  其他词论 ……………………………………………… *101*
 西方文艺批评 …………………………………………… *105*
  诠释学 ………………………………………………… *106*

现象学 *113*
　　符号学 *117*
　　新批评 *128*
　　接受美学 *130*
　　女性主义 *143*
　　解析符号学 *156*
　　意识批评 *162*

词史论 *165*
　词的演进历程 *167*
　　歌辞之词 *186*
　　诗化之词 *190*
　　赋化之词 *198*
　词与世变 *205*
　词与性别 *216*

其他 *233*

摘录书目 *241*

说　明

一、本书是叶嘉莹先生历年著作中词学理论论述的原文摘录，由于体例及篇幅所限，个别摘录片段难免有取其一点不及其余之处，因此我们在每段摘录后都标出了原文出处及页数，以便读者参阅其全篇。

二、本书摘录书目中的16本专著，只是先生著作中涉及词学理论的一部分，书中篇目最早的发表于1970年，最近的发表于2008年，论文与演讲则是近期新作未及发表或已发表而未结集成书者。

三、限于各人之阅读视野与理解深度的不同，我们摘录的这些零金碎玉和所做的简单归纳分类目录恐不足以完整地概括先生的整个词学理论体系，我们的初衷只是为想要了解这个理论体系的读者提供一点方便而已。

四、本书仅收录先生词论中较为宏观的论点，先生论及具体词人词作的内容拟另外结集成册。

五、参与此书之编录者为叶嘉莹先生目前正在南开大学的部分弟子，名单如下（按姓氏音序排列）：安易、曹利云、黄晓丹、可延涛、李东宾、陆有富、靳欣、任德魁、汪梦川、熊烨、张静。

本 体 论

词的美感特质

一

早期的小词,原是文士们为当日所流行的乐曲而填写的供歌唱的歌辞,这一类"歌辞之词",作者在写作时既本无"言志"之用心,因此黄山谷乃称之为"空中语",这原是可以理解的。不过,如我在《传统词学》一文中之所言,这类本无"言志"之用心的作品,有时却反而因作者的轻松解放的写作心态,而于无意中流露了作者潜意识中的某种深微幽隐的心灵之本质,而因此也就形成了小词中之佳作的一种要眇深微的特美。(《词学新诠》页 59)

二

要想真正衡定词这种文类本身的意义与价值,我们自不能忽视《花间集》中对于美女与爱情之叙写所形成的词在美学方面的一种特殊的品质,以及此种特殊的品质在以后词之演进和发展中所造成的一种特殊的影响。(《词学新诠》页 62)

三

究竟是由于什么样的因素,才使得这些艳歌小词具有如此强大的吸引力,竟使得当日的士大夫们乃甘冒礼教之大不韪,虽在极强烈的矛盾和忏悔中,也终于投向了对这类小词之创作与评赏的呢?关于此一问题,我们所可能想到的最简单且最明显的答案,大约可归纳为以下两点:其一可能是由于小词所配合来歌唱的音乐之美……其次则可能是由于当日的士大夫们,在为诗与为文方面,既曾长久地受到了"言志"与"载道"之说的压抑,而今竟有一种歌辞之文体,使其写作时可以完全脱除"言志"与"载道"之说的压抑和束缚,而纯以游戏笔墨作任性的写作,遂使其久蕴于内心的某种幽微的浪漫的感情,得到了一个宣泄的机会。(《词学新诠》页64～65)

四

小词之所以特具强大之吸引力者,实在更可能由于经过了写作和评赏的实践,这些士大夫们竟逐渐体会到了这一类艳歌小词,透过了其表面所写的美女与爱情的内容,竟居然尚具含有一种可以供人们去吟味和深求的幽微的意蕴和情致。只不过这种意蕴和情致,就作者而言既非出于显意识之有心的抒写,就读者而言也难于作具体的指陈和诠释,有些词学家如常州词派的张惠言,可以说就是对此种幽微之意蕴颇有体会的一个读者,但他却犯了一个最大的错误,就是想把这种幽微的意蕴,一一加以具体的指述,于是遂不免陷入于牵强比附之中而无以自拔了。至于《人间词话》的作者王国维,当然也是对小词中这种幽微深隐之意蕴深有体会的一位读者,所以他一方面虽批评张惠言的比附之说为"深文罗织",但另一方面也曾经用"成大事业、大学问"之"三种境界"来评说晏殊等人的一些小词。他之较胜于张惠言者,只不过是未曾将自己的说法指称为作者之用心而已。(《词学新诠》页65～66)

五

过去的词学家们之所以会对于词之雅郑的问题,词之比兴寄托的问题,词之本色与变格的问题,词在诗化和赋化以后当如何加以评赏和衡量的问题,张惠言与王国维二家说词之以不同的方式重视言外之感发的问题,不断地产生种种困惑和争议,私意以为盖皆由于旧日的词学家,不敢正视花间词中之女性叙写,未尝对之作出正面的美学特质之探索的缘故。(《词学新诠》页113~114)

六

小词中所叙写的闺房儿女的相思怨别之情,果然具有一种可以使读者产生对贤人君子不得志于时者的幽约怨悱之情的联想。这种微妙的作用,原是艳歌小词所具含的一种特殊的美学特质,与传统诗歌中的有心为之的比兴寄托之作原有着很大的差别。(《词学新诠》页136~137)

七

殊不知苏、辛词之佳者,原来也都在其能于超旷豪放中,而仍具有一种含蕴深远耐人寻绎的属于词之特美。只不过由于苏、辛二人之达至此种特美之境界,主要乃在其情意之本质,而不重在安排之技巧而已。(《词学新诠》页156)

八

所谓"要眇"者盖专指一种精微细致的富于女性之锐感的特美。此种特美既最适于表达人类心灵中一种深隐幽微之品质,而且也最易于引起读者心灵中一种深隐幽微之感发与联想。只不过这种特质在词之不断的演进中,又曾逐渐形成了几种不同的情况:在五代宋初的歌辞之词阶段,作者填写歌辞时,在意识中既往往并没有言志抒情之用心,故其表现于词中的此种特美,遂亦往往只是作者心灵中一种深隐幽微之品质的自然流露。因此这一类词遂亦往往可以给读者一种最为自由也最为丰美的感发与联想。这可以说是属于词之第一类的"要眇"之美。至于在苏、辛诸人的诗化之词中,则作者虽然在意识中已有了言志抒情的用心,然而由于作者本身之修养、性格、志意和遭遇的种种因素,因而遂形成了一种曲折深蕴的品质,而且在抒写和表达时,其艺术形式也足以与其内容之曲折含蕴之品质相配合。所以虽在超旷和豪迈中,便也仍能具有一种深隐幽微之意致。这可以说是属于词之第二类的"要眇"之美。至于周、姜、史、吴、王诸家的赋化之词,则往往是以有心用意的思索和安排,来造成一种深隐幽微的含蕴和托喻,这可以说是属于第三类的"要眇"之美。(《词学新诠》页166)

九

《伯夷列传》真是写得隐约幽微,他有很多真正要说的话都没有说出来,往往是中间说了一半就断掉了,然后用一个疑问来做结尾。而这种章法就是张惠言所说的"贤人君子幽约怨悱不能自言之情",他没有办法完全表白出来。同样,有这种感情写出来的词才是好词。(《陈曾寿词中的遗民心态》,未刊演讲稿)

十

陈曾寿的感情,他为什么不能解脱?为什么以一个汉族人要忠于满族?都已经革命了,他为什么依旧要忠于那个帝制的满清?而且溥仪已经被日本人挟持到东北,成立了伪满洲国,他为什么还追随溥仪到了伪满洲国?为什么?这样的一个人,所以大家从来不讲他的诗词,就像那天我讲汪精卫,大家说汪精卫是"汉奸",所以也从来没有人讲汪精卫的诗词。可是以词来说,这些人,正是因为他有很多"贤人君子幽约怨悱"的感情,他有很多不得

已的地方,所以反而形成了其词的一种特殊美感。(《陈曾寿词中的遗民心态》,未刊演讲稿)

十一

无论是司马迁的《史记》,冯延巳、苏东坡、辛稼轩的词,还是汪精卫、陈曾寿的诗词,很多作品都有一种不得已的感情,我们要知道他们的不得已,而小词之所以妙,正在于此。(《陈曾寿词中的遗民心态》,未刊演讲稿)

十二

诗词当然都有好的作品,但是词更适合于写一种不得已的感情。所以张惠言就说,词可以道"贤人君子幽约怨悱不能自言之情,低回要眇,以喻其致"。张惠言论词表面上看起来牵强附会,但是他真正掌握了词的一种很微妙的地方。他说词可以写出贤人君子幽深的、隐约的、哀怨的、悱恻的而且是不能说出来的一种感情。不能说出来怎么样?你就用词来表现,所以写得如此低回,如此婉转,如此深微要眇。(《陈曾寿词中的遗民心态》,未刊演讲稿)

十三

我们举了很多古人的作品,从五代两宋举起,现在举到陈曾寿,你就知道好词是如此的,那真是奇妙!所以王国维说"天以百凶成就一词人",我向来不愿意说这句话。就是说一个人要经过很大的患难,而且真的是幽约怨悱,把他说不出来的感情用小词来表现,才能写出最微妙的作品。(《陈曾寿词中的遗民心态》,未刊演讲稿)

十四

很多人认为中国这些小词,都写风花雪月,有何内容可言?可是就是这些风花雪月的小词,才真的表现出了一个作者、一个诗人的心情、品格、经历和对人生的体验,读这些小词往往比看那些满纸仁义道德的大块文章更能使你感动。(《北宋名家词选讲》页36)

十五

词的内容和形式结合起来形成了词的美感。哪里有一个停顿,哪里增加一个姿态,这都与词的美感有很密切的关系。后来的人不懂,他们认为只应按文法标点,文法上都通了,却不知道这样一来就把词的美感给破坏了。……(姜夔《扬州慢》)你如果念成"念桥边红药,年年知为谁生",就显得比较笨,比较死板和生硬。要是你念成"念桥边,红药年年",停顿在"年年"这里,再接以"知为谁生",就有一种情韵的荡漾,里面包含着沧桑的悲慨。(《北宋名家词选讲》页141)

十六

中国自古有这样的托喻是不错的,现在的问题就在于,屈原是有心的,曹子建是有心的,温庭筠是有心的还是无心的?流行的歌词本来就是写美女和爱情,温庭筠写歌词,写美女和爱情,是很平常的事情,不见得是有心托喻的。现在发生了一个很微妙的现象,所以很多人讲温庭筠的歌词,就用屈原的那种类型,或是曹子建的类型来讲,说是"男子作闺音"的托喻"古已有之"。可是这有一个很重要的分别,屈原、曹子建是有心的,而温庭筠未必是有心的。(《爱情与道德的矛盾和超越——谈词学的发展过程》,未刊演讲稿)

十七

美女和爱情与道德有了矛盾,所以就有人出来辩护,说写的不是美女和爱情,温庭筠是"感士不遇",韦庄是怀念故国,留蜀后思念唐朝。果然有这种喻托吗?屈原是果然有的,曹子建是果然有的。可是小词的妙处在于不能确知,因为它本来就是歌词,歌词就是写美女跟爱情。有两个原因使小词有了这种可能性:一个是双重性别,一个是双重语境。双重性别就是,温庭筠本来是男子,可是他写的歌词是用女子的心情来写的,他不见得是有心的托喻,读者在接受的时候有他自己的想法,但接受的信号灵不灵呢,其中也不是没有道理。张惠言只是说他有这样的意思,但没有明确地给出诠释为什么有这样的意思。(《爱情与道德的矛盾和超越——谈词学的发展过程》,未刊演讲稿)

十八

这种重神不重貌的评赏态度,在对"词"的评赏中,比对"诗"的评赏尤为重要。……如果只从"貌"这一方面来讲,"词"的伦理价值有时就似乎颇有疑问了。可是,有一件值得注意的有趣的事,那就是惟其因为"词"之写作,在早期词人的意识中,并不需存有"言志"的用意,所以有一些作者却反而在这种并不严肃的文学形式中,偶然无意地留下了他们自己心灵中一些感发生命的最窈眇幽微的活动的痕迹,这种痕迹常是一位作者最深隐也最真诚的心灵品质的流露,因此也就往往更具有一种感发潜力。这一类作品,纵然在外貌上所写的只是一些并不合于伦理价值的情诗艳词,可是就其本质所能带给读者的影响而言,有时竟能唤起读者心灵中某种崇高美好之意念,而引起一种正面伦理的感发。这正是五代、北宋一些品质最好的词人所曾经达到的最高的成就。(《迦陵论词丛稿》〔代序〕页10~11)

十九

词之以深微幽隐富于言外之意蕴者为美的这种美学品质之形成,原来也就正因为在早期令词之发展中,有些作者曾经各以其内心中的某一点"难言之处",于无意中结合进入了小词的叙写之中的缘故。即如温庭筠的仕宦不偶的才人失志之悲,韦端己的身经亡国乱离的死生离别之痛,冯延巳之深感国势岌危而不能有所匡救的危苦烦乱之心,甚而降至南宋的豪杰词人辛弃疾之壮志难酬而历经挫折的苍凉沉郁之怀,凡此种种,若从广义的眼光来看,实在都可以说是有一种"难言之处"。(《清词丛论》页65~66)

二十

朱(彝尊)氏在前一篇序文(《〈红盐词〉序》)中,既曾提出词是"不得志于时者所宜寄情",可是在后一篇序文(《〈紫云词〉序》)中,他却提出词"宜于宴嬉逸乐,以歌咏太平"。这其间的矛盾,是显然可见的。……事实上是,朱氏这两段看似矛盾的序文,原来却分别关系着词之美学特质方面的一些重要问题。……早期的歌辞之词,原是"宴嬉逸乐"之作,这本是不错的;其可以于无意中反映出一些"不得志于时"的贤人君子们的潜隐的心态,也是不错的。朱氏的两篇序文,虽然原带有酬应之性质,因此遂不免因其写作之对象及写作之时地的不同,而提出了两种看似矛盾的说法。但这两种说法却实在也正反映了词之一体两面的一种美感特质。(《清词丛论》页109~111)

二十一

当词要写一种弱势的、被损害、被侮辱的感情时,词体是更容易、更适合写这种感情的,这是很微妙的。(《清词丛论》页262)

二十二

既然有这么多道德、文章、功业不可一世的人物都加入了写词的行列,于是,一件很奇妙的事情就发生了。大家就逐渐发现:这些写美女和爱情的曲子,果然是有高低的不同,有雅俗的不同,有深浅的不同!《从西方文论看花间词的美感特质》,《迦陵说词讲稿》页14)

二十三

词之所以受到文人们的喜爱,还不仅仅是由于它的曲调之美和摆脱了传统礼教的约束,更重要的一点在于,它形成了不同于诗的一种特质。(《从西方文论看花间词的美感特质》,《迦陵说词讲稿》页22)

二十四

小词也是如此,它本是配合隋唐之间一种新兴音乐来演唱的流行歌曲,并没有什么深意,然而当它落到诗人文士的手里之后,在他们的潜意识之中不知不觉地就达成了这种微妙的结合,形成了一种双性的人格和双性的品质,所以才使得小词产生了引起读者丰富联想的可能性。(《从西方文论看花间词的美感特质》,《迦陵说词讲稿》页40)

二十五

小词的好坏在神不在貌,是在它精神品质表现了什么,而不在它的外表写的是什么。(《谈中国诗词文本中的多义与潜能——一九九四年冬在南开大学七十五周年校庆学术报告会上的讲演》,《迦陵说词讲稿》页56)

二十六

词有雅、郑之分,在它精神的品质而不在它的外表写了什么。同样写美女,同样写妆饰,同样写相思,而其中果然有深浅广狭高低之不同。(《谈中国诗词文本中的多义与潜能——一九九四年冬在南开大学七十五周年校庆学术报告会上的讲演》,《迦陵说词讲稿》页68)

二十七

　　词人要说的是什么？是大家都写的美女和爱情。可是很奇妙，当一个词人在游戏笔墨，随随便便给一个歌曲填上一首歌辞的时候，有时在无意之中反而把内心中最深隐、最细微的一种感受、感情或体会流露出来了。这正是词的妙用，也是一首好词所具备的一种特殊的美学特质。（《谈中国诗词文本中的多义与潜能——一九九四年冬在南开大学七十五周年校庆学术报告会上的讲演》，《迦陵说词讲稿》页71～72）

二十八

　　在我看来致使小词意蕴丰富起来的原因，一种是"双重性别"的作用。……致使小词意蕴丰富起来的另一种原因，是"双重语境"的作用。（《当爱情变成了历史——晚清的史词》，《迦陵说词讲稿》页98）

二十九

　　古今诗人感慨时代的时候常常用伤春来喻托，所以五代那些相思怨别、感时伤春的小词就充满了多种诠释的可能性。不过这种诠释的多种可能性，对当时的作者本人而言，只是 unconsciously、subconsciously，无意识地潜意识地有所流露，和屈原、曹植有心之喻托有本质的不同。正因为小词的作者，在他们的显意识之中写的真的就是伤春和怨别，所以才使得小词那种微妙的作用得以形成，能够引起读者丰富的联想。（《当爱情变成了历史——晚清的史词》，《迦陵说词讲稿》页99）

三十

　　小词的美感特质既不是比兴，也不是《离骚》美人香草的喻托。因为比兴和《离骚》里的喻托都是有心有意的,而小词中那种微妙的作用则是无心无意的,这正是小词吸引人的地方。(《当爱情变成了历史——晚清的史词》,《迦陵说词讲稿》页103)

三十一

在中国的文学传统之中,词是一种特殊的东西,本来不在中国过去的文以载道的教化的、伦理道德的、政治的衡量之内的。在中国的文学里边,词是一个跟中国过去的载道的传统脱离,而并不被它限制的一种文学形式。这是非常值得注意的一点。它突破了伦理道德、政治观念的限制,完全是唯美的艺术的歌词。可是,后来却发生了一种很奇妙的现象,就是后来词学家、词学评论家,他们就把道德伦理的价值标准,加在中国这个本来不受伦理道德限制的歌词上面去了。(《唐宋词十七讲》页6)

三十二

中国的词是一种非常奇妙的文学作品,它本来是不在社会伦理道德的范围标准之内的。可是,词这个东西很奇妙的一点,就是它可以给读者丰富的多方面的联想。我们说仁者见仁,智者见智。读者因自己的修养、品格和过去所受到的教育的背景、环境、传统的不同,而能够从里边看出来新鲜的意思。(《唐宋词十七讲》页8)

三十三

词就是有这样一种微妙的作用。就是说他本来没有要写自己理想志意的用心,只是给美丽的歌女,写一些漂亮的爱情的歌词。可是他不知不觉地就把他最深隐的本质,这不是拿腔作态说出来的什么伦理道德,而是他自己真正的感情人格的最基本的本质,无意之中,unconscious,不经意之间流露表现出来了。(《唐宋词十七讲》页12)

三十四

在中国文学的体式之中,最能够引起读者自由想象和联想的是词这种体式。我也说过,那是因为诗有一个言志的传统,是我自己内心的情思意志,是一个诗人作者的显意识的 conscious 的活动,词因为它是写给歌筵酒席间的歌女去歌唱的歌词,作者没有一个自己明显的意识,说我要写自己的理想志意,作者不一定有这个意思。可是,就在他写那种伤春悲秋、伤离怨别的小词里,无心之中流露出来了他内心的心灵感情的深处那种最幽微、最隐约、最细致的一种感受,那种情意的活动。(《唐宋词十七讲》页131)

三十五

在词调里边,一般说起来,如果双式的句法多,像周邦彦的《解连环》,它表现感情的情调,是缠绵往复低回。如果单式句法较多,它表现得就比较飞扬悠远。所以,念的时候节奏不同。而音乐的节奏不同,往往就影响情调的不同。(《唐宋词十七讲》页238～239)

三十六

从男女之间相思爱慕的感情引起喻托的联想还不仅是中国诗歌的传统而已,同时这也是西洋文学的传统,不管你爱慕的是什么,是理想、事业、主义或宗教等等,在人世之间最具体、最鲜明、最强烈、最容易引起人们共鸣的还是男女之间的相思爱慕之情,这正是词这种本来只是歌筵酒席之间毫无深远意义和价值的歌曲后来竟可以引申出这样深广寄托的含意的主要原因。(《论温庭筠词之二》,《唐五代名家词选讲》页15)

三十七

词,它的这种长短错落的、曲折变化的形式,本来天生来的这个形式就适合于传达人类内心之中的最幽隐深微的一份感情,这是一个原因,就是有些个你用那种整齐的五个字七个字不能够曲折婉转地说出来的,而你用词可以传达出来,所以王国维才说:"词能言诗之所不能言。"你内心最幽隐最细微的情意,有的时候不是诗所能传达,而是词所能传达的,这是第一个应该注意。还有第二个应该注意的,古人说的,观人于揖让,不如观人于游戏……中国古时候作诗有一个比较严肃的传统,诗是言志的,诗差不多都有一个主题,而且都是常常有一些很严肃的主题……可是词呢?是正因为它当时初起的时候,是不严肃的,是不被尊重的,所以这些文人才士们当他们不经意之间,随便填写小词的时候,反而把他们内心之中的最幽隐的、最委曲的,甚至连他自己意识里面都没有意识到的,在他不知不觉之间就把它流露出来了。……词具有这种很微妙的性质,就是你可以从这样优美的、幽微的事物中间,体会一种最精微优美的心灵和感情的状态,而且是那个作者无形之中所流露出来的真正的最内在的一种心灵和感情的状态。(《温庭筠、韦庄、冯延巳三家词总论》,《唐五代名家词选讲》页112～113)

三十八

可我以前也说过了,"观人于揖让,不若观人于游戏"。要看一个人在大庭广众之间的进退揖让,那他一定很谨慎,甚至于有时会矫揉造作,故意做得很好。可在游戏的时候呢,他常会有无心的流露,正是在这种时候才会表现出他最真纯的本质。他在跟人揖让进退的时候,他可以虚伪,他可以做假,他可以说一些冠冕堂皇的高言傥论;但当他游戏的时候,当他不经意的时候,却反而把他心性的本质流露出来了。词的最妙的一点就正在于此。词本小道,在当时,至少在晚唐五代和北宋初期,大家对词都有轻视的意味,不把它当作一种严肃的文学体裁来写作,可是就在这种体式之中却无意地流露了自己性情的本质,这是一点可注意的地方,对于冯正中、晏同叔、欧阳永叔尤其如此。这话很难讲明,我常说广义的诗,包括词在内,是注意其中感发的作用的,那感发的作用有大小厚薄深浅的种种不同,即使在无心中你自己个人的学问、修养、经历、性格在不经意的时候也会对作品中的感发作用产生影响。(《唐宋名家词赏析》〔上册〕页 126)

三十九

词是一种很微妙的文学体式,比诗更加微妙。因为诗是显意识的,是言志的。可是词是不知不觉之间流露出来的,早期的词都是如此。这就是我们讲到的张惠言的词论。他的词论虽然有牵强比附的地方,但是他确实体会到了词的一种美学特质,所谓词的美学特质就是说它能给读者很多、很丰富的联想,是作者不必有此意,而读者何必无此想。这是词的一种特殊性能。(《清代名家词选讲》页 113~114)

四十

自晚唐、五代、北宋以迄于南宋之败亡,在此一漫长的期间内,就创作方面而言,其风格与流派之演变可以说已经完成了此一文学体式之多种可能性。后此之作者实在已难于在此歌辞之词、诗化之词及赋化之词的三种写作方式以外更出新意。可是其写作之方式、手法虽有不同,但其词作之佳者,则又莫不要求有一种"要眇幽微"的美感特质。(《百年词选》序,《迦陵杂文集》223 页)

四十一

早期的词论只散乱地见之于宋人笔记及一些词集的序跋之中。在这众多的有关词之论述的文字内,私意以为最值得注意的有两篇文字,其一是北宋之李之仪在其《跋吴思道小词》一文中,对宋初晏、欧二家词之赞美,谓其

"语尽而意不尽,意尽而情不尽";其二是南宋黄昇在其《唐宋诸贤绝妙词选》一书中,对于五代令词之赞美,谓其"语简而意深,所以为奇作也"。从这两段话,我们已可见到人们对词之富于要眇幽微的言外意蕴之美的特质,已经开始逐渐有了模糊的体认。(《百年词选》序,《迦陵杂文集》224页)

四十二

明词之所以衰微与清词之所以中兴,主要乃在于云间派诸作者在词风之转变中,竟然从词之表层的美感特质,重新体现了词之深层的一种美感特质。而这种双层之美感特质,则原是早自唐五代《花间集》之一些佳作中就已经形成了的一种词之美感特质,其表层所呈现者为美女与爱情之叙写,其深层所蕴涵者则为丰富的言外之感发。(《清词名家论集》序,《迦陵杂文集》页291~292)

四十三

私意以为词之为体,其美感之特质确实有一种既难于体悟也难于说明之处。约言之,则词自早期的歌辞之词终于演化出南宋后期的赋化之词,其所经历的途径大抵乃是从无意中所流露的一种深隐幽微之美,转化为有意去追求的一种深隐幽微之美的一个过程。我个人学习写词的年龄颇早,所以乃是从无意为之的纯任自然的写作入手的。因此一直要等到我自己对词之研读达到了可以对南宋诸家之有意追求的深隐幽微之美有所体悟以后,自己才能够也写作出与此种美感性质相近的作品来。至于周介存氏则是由于他已经先入为主地受了常州派词论之有意求深的影响,所以才会提出由南宋入手的主张来。(《叶嘉莹作品集·创作集》序言,《迦陵杂文集》页394~395)

四十四

中国古典诗词的韵律,是诗人感情节奏与语音节奏的完美结合,特别是词,有多种的牌调,词人要选择哪一个牌调传达他的或是明快或是深婉的感情为恰当,这其间实在存在着一种自然微妙的结合。(《北宋名家词选讲》页 14)

四十五

(我曾提出)"爱之共相"之说,以为"人世间之所谓爱,虽然有多种之不同,然而无论其为君臣、父子、夫妇、朋友间的伦理的爱,或者是对学说、宗教、理想、信仰等的精神之爱,其对象与关系虽有种种之不同,可是当我们欲将之表现于诗歌,而想在其中寻求一种最热情、最深挚、最具体,而且最容易使人接受和感动的'爱'之意象,则当然莫过于男女之间的爱情",这正是写男女欢爱之小词,有时偏能唤起读者幽微丰美之感发和联想的主要缘故。(《名篇词例选说》页 4)

四十六

词之最好的美感,往往是在被压迫的、不得已的条件下写成的,所以张惠言说那是"兴于微言,以相感动。极命风谣里巷男女哀乐,以道贤人君子幽约怨悱不能自言之情,低回要眇,以喻其致"。(《名篇词例选说》页 161~162)

四十七

我所说的词是好还是坏,不是以它的内容、道德、伦理的意义价值为标准,而是以它的美感特质为标准。(《词之美感特质的形成与演进》页 3)

四十八

世所共传的李白之《菩萨蛮》(平林漠漠烟如织)、《忆秦娥》(箫声咽),张志和之《渔父》(西塞山前白鹭飞),刘禹锡之《忆江南》(春去也),白居易之《长相思》(汴水流)诸作,大都与诗之绝句的声律相去不远,不仅体段未具,而且声色未开,只能算是诗余之别支。至其真能为词体之特质奠定基础者,自当推《花间集》中之温、韦为代表。(《女性语言与女性书写——早期词作中的歌伎之词》,《中国文化》第 27 期页 38)

四十九

张惠言说温飞卿的词有离骚屈子的用心,其实从写美女跟爱情的小词里边看到贤人君子对于品德美好之追求的这种联想,不是从张惠言开始的,是以前很早就有人这样说了。像宋朝有一个叫做李之仪的人就曾经说,晏欧诸人的小词"语尽而意不尽,意尽而情不尽"。就是说,尽管他的语言说完了,可是他的意思不尽。你念完了"鸾镜与花枝,此情谁得知",可是语尽而意不尽,它带给你很丰富的联想。"意尽而情不尽"是说,就算我把这些联想都说了,而你的体会、你的玩味,那种余音缭绕,仍然是在那里了。这就是小词的美感作用。所以说,从小词里边体验到这一份美感,不是到清朝的张惠言才开始的,宋朝的李之仪就已经感受到了小词之中有这样的一种美感作用。(《词之美感特质的形成与演进》页 38)

五十

小词真的是妙,这也是我之所以愿意讲小词的缘故,因为我愿意把我的感受告诉给大家:小词虽小,但它不是枯燥无味的,它有生命,有感情,而且每一个词语都有非常微妙的作用。(《小词之中的儒家修养》,《北京大学学报》2008 年第 4 期页 9)

五十一

词这种文学体式本身的美感特质,它适合表现幽微要眇的感情,而且是一种被屈抑的感情。(《论词之美感特质的形成及反思与世变之关系》,《文学遗产》2008 年第 4 期页 19)

言外意蕴

五十二

总之,小词之佳者之往往具含有一种引人生言外之想的幽微深远之意致,乃是许多词学家的一种共同的体会。(《词学新诠》页66)

五十三

作者除在作品中所写的外表情事以外,更可能还于不自觉中流露有自己的某种心灵感情的本质。因此一位优秀的说词人,在赏析评说一首小词时,就不仅要明白作品中所写的外表情事方面的主题,更贵在能掌握作品中所流露的作者隐意识中的某种心灵和感情的本质,从而自其中得到一种感发。(《词学新诠》页41)

五十四

判断、比较诗词风格的不同、高下,首先要看一首诗词的情意是否深远,能有多大的兴发感动的力量,给你多少的想象与联想。(《北宋名家词选讲》页19)

五十五

词自五代至欧阳修,所写的景都是闺阁园亭,所写的情都是离别相思。其中好的作品能给人一种更高更深的感发联想和体悟。(《北宋名家词选讲》页 68)

五十六

小词,特别是写美女和爱情的歌词,有一种很微妙的作用,就是说,它很容易引起读者另外的联想,可是引起联想的性质是不一样的,解释这种联想的方式也是不一样的。(《北宋名家词选讲》页91~92)

五十七

有这样丰富的内涵,有这样的深度,你写出来的词就算你没有意思要比兴寄托,你有一个深度在那里,就会产生微妙的作用,这些微妙的作用,都是从文本里面扩大出来的,文本是非常重要的东西。(《北宋名家词选讲》页 100)

五十八

南唐词风的特点是什么?那就是把追求爱和美的感情与忧患意识结合在一起,使小词突破了显意识的主题,表现出一种更为深远的境界。(《北宋名家词选讲》页 109)

五十九

对于一篇作品所应重视的不只在于传达了什么情事,而在于传达出来多少,传达得是好是坏,以及怎样传达的。……词是由文字组成的,所谓言

外之意其实也要由语言的言内来传达。(《北宋名家词选讲》页 375)

六十

小令要用很短的篇幅写很多的意思,就要用象喻。因为象喻的东西就有暗示性,暗示可以给人很多的联想,所以他说的虽然只是一个形象,可是这一个形象可以给你那么多的感发和联想,你可以把它想得很多很多。(《北宋名家词选讲》页 379)

六十一

小词的妙处就在于通过它难以批评、难以掌握的游戏笔墨去探索最深隐、最微妙的本质是什么,而本质常常是超出于外表之外的,而且本质也果然有高下的不同,这是必然如此的。(《清代词人在〈花间〉两宋词之轨迹上的演化及对于词之美感特质的反思》,《南京大学学报》2009 年第 2 期页 105)

六十二

为什么晏殊认为自己写的曲子比柳永高明?为什么柳永无言而退?原来,小词虽然只写男女爱情,但有的时候却从中传达出一种超乎表面所写的男女爱情之上的、值得读者去追思寻味的意蕴。(《从西方文论看花间词的美感特质》,《迦陵说词讲稿》页 13)

六十三

敏感的词学家早就感觉到,那些写美女与爱情写得最好的词,它们所给予读者的都不仅仅是美女与爱情,美女与爱情只是它的表层,而它的骨子里却让你感受到仿佛还有别的意思。(《从西方文论看花间词的美感特质》,《迦陵说词讲稿》页 21)

六十四

为什么有的作品就有象喻的可能性,有的作品就没有？那就是因为组成这文学作品的那些组合成分有细微的差别和不同。(《从西方文论看花间词的美感特质》,《迦陵说词讲稿》页32)

六十五

世界上的事情都是相互关联的,不仅爱情需要奉献,做学问、从事某一事业或者追求某一理想也一样需要奉献,需要有这样执著的用情态度。所以,温庭筠笔下的这个女孩子的形象所给予读者的,就远远不局限于美女和爱情了。(《从西方文论看花间词的美感特质》,《迦陵说词讲稿》页33)

六十六

词有一种特别的功能,它可以表现一种难以言喻的精神和思想境界。(《无可奈何花落去——从晚清两大词人的词史之作看清朝的衰亡》,《迦陵说词讲稿》页135)

六十七

小词那温柔美好的感情,往往在闲澹的、似乎是不重要的景色之中表现出来。(《张惠言与王国维对词之特质的体认》,《迦陵说词讲稿》页148)

六十八

当晏殊、欧阳修、范仲淹等这些道德文章不可一世的人物也都下手来写小词的时候,小词就发生了一种微妙的现象。那就是,作者在不知不觉之间

就把自己潜意识里边的某些最深隐的情思流露到词里边去了。(《张惠言与王国维对词之特质的体认》,《迦陵说词讲稿》页159)

六十九

有言外之意的词才是好词。但是怎样解释词的言外之意呢?我们讲了张惠言的说词方式和王国维的说词方式。张惠言是由语码而产生联想的,是以传统的政教比兴来说词;王国维是以感发来联想的,是以一种哲理来说词。但是现在我们就要讲第三种类型的言外之意,那完全凭着一种锐感,使读者可以产生一种感受上的余味,却并不一定引起什么政教或哲理上的联想。这种类型,写得最好的是秦观。(《北宋名家词选讲》页377)

七十

总之,"花间"以后的词虽然经过了不断的演进,但那种由花间词的女性叙写与双性心态所形成的以富含引人联想的多层意蕴为美的美学特质,却始终是衡量词之优劣的一项重要标准。(《从西方文论看花间词的美感特质》,《迦陵说词讲稿》页41)

七十一

除了我们以上讲的那两大类例证之外,词还有第三种的言外之意。比如,秦观和周邦彦有一些词,它们是以一种感受上的余味来取胜的。秦观有一首《画堂春》说:"柳外画楼独上,凭栏手捻花枝。放花无语对斜晖,此恨谁知?"那真是一种他自己也不能说清楚的感觉,完全是凭着词人的敏感,引起读者内心中一点微波的动荡,并不一定使人产生什么政教或哲理上的联想。这就需要读者自己去细心地体味了。(《从西方文论看张惠言与王国维两家的词学》,《迦陵说词讲稿》页178)

七十二

一般而言，我以为张惠言之说词大多乃是依据所说之词中的一些语言辞汇作比附的猜测；而王国维之说词则是依据所说之词中的一些感发之本质作联想的发挥。张氏之评词方式适用于像对温庭筠、周邦彦、姜夔、吴文英、王沂孙等人之词的评说，而王氏之评词方式则适用于像对冯延巳、李璟、李煜、晏殊、欧阳修诸人之词的评说。这两种说词方式，当然可以说都是对词之要眇宜修之特质的欣赏有得之言。而此外却还有一类词，则是既不需要据辞汇为比附，也不需要用联想来发挥，而本身就具有一种要眇深微之美者，此就婉约一派之作者言之，则如冯延巳之《抛球乐》(逐胜归来雨未晴)一首，秦观之《画堂春》(落红铺径水平池)一首，均可作为例证；而就豪放一派之作者言之，则如苏轼之《八声甘州》(有情风万里卷潮来)一首，辛弃疾之《水龙吟》(举头西北浮云)一首，也都可作为例证。(《唐宋词十七讲》〔自序〕页17)

七十三

中国的旧诗词之所以妙，就是因为它能在那么简单的、那么短的篇章里面，表达那么丰富的、那么深厚的意思。(《苦水先生作词赏析举隅》，《迦陵说词讲稿》页202)

七十四

如果一首小词除了美女爱情以外还能引起你很多幽约怨悱的言外的联想，这首词就是有境界了。(《简介几位不同风格的女性词人——由李清照到贺双卿(上)》，《迦陵说词讲稿》页265)

七十五

其(词)始原只是一种曲子词,后世为了避免其名称与汉代之乐府辞及元、明南北曲之曲辞相混淆,乃专以"词"字为此类作品之简称。其后,此类作品虽已经不再合乐而歌,当时之乐谱也逐渐失传,然而由于最初为合乐而填写所造成的抑扬、高下、长短、曲折的声调之美,却仍可以在诵读中体味得之。而由于此种形式音节之特美,遂影响了其内容意境,也具有一种幽微含蕴之特质。所以王国维《人间词话》乃有"词之为体,要眇宜修,能言诗之所不能言"之语。而所谓"词",乃果然具有了张惠言所称的一种"意内言外"之深远而含蕴之品质。(《唐宋词名家论稿》页5~6)

七十六

我一向以为词虽小道,而且在内容上也大多同样写伤春悲秋、相思离别之情,而其意境风格之异,却往往可以反映出一个作者心性中最幽隐的品质,这实在是非常值得我们玩味的一件事。(《唐宋词名家论稿》页190)

七十七

本来词在初起时,原只是歌筵酒席间的艳曲,然而此种艳曲,却在其早期的发展过程中,由于晚唐五代之时代背景,以及温、韦、冯、李诸词人之身世经历,而于无意间使之具含了一种富于言外之意蕴的特质。其后经历了两宋之发展,虽然在形式上及风格上都有了很大的拓展和变化,但无论其在形式上之为小令或长调,在风格上之为婉约或豪放,总之词之以具含一种言外之意蕴者为美,则仍是词之佳作所要求的一种基本特质。只不过这种潜蕴的特质,一般人对之却并无明显的理论上的认知,明代之词之所以衰落不振,就正因为明代词人对于此种特质缺少了一种深入之体会,而且受了元代以来之散曲与剧曲之影响,对于"词"与"曲"的体制风格之异,未能做出明显的区分,往往以写作小曲的方式来写词,遂使明代之词缺少了深远之意境,纵使偶有灵巧倩丽之作,亦不免浅薄俗率之病。(《清代名家词选讲》〔序言〕页5)

七十八

到了清朝,词恢复了这种深隐曲折有言外之意的美学标准,所以清朝是词的一个复兴时代,因为它重新找回了词的美学标准。……元朝、明朝文人都写曲,所以词写得不好,为什么到了清朝词又写得好了?清朝怎么会忽然间把词的曲折深隐富于言外之意的特美找回来了?清朝找回了这个词的特美是付上了绝大的代价的。是什么代价?是破国亡家的代价!是明朝的灭亡经过了破国亡家的惨痛!而在新来的外族统治之下,他们有多少的悲哀?!有多少的愤慨?!而又不能明白地说出来。所以他们才掌握了词的曲折深隐言外之意的美,他们找回来的美学标准是付上了破国亡家的代价的。(《清代名家词选讲》页3)

七十九

苏词和辛词的优秀作品都是既有豪放旷达的一面,同时又有挫折和压抑的一面。实际上,这也是一种"双性",就是双重的性质,或者说是一种双重的意蕴。总而言之,好词一定要给人留下有余不尽的言外的意蕴,这是在读者心中已经形成的一个期待的视野。(《名篇词例选说》页124)

八十

当南唐之小环境尚可以使其君臣苟安于一时的宴安享乐之际,其外在大环境之战乱威胁却实在对之已形成了一种危亡无日之隐忧,这种同时存在的双重语境,遂使得其作品中所表达的情思,也产生了一种足以引发读者言外之想的可能性。而也就正由于此双重性别与双重语境的特殊作用,遂使得词之为体,从早期的晚唐五代之作,就形成了一种要眇宜修以富于言外意蕴为美的特殊美感品质。(《从性别与文化谈女性词作美感特质之演进》,《中国文化》第 27 期页 28)

八十一

我们说温飞卿词的美感特质是因为它的双重性别。现在韦庄站出来了,他是男子,他写的就是男子的感情,无所谓双重性别。可是他的词同样给读者很丰富的联想,很深层的意味。这个原因不再是因为双重的性别,而是因为双重的语境了。(《词之美感特质的形成与演进》页 54~55)

八十二

私意以为"意境"与"情境"不同,"情境"所指的应是较为现实的感情及事件,而"意境"之所指则应是具含一种足以引人深思生言外之想的意蕴。(《宋代两位杰出的女词人——李清照与朱淑真》,《中国文化》第 29 期页 92)

八十三

词之为词,自有一种独具的美感之特质。关于此点,私意以为与李清照时代相近的另一位作者李之仪,虽未曾撰为任何专论,但却对此种特质颇有体悟。他在《跋吴思道小词》一文中,便曾明白提出说:"长短句于遣词最为难工,自有一种风格。"又说:"晏元献、欧阳文忠……以其余力游戏,而风流闲雅,语出意表……语尽而意不尽,意尽而情不尽,岂平平可得髣髴哉。"此一段话,颇能道出词之意境的一种幽隐深微之特美。只不过此文只是李之仪为友人所作之小词而写的一篇跋文,既非论词之专著,所以在当日并未引起任何人的注意。而且北宋之世,当时一般写词及论词之人,也似乎都未曾有见于此。如此直至明代,一般词人对于词的此种美感特质,也仍然未能有明白之体认。直到清代的张惠言,在其《词选·序》中,正式提出了"意内言外"之说,似乎才引起了人们的注意。张氏本人也许对词之此种特美确有体悟,但他用"意内言外"解释"词"之字义,本嫌牵强,何况他并未找到恰当的辞语来说明此种特美,遂不得不将之比附于诗骚之比兴寄托,而且有意对五代两宋之词加以深求,以牵强比附为说,所以乃终于招致了不少讥议。其后王国维的《人间词话》又提出了"境界"之说,而"境界"一辞也仍嫌含混不明,依然引起了不少争议。不过词这种文体之确实以蕴含一种深隐幽微之意境为美,则是无可置疑。清代的诸位词论家如周济、谭献、陈廷焯等人,就都是对此种特美有所体悟的人。(《宋代两位杰出的女词人——李清照与朱淑真》,《中国文化》第29期页92)

八十四

要有言外的意蕴才是好词,要让人读了以后,言尽而意不尽,意尽而情不尽,要有这种意味的才是好词。(《宋代两位杰出的女词人——李清照与朱淑真》,《中国文化》第29期页193)

弱德之美

八十五

　　我们对词之特美，实在可以归纳出一个更为触及本质的美感之共性来，而且假如可容许我为之杜撰一个名词来加以指称的话，我想我们或可称之为一种"弱德之美"。这种美感所具含的乃是在强大之外势压力下，所表现的不得不采取约束和收敛的属于隐曲之姿态的一种美。如此我们再反观前代词人之作，我们就会发现凡被词评家们所称述为"低回要眇"、"沉郁顿挫"、"幽约怨悱"的好词，其美感之品质原来都是属于一种"弱德之美"。不仅《花间集》中男性作者经由女性叙写所表现的"双性心态"是一种"弱德之美"，就是豪放词人苏轼在"天风海雨"中所蕴含的"幽咽怨断之音"以及辛弃疾在"豪雄"中所蕴含的"沉郁"、"悲凉"之慨，究其实，也同是属于在外在环境的强势压力下，乃不得不将其"难言之处"变化出之的一种"弱德之美"的表现。至于朱彝尊《琴趣》中之爱情词，就内容意境言，虽然或者不能与《花间》之温、韦，及两宋之苏、辛相比拟，但若仅就其美感之品质言，则朱氏确实也曾因其爱情之不为社会所容，而使其内心中之缠绵郁结的一种"难言之处"化生出了一种在词之体制中最为可贵的，属于"弱德之美"的以隐曲为姿态的美感品质。(《清词丛论》页 66)

八十六

朱（彝尊）词与苏、辛二家词之深曲都是出于情意之本质的深曲,而不仅是在写作技巧方面的安排与追求;朱词与苏、辛二家词之深曲都是由于本身有所追求而不得,乃不得不在外在环境下自加屈抑,因而都有着一种"难言之处",于是遂表现为一种双重之心态。这不仅是我认为朱词在意蕴深曲方面与苏、辛二家之出于情意之本质者有相近之处的缘故,也是我何以提出说此种特美为一种"弱德之美"的缘故。不过,朱氏与苏、辛二家实在又有着极大的差别。苏词之意蕴的深曲,乃是由于其儒家的用世之心受到挫折后乃遁而为道家之超旷的一种双重的修养;辛词之意蕴的深曲,则是由于其英雄之志意受到外界之压抑所形成的一种双重的激荡;至于朱词之深曲,则只是由于爱情之追求在礼教之约束下所形成的一种既想要突破礼教又终不得不驯服于礼教的挣扎与矛盾。如果就"弱德之美"而言,则苏轼之超旷,可以说是已经从外界的挫折中得到了一种精神上的解脱;辛词之激荡,则是在外界的压抑下仍一直怀有一种内心中的激愤;而朱词所表现的则是虽经过矛盾挣扎,却终于不得不向外界的压抑低头俯首的一种驯顺的承受,而且写得充满了对于对方的深厚的感恩之情。……如果我们可以把苏词称为"弱德之美"中的达士,把辛词称为"弱德之美"中的豪杰,那么朱词才真是可称为"弱德之美"中的一个真正的弱者的人物。既未求任何解脱,也未做任何反抗,于是朱氏这一段蚀骨销魂的爱情,遂终于只落得了空叹息于"绝世倾城难再得"的"佳人"之"薄命果生成",而终于不得不走向了"只一纸私书,更无消息"的死生离别的悲剧的下场。(《清词丛论》页80～81)

八十七

朱(彝尊)氏爱情词之所以能形成此种深微幽隐之品质,主要乃在其表现了一种"难言之处",虽然朱氏所"难言"者,与贤人君子们的"幽约怨悱"之志意有所不同,但在本质上二者却颇有相近之处,那就是二者都同是处于外界的强势压力之下,因此遂不得不将自己之情思以抑敛深隐之姿态委曲出之,此种情思与姿态在本质上乃同是属于一种所谓"弱德之美"。(《清词丛论》页83)

八十八

男性的作者用了女性的形象和女性的语言,写了女性的情思,而所写的女性的情思都是被男子所冷落的,是在孤独寂寞之中,是相思怀念的,所以就形成了所谓"幽约怨悱"这样的一种感情。这是被压抑的、被伤害的女性的一种感情,我曾为它取了一个特殊的名称叫"弱德之美"。……社会上如果大家都要做强者,那就纷争不已。其实我认为女子也不尽然就是弱者,女子自古以来传统的美德,她那种专一的持守、奉献的情怀、谦卑的态度,其实是所有人都应该学习的一种美德。(《清词丛论》页259)

八十九

我讲词时曾经提到过"弱德之美"。弱德之美不是弱者之美,弱者并不值得赞美。"弱德",是贤人君子处在强大压力下仍然能有所持守、有所完成的一种品德,这种品德自有它独特的美。这种美一般表现在词里,而司马迁《伯夷列传》之所以独特,就是由于它作为一篇散文,却也于无意之中具有了这种词的特美。也就是贤人君子处于压抑屈辱中,而还能有一种对理想之坚持的"弱德之美",一种"不能自言"的"幽约怨悱"之美。(《神龙见首不见尾——谈〈史记·伯夷列传〉的章法与词之若隐若见的美感特质》,《迦陵说词讲稿》页343)

九十

清词之中兴,虽然乃是由于时代所造成的词人之忧思与词体之特美相结合所形成的结果,但词体之特美却并不是只适于表达时代的忧患之思。

即如朱彝尊之爱情词与张惠言之谈士人修养之词,就都不是属于此一类内容的作品。但也就正由于这些不属于此类内容之作品同时也具含了词之此种特美的品质,遂使得我们能够窥见词体之更为基本的一点特质。关于此种特质,我在论《朱彝尊爱情词》一文中,也曾经尝试为之拟想了一个名目,称之为"弱德之美",并且曾指出词之能表现出一种深层之特美者,往往乃是由于其有一种"难言之处"。并且曾举出豪放派词人中之苏、辛两大家来作为例证,以证明词之风格无论其为婉约或豪放,但凡属表现有词之特美的佳作,盖无不寓含有此种"弱德之美"的特质。朱彝尊的爱情词,其所表现者之为一种"弱德之美",且有其"难言之处",固不待言,至于张惠言之写士人之修养的五首《水调歌头》,则私意以为实在也具有此一种特殊之美感。(《清词名家论集》序,《迦陵杂文集》页298)

九十一

词体中之要眇幽微之美的基本质素究竟是什么的问题,我以为这种特美乃是属于一种"弱德之美"。不仅晚唐五代与北宋的令词之佳作是属于具含此种质素的一种美,就连苏、辛一派之所谓豪放之词的佳作,甚至南宋用赋化之笔所写的咏物之词的佳作,基本上也都是属于具含此种弱德之质素的一种美。张惠言所提的"比兴"之说与王国维所提的"境界"之说之所以对此种特美都不能加以涵盖的原因,我以为乃是因为他们在传统说诗的论述中,找不到一个适当之术语来加以说明的缘故。因为词中之此种特美,乃是特别属于词体之美的一种质素,而且此种质素之显现并不全在于作者显意识之活动与追求,而是由于作者在作品之显微结构中所无心表现出来的一种隐意识之无意的呈现。此种特美,在中国传统的诗文中既从来未曾出现过,因此并没有一个现成的术语可以用来指说。这正是其所以使得张惠言与王国维二人都感到难以指称的缘故。(《词之美感特质的形成与演进》序言,《迦陵杂文集》页433~434)

九十二

"弱德之美",概括地说,这种美感是体现在强大的外势压力下不得不采取约束和收敛的属于隐曲姿态的一种美。反思前代词人的作品,我们就会发现,凡被词评家们称述为"低回要眇"、"沉郁顿挫"、"幽约怨悱"的好词,其美感的品质原来都是属于一种"弱德之美"的。(《名篇词例选说》页161)

诗词之别

九十三

诗与词在着重兴发感动之作用的一点,虽然有相似之处,但如果就其创作时之意识心态言之,则却实在有相当的差别。(《词学新诠》页 11)

九十四

诗之写作,在很早就形成了一种"言志"的传统,因此诗人在写诗之时,其所抒发之情意往往都是作者显意识中自己心智之活动。而词之写作,则一直并未正式形成"言志"之传统。……直到北宋时代。当晏、欧、苏、黄这些德业文章足以领袖一代的人物,都参与了小词之写作以后,也仍然未能改变一般人将小词只视为遣兴娱宾之歌曲的这种观念。因此当他们在词中叙写一些以美女及爱情为主的伤春怨别之情的时候,他们在显意识中原来并不见得有什么藉以"言志"的用心。然而正是在这种游戏笔墨的小词之写作中,他们却于不自觉中流露了隐意识中的一种心灵之本质。因此这些小词遂于无意中具含了一种发自心灵最隐微之深处的兴发感动的作用。(《词学新诠》页 11)

九十五

小词中的这种感发之特质,却又很难用传统的评诗之眼光和标准来加以评判和衡量。因此王国维才不得不选用了这个模糊且极易引起人们争论和误解的批评术语"境界"一词。(《词学新诠》页11)

九十六

"境界"一词虽也含有泛指诗歌中兴发感动之作用的普遍的含义,然而却并不能直接地指认为作者显意识中的自我心智之情意,而乃是作品本身所呈现的一种富于兴发感动之作用的作品中之世界。而如果小词中若不能具含有这种"境界",则五代艳词中固原有不少浅薄猥亵的鄙俗之作,而这些作品当然是王国维所不取的。(《词学新诠》页11)

九十七

王氏所提出之"境界",乃是特指在小词中所呈现的一种富于兴发感动之作用的作品中之世界,而并非泛指一般以"言志"为主的诗中之"意境"或"情景"之意。(《词学新诠》页12)

九十八

就形式言之,则诗多为五言或七言的整齐之形式,而词则多为长短句不整齐之形式,此固为人所共知之差别,而词的这种参差错落之音韵及节奏,当然是促成其"要眇宜修"之美的一个重要因素,再就内容言之,则词在初起原只是伴随音乐歌唱的曲辞……而值得注意的是,正因为词既具有这种"要眇宜修"之特点,而作者在写作时却又不必具有严肃的"言志"之用心,于是遂在此种小词之写作中,于无意间反而流露了作者内心所潜蕴的一种幽隐深微的本质。因此如果将词与诗相比较,则诗之写作既有显意识之"言志"的传统,而且五、七言长古诸诗体,又在声律及篇幅方面有极大之自由,可以言情,可以叙事,可以说理,其内容之广阔,自非词之所有;但词所传达的一种幽隐深微之心灵的本质,及其要眇宜修之特点,其足以引起读者之感发与联想之处,却也并非诗之所能有。所以王国维才在前一则词话中,既提出了"词之为体,要眇宜修"的对词之特点的描述,又提出了"诗之境阔,词之言长"之说,表现了对词所特具的感发作用的体认。(《词学新诠》页12～13)

九十九

如果以词与诗相比较,则如我在前一则"随笔"之所言,诗之写作多为作者的"言志"之传统中的显意识之活动,而词之写作则其情意之幽微乃往往为作者隐意识之活动。因此说词人在读词时所能产生的美感经验,也就较诗更为富有自由想象之余地。所以说词人如何把一篇艺术成品提升为美学客体,而对之作出富有创造性的诠释,当然也就成为了说词人所当具备的一种重要的修养和手段。(《词学新诠》页16)

一百

《花间》之词既大都为歌酒间之艳歌,因此在本质上遂与"言志"之诗,有了一种明显的区分,也就是说诗歌之写作对作者而言,乃是显意识的一种自我之表达,可是词之写作则往往只是交付给歌女去演唱的一时游戏之笔墨,与作者本身显意识中的情志和心意,本无任何必然之关系。……然而殊不知小词之妙处,乃正在其并不为严肃之作,而为笔墨游戏的"空中语"。(《词学新诠》页98)

一百零一

一般而言,诗之内容乃是以"言志"为主的,是叙写诗人内心之情志的作品;而词在早期则只不过是交给歌女去演唱的以叙写美女与爱情为主的曲子。而且诗之形式大都为五言或七言的整齐之句式;而词则往往为参差变化的长短不齐之句式。由于这种种不同的因素,诗与词也就形成了基本上并不相同的两种美感特质。诗之美感特质,主要乃在于能以其整齐之韵律,使读者在吟诵间对其内容所写之情志,自然产生一种直接的感发和共鸣,所以对于一首伟大的诗篇,人们常赞美其有动天地、感鬼神、移风俗、美教化的功能。可是就词而言则不然了,早期歌辞之词所写的内容既大都为男性作者所写的供歌女们去演唱的歌辞,故其内容乃不仅多为美女与爱情之叙写,而且并不代表作者自我之情志。……然而也就是这种并不合乎传统文学批评中伦理道德之衡量标准的小词,人们却逐渐在对之不断的写作和欣赏,并在对其价值与意义的不断反思中,体会出了一种较之明白言志的诗篇更为微妙的美感特质和功能。那就是小词中所写的女性化的情思,似乎更能引发读者内心深处之一种幽隐难言的情意。(《词学新诠》页135～136)

一百零二

在中国诗学中,无论是"言志"或"抒情"之说,就创作之主体诗人而言,盖并皆指其内心情志的一种显意识之活动。……其次则是中国诗学对于诗中所言之"志"与所写之"情",又常含有一种伦理道德和政教之观念。……然而词之兴起,却是对这种诗学之传统的一种绝大的突破。(《词学新诠》页150)

一百零三

盖以诗之形式整齐,且多为单式之音节顿挫,因此即使在长篇的平直之铺叙中,也可以表现有一种富于直接感发的诗之特美。但词之形式既不整齐,且往往有双式句之音节顿挫,因此在长篇的散漫之叙写中,并不能形成直接感发的诗之特美;而其平铺直叙的写法也不能表现词之幽微要眇的特美。这正是使得柳词一派之长调易流于浅俗,苏词一派之长调易流于浮夸

的主要原因。(《词学新诠》页203)

一百零四

　　就文学体式而言,诗是整齐的,可以滔滔滚滚,可以长篇大论;但词不是,词总是说说就停下来,是委曲辗转地行进的。……特别是长调的慢词,比如周邦彦那首写怨别之怀的《解连环》……它都是吞吐的,而且是不断停顿的,所以,是词这种文学体式形成了它的"弱德之美"。再有就是性别文化。因为词在初期写的都是女性,是女性的语言、女性的感情、女性的生活,而女子所表现的是"弱德之美",是永远在期待、永远在盼望、永远在等待中的一种感情。所以小词最终形成了这样的一种美感特质。(《陈曾寿词中的遗民心态》,未刊演讲稿)

一百零五

　　在中国的诗歌中,屈、陶、李、杜这些人的作品很容易使我们从外表上看到正面的感发,而词却常被人忽略,因为它从外表上看起来就是闺阁园亭、儿女相思、风花雪月。可是事实上词也可以传达正面的感发,要理解词最重要的就是理解这份感发,不过因为诗是除了这份感发以外,还有许多外来的情事,它在外表上的典故历史已经有了很多内容,所以诗的正面的感发容易被理解。可是,词之所以更值得注意,讲解时之所以更难,就是词的感发完全是那最不可把捉的、最要眇幽微的真正心灵感情之中的感发和跃动,这种感发和跃动是传达和表现了每一个词人不同的品格和资质的,是和他整个的人结合在一起的,而且是他无意识的流露。(《北宋名家词选讲》页31)

一百零六

　　一般说起来,诗与词在意境上有相似、相通之处,也有相反、不同的地方。王国维在《人间词话》中曾说词"能言诗之所不能言,而不能尽言诗之所能言,诗之境阔,词之言长"。他说词能言诗之所不能言,表达出诗所难以传达的情绪,但却也有时不能表达诗所能传达的情意。换句话说,诗有诗的意境,词有词的意境,有的时候诗能表达的,不一定能在词里表达出来,同样的,有时在词里所能表达的,不一定在诗里能表达出来。比较而言,是"诗之境阔,词之言长",诗里所写的内容、意境更为广阔,更为博大,而词所能传达的意思是"言长",也就是说有余味,所谓"长"者就是说有耐人寻思的余味。(《唐宋名家词赏析》〔上册〕页1)

一百零七

凡最后一个停顿的音节是单数的与诗相同的,我们把这样的句式称之为单式;最后一个音节是双数的,则称这样的句式为双式。总之,词与诗比较,在句式上,词的字数是不整齐的,而且停顿也富于变化。唐五代北宋词的句法与诗还比较相近,而后来长调出现,句式就更多变化了。一般说来,一个词牌里单式的句子较多,这个调子就比较轻快流利,若又是押平声韵的则更是如此。而双式句子较多,这个调子则比较曲折、委婉、含蓄。(《唐宋名家词赏析》〔上册〕页2)

一百零八

中国的词从"花间"以来就形成了一种特质,那就是以具含一种幽微要眇的言外之潜能者为美。这种潜能虽可以引人生言外之联想,然而却又极难于作具体之指陈,与诗之出于显意识之情志的叙写,有着很大的分别。(《诗馨篇》序说,《迦陵杂文集》页281)

一百零九

词之所以异于诗之特质,乃是由于诗之源起,主要重在直接的感发,是一种显意识之活动;词之源起则只是合乐之歌辞,并不必然为作者显意识之活动,但又往往有一种潜意识之流露,所以乃形成了一种幽微要眇之特质。但当词"诗化"和"赋化"了以后,于是早期歌辞之词中潜意识之流露,乃随其"诗化"而转化为显意识之抒写,又随其"赋化"而转化为有意识之安排。只不过词之佳者更具有一种幽微要眇之特质而已。(《诗馨篇》序说,《迦陵杂文集》页283~284)

一百一十

就词之作者言之,则词之写作与诗之写作原来也有一个极大的分别,那就是诗人在写诗时往往都在显意识中明白地有一种言志之用心,因此诗歌之内容乃往往有一个鲜明的主题,可以为读者所察见。而词人在写词时则往往只是为一个曲调填写歌辞,即使后世之词已经不再真正地付诸演唱,但写词之人在写作小词时也往往仍是但以写伤春怨别之辞为主,并不在词中明白地表达言志之心意,因此词之写作,就作者言之便也同样不免于有一种"绮语太胡卢"之致。只不过词人之写词,虽在显意识中往往并没有明白的言志之用心,可是在写作过程中却又往往会不知不觉地把自己内心中最深隐幽微的一份情感之本质投注流露于其中,是以就其隐意识中的深挚之情言之,自然亦可以有断肠之痛,然而若就其显意识言之,则却并不一定可以在理性上作出确切的说明。而此词(王国维《浣溪沙》"本事新词定有无")之"灯前肠断为谁书"一句,就恰好极为委曲而贴切地传述了这一份显然断肠也难以明白言说的深隐的情思。这正是只有在词之写作中才能体会到的一种感受。(《名篇词例选说》页137~138)

一百一十一

词的兴起跟诗是不一样的,词是先有了音乐,先有了一个曲调,先有了一个谱子、乐谱,然后按照这个乐谱,按照这个牌调来填写歌辞,所以我们叫填词。诗是作诗,是创作,词是按音乐的乐调来填写歌辞。(《词之美感特质的形成与演进》页3~4)

一百一十二

其实,诗有诗的美感特质,词有词的美感特质,而且不同类型的词有不同类型的美感特质。我从开始第一讲就说过,词的兴起是一件很特殊的事情,与诗不同。诗是言志、抒情的;是"情动于中,而形于言";诗人所写的,是他自己的感情、感受、思想、意念。可是词不是,词在开始的时候,就是写给歌女来唱的歌词。而我所说的"词的开始",是指词印刷成书,流传在文士之间开始。当然,更早期的词,我也说过,那是敦煌的曲子。但是敦煌的所谓"俗曲",一般士大夫认为它的语言鄙俗、浅陋,没有流传的价值,所以从来不把它印刷出来。一直到晚清,在敦煌石窟之中,才发现这些词的写本,才发现原来在唐朝的时候,就曾经流传过这样的俗曲。可是后来,自五代以后,一直到明朝以至于清朝的前期,都没有看见过这一类的词,他们所看见的第一本词集就是《花间集》。……这本集子所收的是给歌女唱的文人诗客的歌词。这些歌词是不必叙述作者自己的思想和感情的。(《词之美感特质的形成与演进》页 67)

一百一十三

词常常应该有一种委婉曲折的、更深隐的意思隐藏在里边。诗是以直接的感发为美,词,则还要以引人的低回玩味为美。(《词之美感特质的形成与演进》页 89)

一百一十四

诗是可以用白话写的,因为诗的音节本身就带着一种直接感发的力量。"君不见、黄河之水天上来,奔流到海不复回;君不见、高堂明镜悲白发,朝如青丝暮成雪",诗可以这样直接地说,它奔腾澎湃,不在你的意味,而在你的声音。可词不是啊,你看它四字一停,四字一停,它失去了诗那种直接感发的力量。因为词的形式是长短句,它没有七言歌行的奔腾澎湃,没有一个直接感动你的气势,就这么零零散散地说什么"事皆前定,谁弱又谁强","算来着甚干忙",这就等于说话一样了,就失去了它的好处。(《词之美感特质的形成与演进》页99~100)

一百一十五

我们说平仄又说四声,诗只分平仄:平声有阴平和阳平,就是我们普通话第一声和第二声;然后其他的三声,上声、去声、入声,统统地叫做仄声,所以诗里边只分两个调子——平声和仄声,阴平阳平都是平声,上、去、入都是仄声。词就不然了,词不只是分平仄,还要分上去,平声也要分阴平阳平。(《词之美感特质的形成与演进》页149)

一百一十六

私意以为"诗"与"词"二种文体,既有形式之不同,亦有内容之不同,更有本质之不同。(《宋代两位杰出的女词人——李清照与朱淑真》,《中国文化》第29期页92)

一百一十七

诗是显意识的活动,说出来可以很感动人,可是我们不能够自由发挥联想。词呢?写爱情的小词,表现了人的心理感情的一种本质,可以引起人丰富的联想,所以说"词之言长"。这样张惠言和王国维才会说,词有贤人君子的幽约怨悱的情思,有成大事业、大学问的三种境界。(《唐宋词十七讲》页16)

一百一十八

(晏殊与欧阳修的词)就词之演进而言,词虽由歌词转入文人手中,可以抒写自己的感情、志意、怀抱,但在性质上跟诗仍有很大不同,在表面上他所写的仍是闺阁园亭、相思离别一类的感情。(《北宋名家词选讲》页30)

一百一十九

诗的源流久远,而且一开始就是以"言志"为主的,而古人所谓"言志"并不是狭隘的抒情,而真的就是抒写自己的志意怀抱,所以诗的题目和诗的内容从外表看起来,一向就比词的方面更广,而且会涉及许多历史背景。(《北宋名家词选讲》页30)

一百二十

中国诗歌的传统,主要是以言志和抒情为主的。就创作主体而言,诗歌的创作是其内心情态的一种显意识的活动。作者必先有一种志意或感情的活动存在于意识之中,然后才写之为诗。一般说来,中国诗歌传统向来重视一种直接的感发力量。……词就不同了……原本是给歌女们唱的歌词,是男子用女性的口吻,写女性的形象和情思的作品。起初,其创作者并没有借词言志的用心。(《北宋名家词选讲》页273～274)

一百二十一

诗要有一种感发,就是诗要有一种兴发感动的力量;词呢？要有一种要眇幽微的意蕴。而你要衡量这个兴发感动,比如说这个人也有兴发感动,那个人也有兴发感动,在同样有兴发感动的力量的时候,你就要看它的兴发感动的力量的本质是什么。(《双照楼诗词》,未刊演讲稿)

一百二十二

诗的兴发感动是有一种感发的生命在里边,而这个生命有厚薄、大小、强弱的种种的不同。凡是一个真正的好的诗人,他的诗里边都有兴发感动的生命,但是大诗人跟小诗人的不同,就是大的诗人他所感发的是厚的、是大的、是强的,小的诗人是薄的、是小的、是弱的。那么词呢,是要眇幽微。词之所以形成了要眇幽微的特质,那因为词在早年的时候,写的都是女性,女性的形象、女性的语言、女性的感情,而作者是男性。男性的作者用女性的这个形象跟感情来写,而他在无形之中把男子内心所隐藏的女性的感情写出来了,所以词是要眇幽微的。(《双照楼诗词》,未刊演讲稿)

一百二十三

然而词就与诗不同了,词之妙就妙在:作者的 consciousness 中并没有想到寄托,并没有像曹子建那样具有明确的显意识。作者只是在为漂亮的歌女们写一首歌辞,但在写的时候不知不觉地就把自己的潜意识流露出来了。所以当你读的时候,可以感觉到他好像是有所寄托,但又不能指实。(《从西方文论看花间词的美感特质》,《迦陵说词讲稿》页 19)

一百二十四

诗跟词最大的一个不同就是,诗是言志的作品,是作者显意识之中的创作,它有一个明显的意思,所以我们可以追寻作者原来的意思是什么。好的诗人在他的显意识之中,也能够包含多义解释的可能性。(《谈中国诗词文本中的多义与潜能——一九九四年冬在南开大学七十五周年校庆学术报告会上的讲演》,《迦陵说词讲稿》页 50)

一百二十五

诗是表达内心的志意和情思的,这志意和情思指的是人的显意识(consciousness)中的情意的活动。词和诗的一个最大的区别,在于词在初起的时候只是歌辞,并没有深意。(《张惠言与王国维对词之特质的体认》,《迦陵说词讲

稿》页 140)

一百二十六

词的性质与诗歌是不同的,它是不受伦理道德和政治教化之约束的。(《张惠言与王国维对词之特质的体认》,《迦陵说词讲稿》页 141)

一百二十七

诗的境界可以开阔博大,而词的好处在余味深长。(《张惠言与王国维对词之特质的体认》,《迦陵说词讲稿》页 152)

一百二十八

词只是在深隐幽微这一面有它的好处,却不能尽言诗之所能言。诗的境界开阔博大,而词的特点是词之言长。这个"长"并非指篇幅的长而是指余味的长。它的一句话可以给你思索不尽的回味,使你产生很多的联想。这是词不同于诗的特质。(《从西方文论看张惠言与王国维两家的词学》,《迦陵说词讲稿》页 160～161)

一百二十九

每一种不同的文学体式有它不同的美感特质,我以前说过:诗是以感发为主,是明白地写自己的感情和志意,是以引起读者之感发者为好。曲子是以痛快淋漓为主的,你一念,气势很盛,当下就感动了,曲是以这样的作品为好。可是词不是的,词与诗的直接的言志不一样,与曲子的痛快淋漓也不一样。词在初起的时候与《花间集》的特殊性质有很大的关系,《花间集》的词写的大都是美女跟爱情,但如果全只是美女跟爱情就显得很浅薄,有一些作品表面上虽然也是写美女跟爱情,但是却可以给读者很丰富的联想,这样的词就是好词。不但从《花间集》的作品就形成了词这种美学品质,就是当词发展到了苏东坡以后,虽然苏东坡的词不再是歌辞之词,苏东坡是用写诗的方法来写词,是自己言志的、写自己的感情和志意的诗化的作品了。这一类作品之中有的作品它有诗的美学特质,是好的诗但却不是好的词。——好的词,就像苏、辛二家词的佳作,既有诗的直接感发的力量,同时也有委婉曲折的深隐情意,这样的作品才是词里面好的作品。(《清代名家词选讲》页5~6)

词曲之别

一百三十

词与曲两种文体,何以在美感特质方面有如此大的不同？我以为这实在与这两种文体在形式上之微妙的差别有着密切的关系。……词中之长调慢词,一方面既因其句法及写作方式与诗之不同,不能在铺叙中传达出如诗之五、七言句的直接感发之作用;另一方面则又不能如曲之增衬变化之随意自然,传达出如曲文之痛快淋漓或活泼尖新的口吻,以直接诉诸读者当下之快感。正是因了词在形式方面的这种特殊性,才造成了词之既不能等同于诗,也不能等同于曲的一种特殊的美感品质。(《清词丛论》页117)

一百三十一

词要曲折深隐才是美,而曲子则要写得浅白流畅才是美。词要有言外之意,而曲则是说到哪里就是哪里,不需要有言外之意的联想。(《清代名家词选讲》页3)

批 评 论

传统词学批评

清前期词学之困惑

一百三十二

关于中国的词学之所以从一开始就陷入了困惑与争议之中的主要原因,私意以为实在乃是由于在中国的文学批评传统中,过于强大的道德观念压倒了美学观念的反思,过于强大的诗学理论妨碍了词学评论之建立的缘故。(《词学新诠》页62)

一百三十三

中国词学乃是从困惑中发展下来的,至于其困惑之情况,则可以分几个阶段来加以说明:第一个阶段是对于由花间词发展下来的,以叙写美女与爱情为主的艳歌小令的困惑。……第二阶段之困惑,则是由苏轼的"一洗绮罗香泽之态"的作品对早期歌咏之词的风格与内容作出了绝大的改革之后而开始的。……至于第三阶段的困惑,则私意以为乃是由周邦彦对于词之写作的方式有所改变而引起的。(《词学新诠》页116~118)

一百三十四

其后这类歌辞之词既逐渐"诗化"和"赋化",作者遂不仅在作词时有了抒情言志的用心,而且还逐渐有了安排和勾勒的反思,那么在这种演进之中,后期的"诗化"与"赋化"之词,是否仍应保持早期"歌辞之词"的特美,以及对"空中语"所形成的词之特质与特美,究竟应该怎样加以理解和衡量?这些当然也都是词学中的一些重大问题。(《词学新诠》页59～60)

一百三十五

早期之小词乃大都属于艳歌之性质,而中国的士大夫们则因长久被拘束于伦理道德的限制之中,因此遂一直无人敢于正视面对小词中所叙写的美女与爱情之内容,对其意义与价值作出正面的肯定性的探讨,这实在应该是使得中国之词学从一开始就在困惑与争议中被陷入了扭曲的强辩之说的一个主要的原因。(《词学新诠》页60)

一百三十六

在苏词的向诗靠拢与李清照之向诗宣告背离之间,遂使中国之词学更增加了另一重新的困惑和争议,而且事实上苏氏在创作方面所作出的开拓,与李氏在词论方面所作出的反思,对于早期之词在艳歌时代为这种文体所树立的宗风,以及这种宗风所形成的特殊的美学品质,也都未能有明确的体会和认知,而也就正因其无论是在词之创作方面或词之评说方面都未能从理论上来解答词之美学特质的根本问题,因此遂使得婉约与豪放的正变之争,以及婉约中的雅郑之争与豪放中之沉雄与叫嚣之别等种种问题,一直成为词学中长久难以论定的困惑和争议。(《词学新诠》页60～61)

一百三十七

　　本来如我们在前文论述唐五代词之特质时,已曾言及词之易于引发读者的托喻之想;只不过早期的作者及评者都未曾在显意识中标举过此种托喻之用心。其后南宋之刘克庄在其《题刘叔安感秋八词》一文中,虽曾提出了"藉花卉以发骚人墨客之豪,托闺怨以写放臣逐子之感"之说,然而也不过只是对刘叔安个别作品的一种看法而已,并未曾标举之为论词之标准。而且终有宋之一代,这种以托喻说词的观念并未曾正式成立,这正是何以南宋后期之张炎及沈义父二人虽分别写了论词之专著,然而并未曾有一语及于托喻的缘故……至于清代,则词既失去了可以歌唱的背景,而成为了一种单纯的案头之文学,于是乃由南宋词论的雅正之说,及身经南宋败亡的一些作者如王沂孙诸人的寄托之作,而推演出托喻及尊体之观念,这自然是词学在演进之中的一种极可注意的现象。(《词学新诠》页 159)

一百三十八

　　("空中语")和诗文是不同的。诗文是言志载道的,那是我的主体意识(consciousness),是自己的意识活动,是写自己的情意,可是小词就是给歌女填的歌辞,所以是"空中语",这是莫须有的事情,与我作者是全不相干。(《清代词人在〈花间〉两宋词之轨迹上的演化及对于词之美感特质的反思》,《南京大学学报》2009 年第 2 期页 104)

一百三十九

　　词人对词的美感究竟如何认识,我认为他们的困惑经历了三个时期:第一个时期,当歌辞之词出现时他们就困惑了:我们要不要写这样的词;其后第二个时期,当诗化之词的东坡词出现了,他们又困惑了:这个不是词,这是句读不葺之诗,词是不能够这样去写的。……豪放的词出现,这是第二次的转变,由歌辞之词到了诗化之词的东坡,再到豪放之词,而豪放之词就是诗化之词发展出来的。……因为柳永的俗词和粗率叫嚣的豪放词,于是中国的词有了第三种困惑。(《清代词人在〈花间〉两宋词之轨迹上的演化及对于词之美感特质的反思》,《南京大学学报》2009年第2期页104~107)

一百四十

不管是严沧浪的"兴趣"、王渔洋的"神韵",主要重视的都是诗歌本身兴发感动的作用,所以诗人的本质是重要的,你有了好的东西如何表现。而词不是诗人言志的,不能够用读诗的方法来欣赏和评述词。所以当词一出现,这些诗人文士就感到困惑了,不知道什么样的作品才是好词。(《清代词人在〈花间〉两宋词之轨迹上的演化及对于词之美感特质的反思》,《南京大学学报》2009年第2期页105)

一百四十一

长调的婉约的词易流于淫靡,豪放的词易流于叫嚣,而在词而言一定是要有深沉、婉转低回的意思,才真正是好词。可是一直到南宋,他们都没有真正的反省思索和认知。(《清代词人在〈花间〉两宋词之轨迹上的演化及对于词之美感特质的反思》,《南京大学学报》2009年第2期页108)

一百四十二

清词为什么有它的复兴或者说中兴,而不同于宋诗之对于唐诗?宋诗对于唐诗是清清楚楚知道唐诗的好处,不管明清是继承它也好,宋诗是反对它、破坏它也好,都有清楚的认知。可是五代两宋词发展下来,一直到最后,还没有真正掌握到那词的好处。(《清代词人在〈花间〉两宋词之轨迹上的演化及对于词之美感特质的反思》,《南京大学学报》2009年第2期页108)

一百四十三

初起的小词都是写男女的爱情,就使得我们中国这个以礼教和道德标榜的民族产生了疑问和困惑。……这些诗客都是受过教育的,他们写的却都是男女爱情、相思的词,于是这些读书人内心很矛盾。(《爱情与道德的矛盾和超越——谈词学的发展过程》,未刊演讲稿)

一百四十四

爱情与道德有了矛盾,这些人喜欢美丽的歌词,而且很多道貌岸然的先生,内心之中都掩藏有爱情的。每个人都有爱情的,只是有些人说出来了,有些人要做一个道貌岸然的样子。那些道貌岸然的士大夫心里本来是有爱情的,只是由于礼教、道德的规范,他不能够写。现在好了,可以大胆地去写美女。黄鲁直说了,这不关我的事,我只是写一个歌词。这就给了他一个很好的借口。但是爱情和道德之间确实有矛盾呀!有人就想了一个办法,怎么把这个小词也说成有道德就好了。(《爱情与道德的矛盾和超越——谈词学的发展过程》,未刊演讲稿)

一百四十五

词作为一种很重要的韵文形式,虽然在中国文学史上占有一席地位,但词学的本身却一直是在困惑、矛盾和争议之中发展下来的。这实在是一个值得注意的现象。(《从西方文论看花间词的美感特质》,《迦陵说词讲稿》页3)

浙西派词论

一百四十六

直到清初的朱彝尊氏之出现,才开始对于小令与长调两种不同体式的不同的美感特质,有了初步的认知,所以朱氏乃在他的一些词论中,提出了"小令宜师北宋,慢词宜师南宋"的说法。也就是说他已经初步认识到了小令与慢词在写作的方式上应该有所不同。只不过他所标举的慢词的模范,乃是南宋的姜夔和张炎,而对北宋的赋化之词的写作方式之创始者周邦彦竟不置一论。这就因为朱氏的词论原来受了他自己主观的一点局限,他过于重视语言的骚雅,而对于在情思方面所要求的要眇深微之本质的重要性未能有深刻的认知。(《词学新诠》页130～131)

一百四十七

浙西一派之词论主要盖继承南宋张炎之余绪,以清空骚雅为宗旨而推尊姜、张。关于张炎词论之得失,我们在前面已曾论述及之,自不须更为重复。而值得注意的则是浙西一派在继承南宋词论之余,自己又衍生出来的几点见解:其一是朱彝尊在主张"词以雅为尚"(《乐府雅词·跋》)之余,又曾提出了"假闺房儿女子之言,通之于《离骚》变雅之意,此尤不得志于时者所宜寄情焉耳"(《红盐词·序》)之说;其次是浙派继起的厉鹗则在倡言雅正之时,更结合了尊体之说,谓"词源于乐府,乐府源于诗,四诗大小雅之材合百有五,材之雅者,风之所由美,颂之所由成。由诗而乐府而词,必企夫雅之一言而可以卓然自命为作者。……词之为体委曲啴缓,非纬之以雅,鲜有不与彼俱靡而失其正者矣"(《群雅词集·序》)。(《词学新诠》页158)

一百四十八

所谓赋化之词正是由于南宋覆亡之世变,才使得一些身历亡国之痛的遗民词人,以其吞吐呜咽之中的微言暗喻,把赋化之词的深致之美感,推向了一个高峰,朱氏后期词论之特别推重南宋慢词,当然与他对于此种美感之体悟,有着密切的关系。所以朱氏在其《词综·发凡》中就不仅标举"南宋",而更提出了"宋季"之说,谓:"世人言词,必称北宋,然词至南宋,始极其工,至宋季而始极其变。"(《词学新诠》页208～209)

一百四十九

真正对南宋词的好处有了体会和认识,其实是清朝的朱彝尊。……朱彝尊对于南宋词有非常清楚的反省和认知。……他认识了这个南宋词这种亡国之恨的那种低回婉转的好处,可他失去了立场。……他认识了南宋咏物词的好处,但是他失去了写南宋的那种亡国的悲慨的立场,他写不出来了。(《清代词人在〈花间〉两宋词之轨迹上的演化及对于词之美感特质的反思》,《南京大学学报》2009年第2期页109)

一百五十

长调慢词之走向赋化,以求避免淫靡浅率之失,这条道路本是由北宋后期的作者周邦彦所开拓出来的,南宋诸家之以思致来安排铺叙的写作手法,原都是自周词变化而出的,只是朱(彝尊)氏论词何以不推尊北宋之周清真,而独尊南宋之白石和玉田呢?……我以为那是因为……清真词中不免仍有俚俗淫亵之作……盖如果以求雅避俗而言,则姜、张二家词中,确实没有如秦、黄、周等人的俚俗之语……再则,除去此一"雅""俗"之美感的因素以外,我以为朱氏之推尊姜、张,很可能也还有一些感情方面的因素,盖以姜、张二家词中,往往蕴涵有一种家国身世之慨。……朱彝尊亦复于早年身经国变,过了大半生的漂泊依人的生活……所以朱氏之赏爱姜、张二家之词,其出于家国身世之慨的某些相近之处,自是可能的。再则白石早年曾有一段合肥情遇,其作品中有不少流露有对此合肥女子之追怀忆念的难忘的情意,而朱氏也曾有过一段铭心刻骨的爱情往事,则朱氏读白石词之多共鸣之感,自然也是可能的。……朱氏论词亦颇重调谱及作法,这我们只要一看他的《词综·发凡》,就可得到证明。姜、张二家皆精于声律,张氏《词源》更为早期词学中一本最有系统的专著,凡此种种,当然也可能是朱氏论词推重姜、张二家的另一个原因。(《清词丛论》页117~119)

一百五十一

朱(彝尊)氏在词的创作方面,既已有了可观的成就;在词的理论方面,也有其精研反思后,对于小令与慢词之不同的美感特质的一种深切的体认;再加之其浙西词派之建立,又有其风云际会的一种有利的形势,如此说来,则在朱氏浙西词派之倡导下,本该有一批杰出的作者与作品出现才是。然而不幸的则是,朱氏的浙西词派,却并没有能获得所预期的成果,甚至连朱氏自己的作品,也走向了衰退,失去了他早期作品中的劲力和光彩。那么,造成此一结果的原因又究竟何在呢?……我以为其答案大约可分为以下几点来略加说明:其一是理论与创作在本质上的不同,在理论方面以分析和反思的认知为可贵……但就创作方面而言,则绝不可以把理性的认知来作为一种创作的标准和模式。……当朱氏词论盛行之时,一般作者却只知从写作的技巧形式方面去追求和模仿,仅此一出发点,便已落入了第二乘,则自无怪其未能产生更为杰出的作品了。其二则是朱氏当时所发现的那一册南宋遗民的咏物之作《乐府补题》的出不逢时。……朱氏之将《补题》携入京师,且经蒋景祁刻印流传之日,则已是清朝的康熙盛世,于是遂使得此一卷词之出现,陷入了一个颇为矛盾的境况之中。一方面则这一卷词集中所蕴涵的南宋败亡之伤痛,固仍足以唤起当时人们对明朝之败亡一种共鸣的哀感,但另一方面则当时距离明朝之亡,毕竟已经有了四十年左右之久,这与《补题》中之作者王沂孙等遗民之对亡国之创痛犹新的强烈激情之感受,也毕竟有了很大的不同,所以《补题》一集之出现,虽造成了京师一时的震动,但在感情之本质方面,他们却已经无法再写出如《补题》中之作者的那样幽怨深微的作品来了。在这种情形下,除了少数作品以外,他们用赋化之词的写作方式所写下的咏物之作,于是就只成了以思致安排来争奇斗胜的一种文字的酬应和游戏。其三则……朱氏……对南宋慢词之美学特质有了一番体会和认知以后,于是其为说立论,乃过于侧重在此一类词之美感特质,而忽略了对内容本质方面的重视和倡导。于是在朱氏词论的影响下,遂使得浙西词派的作品,逐渐形成了一种形式精美而内容空疏的弊病。其四则朱氏自己在诗词创作方面,原来就具有一种贪多逞才的习性。……也就正由此贪多逞才之一念,于是遂使得朱氏自己在理论上所倡导的"词至南宋始极其工,至宋季始极其变"的以南宋遗民之《乐府补题》为代表的咏物之作,在他自己之创作的实践中,埋下了使浙西一派之词作日益走向征典逞才而意蕴空枵的败坏的种子。(《清词丛论》页121～123)

一百五十二

在前人词论中,似乎还没有人曾像朱彝尊这样能够把"闺房儿女子之言"与"不得志于时者所宜寄情"这二者之间的关系,如此明白而密切地结合在一起而立论的。……朱氏所提出的此一论点,实当为对于歌辞之词之美感特质的一项重要的体认,此一体认,就词学发展之历史而言,是极可值得重视的。何况此一体认又正与那些想要推尊词体,将所谓小道末技之词比附于诗骚风雅的观念相暗合,于是美感之体认与道德之观念遂得以互相结合,因而乃形成了常州一派的比兴寄托之说,而且在清代之词学中产生了极大的影响。(《清词丛论》页125)

一百五十三

昔王国维之论词,曾谓"一代有一代之文学",其实不仅创作之风气与作者所生之时代有着密切的关系,就是在理论方面,也同样各有其时代之影响

和限制。朱彝尊所生之时代,正是一般词人与词学家,对于词之美感特质开始有了反思的时代,而且也是南宋人之词集开始大量被发现和辑印的时代。所以当时不仅是朱氏开始注意到了南宋慢词之特殊的美感特质,就是时代与朱氏相近的一些其他词人和词学家,就也都开始有了类似的反思和体悟。……对南宋长调慢词之特美的体认,实在是关系着词学之演进的一件大事。朱彝尊氏既生于对此种美感特质开始有所认知的时代,所以其词论乃过于强调了此种美感之特质,而忽略了对于内容意蕴方面的重视,因此乃又有常州派词论之兴起,倡为比兴寄托之说,以强调对于内容意蕴方面的追求,其得失利弊以及袭演变化之渊源,自然也是论词学者所不可不知的。(《清词丛论》页126～127)

常州派词论

一百五十四

常州派词论一方面虽然对浙西词派末流的浮薄空疏之弊颇有微词,而另一方面则其比兴寄托之说,实在也未尝不受有浙西派的某些启发和影响。只不过浙西词论主要仍以追求雅正为主,其偶然发为托喻及尊体之言,实在只是想要为其雅正之说找到更多一点依据而已。这正是何以浙西词派之末流在一意追求雅正之余,终不免流入于浮薄空疏之弊的缘故,以至于常州词派则竟以比兴寄托作为评词的主要标准。(《词学新诠》页159)

一百五十五

词在初起时,虽并无必然要以比兴寄托为之的意念,可是自词之流入于士大夫手中,乃逐渐用之以抒写怀抱志意,同时一方面由于要抬高词的地位,一方面又由于某一些时代背景的缘故,因而乃逐渐形成了以比兴寄托为词的意念。不过,即使在比兴寄托之观念已经形成之后,也并不是说每个人

便都必然是以此一观念来从事词之写作的,只不过是词里面确实有了用这种观念来写作的作品罢了。(《清词丛论》页174)

一百五十六

一首词中有无比兴寄托之意……我曾经提出过三项衡量判断的标准,以为第一当就作者生平之为人来作判断;第二当就作品叙写之口吻及表现之神情来作判断;第三当就作品所产生之环境背景来作判断。……但还有一点应该说明的是,纵然有此三项判断有无寄托的标准来作为依据,读词者与说词者也并不是就能因此而对其词中每句每字之托意来加以实指。……除了判断之标准以外,说词者所当取的态度,实在也是一项值得讨论的问题。……如辛弃疾的《菩萨蛮·书江西造口壁》、王沂孙的《齐天乐·蝉》、唐珏的《水龙吟·赋白莲》诸作,则是用前面所提出之判断有无寄托的三项标准来衡量都有相合之处的作品。……可是即使对这一类词,说词的人所当取的态度,也仍不可过分拘执去一一加以实指。即以辛氏《菩萨蛮》而论,前面我们已经举出过解说此词的人对其托意的多种不同的说法,可见即使是对于确有寄托的词,如果在解说时采取字比句附妄加指实的态度,也是难以使人完全信服的。可是这一类词又确实是合于判断之标准的有寄托之作,因此在解说时,当然也不可以将其托意完全置而不论。在这种情形下,说词者所当取的态度,也许应该只是说明作者之身世、为人,指出其可能有托意的词句及口吻,并说明写作之环境背景以及其可能牵涉到的本事,提供所有线索,给读者一种暗示和启发,让读者自己去加以思索和体会,以尽量避免由于牵强附会的解说所引发的种种误谬。也许这应该是说词之人所当取的一种最为妥适的态度。(《清词丛论》页174~181)

一百五十七

张惠言的推尊词体,以比兴说词的说法,虽颇有迂执误谬之处,可是如果就词之本身的性质来看,则把词看成为表现寄托的一种最适合的体式,在文学理论上也并非完全没有道理。因为词在本身的性质中，原来也就含了可以作为比兴寄托之用的因素。……歌辞与所谓寄托美刺感慨盛衰的大题目，当然十分相远。可是仔细分析起来，二者却有一点极微妙的相似之处，那就是其中所表现的所谓"爱"的一种共相。人世间之所谓"爱"，当然有多种之不同。然而无论其为君臣、父子、夫妇、朋友之间的伦理的爱，或者是对学说、理想、宗教、信仰等的精神的爱，其对象与关系虽有种种之不同，可是当我们欲将之表现于诗歌，而想在其中寻求一种最热情、最深挚、最具体，而且最容易使人接受和感动的"爱"的意象，则当然莫过于男女之间的情爱。所以歌筵酒席间的男女欢爱之辞，一变而为君国盛衰的忠爱之感，便也是一件极自然的事，因为其感情所倾注之对象虽有不同，然而当其表现于诗歌时在意象上二者却可以有相同之共感。所以越是香艳的体式，乃越有被用为托喻的可能。（《清词丛论》页190）

一百五十八

张惠言的比兴寄托之说虽不免有牵强附会之处，然而词的性质既果然适合于比兴寄托的写作，而且中国文学中也确实有比兴寄托的传统，则张氏之说，虽然就其推尊词体之目的而言，乃是出于道德的观念而非文学的观念，可是他能善于观察和运用这种香艳的体式，就其本身性质之趋向而给予了一种更高的诠释，则在文学批评理论中便也自有其值得重视之处。（《清词丛论》页191）

一百五十九

张氏（张惠言）对其所选录的各家词作，又往往多有抉幽探隐的评说，如此则在理论之外更有了实践的证明，这自然是张氏超越前人之处。不过恰恰也就正因为他对词作的评论有了具体的指说，遂使张氏陷入了牵强附会之讥。私意以为张氏之体认虽确有所见，但因为他在词体中所发现的这种特美，原来乃是过去传统诗文中之所从未曾有，因此遂难于在过去评论诗文的语言中,为之找到一个恰当的词语来加以指说。所以张氏乃不得不含混地描述为"盖诗之比兴,变风之义,骚人之歌,则近之矣"。观其所用的"盖"字与"近之"等字样,可见他本来并不认为小词中的这种微妙的作用,就等同于诗歌中的比兴托喻,他只不过是因为找不到适当的词语,而不得不取前人的词语来加以借用而已。(《常州词派与晚清词风》序言,《迦陵杂文集》页427)

一百六十

对于常州派的词论,如果我们能够善加别择,不为其谬说所拘,但观其在文学理论上的根本会通之处,则词体宜于表现寄托,词之写作当以情物交感为主,词之解说可以有别具会心的领悟,这些观念都可以给予我们写词或说词时很多的启示,可以对词有更为深广的体认。(《清词丛论》页191)

一百六十一

关于张氏之词论,我以前在《常州派比兴寄托之说的新检讨》一文中,已曾有详细之论述。简言之,则张氏之主张是说这些写男女之情的作品乃是可以藉之表现一种贤人君子之志意的。因此张氏论词乃提出了所谓"比兴变风之意",而传统诗论之所谓"比兴变风"则正是认为诗歌之写作中,包含有政治上美刺之托意的一种观念。(《词学新诠》页17)

一百六十二

不过,张氏(关于温庭筠词)的托喻之说却始终不能完全取信于人,我以为这其间实在还应牵涉有另外一些问题。其一是一般文人失志的牢骚感慨是否一概可以被称为"托喻"的问题。……其二是张氏之说往往过于拘狭沾滞……其三是温氏之词所用之语汇,虽往往因其与历史文化传统有暗合之处,而引人产生托喻之想,但在叙写之口吻方面,却极少有直接的属于主观意识之叙述,因此温词所予人者大多为客观之美感及语汇之联想,而并不属于直接之感发。所以张氏谓温词为有喻托,其不尽能取信于人者,虽由于张氏之说过于拘执,而同时也由于温词本身原不能从直接感发予人以深切感动之故。(《词学新诠》页30～31)

一百六十三

其后常州派词学家张惠言的词论,虽有心要纠正朱氏所倡导之浙派末流的雕砌空疏之弊,从而提出了重视内容的比兴寄托之说,但因张氏对于歌咏之词与赋化之词之不同的写作方式和不同的美感特质未能作深入的辨别,因此遂不免误用同一的方法来诠释两类性质完全不同的作品,对于一些本无托意但在美感特质上富于要眇深微之意味的歌咏之词,也按赋化之词有心安排勾勒的另一种要眇深微的用意之作来加以比兴寄托的解说。所以张氏之说虽然掌握了词之为体的一种要眇深微的美感品质,却终不免受到了牵强比附的讥评。(《词学新诠》页131)

一百六十四

当我近年来对于词之特质有了更深入之体会后,我却发现张氏之说表面看来虽不免有许多谬误,但却自有其探触到词之本质的某些可贵之处。我以为张惠言之以"意内言外"说词,就此语之出处而言,虽不免有牵强附会之处,但他指出了词之贵在有一种言外之意蕴,则确实探触到了词之一种特殊的美感。(《词学新诠》页135)

一百六十五

张惠言对词之为义所提出的"意内而言外谓之词"及"诗之比兴、变风之义,骚人之歌"的说法,就词之本为歌辞的性质而言,自然乃是一种牵强比附之说;然而若就词之贵在有一种曲折含蕴之美,而且足以引起读者的联想及寻味的特质来看,则张氏所说便也未尝不是对词之此种特质的一种有见之

言,只可惜张氏所说过于牵强比附而全无理论的逻辑,因此乃存在不少引人讥议之处。(《词学新诠》页 160)

一百六十六

词里的美女跟爱情它可以是有深一层的寄托,它也可以只是给读者深一层的联想。所以张惠言提出的"意内言外"的说法虽然比附牵强,可是跟词本身的性质确实可以暗合,就是词里边果然可以给人这种联想。(《清代名家词选讲》页 113)

一百六十七

张氏的重视"言外"之意的比兴寄托之说,表面看来自然似乎曾受有朱彝尊的《红盐词序》所提出的"不得志于时者所宜寄情"之说的影响,但事实上则私意以为清代词论之所以对于词之深层美感之逐渐有了愈来愈明白的认知……乃是时代之特色与词之特殊美感相结合后所产生的必然的结果。清代的作者既在词之委曲的形式中找到了最适合于表达他们的幽微深曲之情思的一个文学载体,则词学家们透过了反思而逐渐认识到词体之深层美感,便自然也就形成为词学发展的一个共同趋向了。(《清词名家论集》序,《迦陵杂文集》页 296)

一百六十八

张惠言的解释,有他牵强附会的那一面,但是从语言学、符号学上说,他也有些个为什么这样说的道理。而且妇女的形象与男子潜意识的感情心态,有某一种的相似性。(《北宋名家词选讲》页 97)

一百六十九

张惠言的词说还有一点值得注意的说法,那就是他把这类词之引人生托喻之想的因素,归纳为"兴于微言"四个字。"兴"当然是兴发感动的意思,至于"微言"则可以有多重的含义。首先"微言"二字可以给我们一个出处的联想,因为在《汉书·艺文志》开端,就曾有"仲尼没而微言绝,七十子丧而大义乖"的话,可见"微言"二字原可以有义理之微言的含意;其次再从词之为体的本身来看,王国维在《人间词话》中就曾提出说"词之为体,要眇宜修",而"要眇"二字据《楚辞·远游》篇洪兴祖注,则正是"精微貌"。可见"微言"原也可以指一种精致而细微的语言品质,而这种品质则正是词的语言品质。张惠言所提的"兴于微言,以相感动"之说,就正表示张氏的比兴寄托之说,原是由"微言"之兴发感动而产生的。(《词学新诠》页138～139)

一百七十

近年来当我对西方的各种文学新论有了更多的接触,同时对于张惠言的词做了进一步的研读以后,我却发现张惠言实在乃是一位具有极为细致精微的词人之心性的人,他的词论也不仅是出于经师的欲求载道的道德观念而已,而是对词之美感特质也确实有其一己之体认。至于其不免落入了迂执比附之失,则是由于受了学术演进中传统观念之限制的缘故。(《清词丛论》页198)

一百七十一

张(惠言)氏在《词选·序》中所提出的"兴于微言"一句,其所使用的"微言"二字,就恰好表现了一种双重性的微妙作用,既可指道之义理的"微言",也可以指词之美感的"微言"。……所谓"微言",固当是指一种精致细微而富于深隐幽微之意蕴的语言,而此种语言,则正是词的一种特质……词之特征固正在于一则要求形式上的细微精美,一则要求意境方面的幽微隐约,是则无论就形式或内容而言,词之语言固当皆属于一种"微言"之性质。(《清词丛论》页201～202)

一百七十二

　　常州词派的说词的人就曾经把温庭筠在词中的地位提高,把它比美于屈子的《离骚》,说温庭筠的《菩萨蛮》"照花前后镜,花面交相映"有《离骚》里边的"退修吾初服"的含义。……他的词之使人可以引起这种联想,其中有一个必然的原因:司马迁写《屈原贾生列传》,当写到《屈原列传》的时候,司马迁曾经说过这样两句话,他赞美屈原的《离骚》,说"其志洁,故其称物芳",说因为他的心志是高洁的,因为他内心里边的情志是美好的,所以他所称述的名物是美好的。……在屈原说来,他的因果关系是如此的,是先有志洁,然后才有物芳。可是你要知道,作者有作者的联想,读者也有读者的联想。作者可以由他的志洁联想到芬芳美好的物象来传达他的情意,读者就是从这芬芳美好的物象联想到作者的情意。所以你可以从志洁推到物芳,而反过来也同样真实,你可以从由物芳倒回去,推想到志洁。(《温庭筠、韦庄、冯延巳三家词总论》,《唐五代名家词选讲》页101~102)

一百七十三

　　常州词派张惠言推尊温庭筠,说他的一些作品可以比美屈子《离骚》,王国维不赞成张惠言这种比兴寄托的说法,我的老师顾随以及我本人也不赞成。(《唐宋名家词赏析》叙论,《迦陵杂文集》页265)

一百七十四

　　很多人都认为,张惠言是用传统的道德思想意识来评述讲解小词。而我现在虽然也引用了张惠言的说法,可我却并不是要像张惠言那样用道德的意识来讲小词。我所讲的,是小词的美感特质。(《词之美感特质的形成与演进》页34)

一百七十五

　　中国的词学之所以长久陷入困惑之中,一直未能建立起一个理论体系,也正是与中国士大夫一直不肯面对小词中的美女跟爱情,并对这种美女跟爱情作出正面的肯定和研究分析有关。他们在为歌女写词的时候,在显意识中并没有打算写自己心中那些苦恼,可是他的潜意识却在不知不觉之中就把心中的这些苦闷流露出来了。而这些无意之中的潜意识的流露,就给词的读者提供了一种联想的可能性,张惠言意识到了这种可能性,这是对的。然而那仅仅是一种可能性而已,张惠言硬要按照自己的想法一一加以指实,就实在是一种很笨的做法了。(《从西方文论看花间词的美感特质》,《迦陵说词讲稿》页 18)

一百七十六

　　乾嘉时代的张惠言,遂在其《词选·序》中,对词之美感特质提出了一套更为完整的说法,以为词之为体乃是"缘情造端,兴于微言,以相感动,极命风谣里巷男女哀乐,以道贤人君子幽约怨悱不能自言之情",而且要"低回要眇,以喻其致"。只不过张氏对于词之写作方式之可以有"歌辞之词"、"诗化之词"及"赋化之词"三种不同的类型,则并未能有清楚的认知,以至于当其评说词作时,遂不免往往把一些歌辞之词中,只因为双性人格及双重语境所形成的要眇深微之致,竟用有心安排的赋化之词的有心托喻之方式来加以解说,因此遂不免招致了牵强比附之讥。(《百年词选》序,《迦陵杂文集》页 225)

一百七十七

　　只不过就西方文论而言,各种语言符号在文本中,虽然对读者的理解与诠释起着某种作用,而就西方的诠释学及接受美学而言,则读者的诠释既未必能完全合乎作者的原意,而读者在接受中更可以有很多自我创造的空间。

可是张惠言在评说时,却并没有西方文论中这种种反思的认知,而他所凭藉的遂只剩下了中国文论传统中的比兴寄托之说。因此张氏说词的许多误谬和拘限,可以说乃是完全由于受到传统文论比兴寄托之说的限制的缘故。(《词学新诠》页140)

一百七十八

张惠言的词说其实原本也已感受到了文本中所具含的一种引人联想的作用,只不过因为他过于被传统的比兴喻托之说所拘限,所以竟将读者一己之感受与联想,都指说成了作者有心之托意,因此才形成了牵强误谬之弊。至于周济对张惠言之说的拓展与补救,则在于他把张氏的"寄托"之说,分别成了"有"与"无"及"入"与"出"两种不同的情况,周氏对所谓"无"与"出"之情况所作的叙写,如其谓"无寄托"之作品,读者可以"仁者见仁,智者见智",又谓能"出"的作品,就作者而言乃是"万感横集,五中无主",并没有固定的托意;而就读者而言,则更如"临渊窥鱼,意为鲂鲤。中宵惊电,罔识东西",对篇中之意旨乃全然不能作明白之指说。其实这种说法也已经颇近于本文前面所提及的接受美学中所谓"潜能"之作用,不过周济仍不免受到了张惠言之说的拘限,所以虽然提出了"无寄托"的能"出"之说,但却以为"无寄托"是从"有寄托"蜕化出来的结果,则其所说对张惠言之说的突破自然就不免仍有未尽彻底之处了。(《词学新诠》页145~146)

一百七十九

张氏在词学史中,毕竟是针对词之整体,而不是对任何个人之某些作品而提出来对词之此种特质加以正式论述的第一人。所以当后人对词之此种特美有了更深的认知后,乃逐渐体悟到张氏之说之弥足重视,但亦感其有所不足,于是乃有周济的有无出入之说为之做了补充的说明,又有谭献的"读者之用心何必不然"之说,对小词中作者之文本与读者之体悟间的微妙作用,做出了明白的辨析,更有陈廷焯提出了"沉郁"说,于是乃使此种特美摆脱了比兴寄托之说的狭隘的拘束。所以晚清的词与词学,可以说实在莫不受有张氏之说的影响,只不过时代不同,文化背景各异,个人之资质更有明显之差别,故虽然大体在张氏之说的影响之下,但其论述之所见知以及创作之所成就,乃有了种种的不同。(《常州词派与晚清词风》序言,《迦陵杂文集》页428)

一百八十

总之,依周氏(周济)之说,则作者在写词之际既可以由其"入"与"有"之说而避免了浮靡空率之病;又可以由其"出"与"无"之说而不致过分被狭隘的寄托之说所拘限,这自然较之张惠言的死于句下的说法要活泼和高明得多了。而就读者而言,则更可以因其"临渊窥鱼,意为鲂鲤。中宵惊电,罔识东西"的感发和联想,而对作品作出"仁者见仁,智者见智"的各种不同的解说,这自然就更为后来之以比兴寄托说词者,开启了一个广大的法门。于是谭献在《复堂词录·序》中,就曾推衍周氏之说而更提出了"甚且作者之用心未必然,而读者之用心何必不然"的说法。如此则说词者之联想遂得享有绝大之自由,而不致再有牵强比附之讥,这自然是常州派词论的一大拓展。(《词学新诠》页160～161)

一百八十一

周济在清代的词学家中是一个非常有眼光的人,常州词派的词学理论在张惠言以后就是因为有了周济才得以推广的。(《南宋名家词选讲》页184)

一百八十二

(周济谓柳词"森秀幽淡之趣在骨")周济说得非常对。这几个字下得非常精确。但未加说明,别人不容易了解。原来在柳永的词中往往有一些非常平淡幽微的叙写,而里边却含有一种幽微的感发。秀,是心灵的感发之

美；森，是凄凉的韵味。(《北宋名家词选讲》页 65)

一百八十三

周氏(周济)之词论最可注意者有两点：其一是对词之深层美感作用有了更深的体认，他在《宋四家词选·目录序论》中，曾以极形象化之语言指出了词之"言外"之意与诗之有意识的喻说的微妙的差别，说"读其篇者，临渊窥鱼，意为鲂鲤，中宵惊电，罔识东西"，喻示了词深层美感的一种虽可确感而不可确指的微妙作用。这种体认自然是极为可贵的。其二是周氏提出了"词史"之观念，他在《介存斋论词杂著》中曾特别提出了"感慨所寄，不过盛衰"之说，以为"诗有史，词亦有史"，这种观念之形成，私意以为与清词之中兴乃是由于时代之特色与词之特殊美感相结合的演进形势，也有着极为密切的关系。(《清词名家论集》序，《迦陵杂文集》页 296~297)

王国维词论

一百八十四

王国维是一个有眼光的人，他不是泛泛地评说一位作者、一篇作品的好坏，他是真的掌握了要点。(《词之美感特质的形成与演进》页 69)

一百八十五

静安先生在其文学批评中乃特别喜欢取哲理的观点来解说文学，如其《人间词话》中之评李后主词便曾经说："后主则俨有释迦、基督担荷人类罪恶之意"；又曾以"古今之成大事业、大学问者"之"三种境界"来解说晏殊、柳永、辛弃疾的一些词句；又曾经说"诗人之眼则通古今而观之"，而且他更不仅持此一"通古今观之"的哲人眼光来批评诗歌而已，他也持此一观点来批

评《红楼梦》这一本小说。(《王国维及其文学批评》页135)

一百八十六

欲知静安先生文学批评之全貌,自不可不于其主"真"之文学观以外,更同时注意到他对于表现之艺术技巧的重视。他在《人间词话》中曾经屡次论及用字,又曾论及"词之荡漾处多用叠韵,促节处用双声",在《清真先生遗事》一文中又论清真词"多用唐人诗句檃栝入律,浑然天成",又谓清真词"妙解音律","曼声促节,繁会相宜,清浊抑扬,辘轳交往"。凡此种种都可看出他对于用字、修辞、声律各方面之重视。(《王国维及其文学批评》页137)

一百八十七

至于《人间词话》则是他脱弃了西方理论之拘限以后的作品,他所致力的乃是运用自己的思想见解,尝试将某些西方思想中之重要概念融会到中国旧有的传统批评中来。所以《人间词话》从表面上看来与中国相沿已久之诗话词话一类作品之体式,虽然也并无显著之不同,然而事实上他却为这种陈腐的体式注入新观念的血液,而且在外表不具理论体系的形式下,也曾为中国诗词之评赏拟具了一套简单的理论雏形。(《王国维及其文学批评》页173)

一百八十八

然而可惜的是《人间词话》毕竟受了旧传统诗话词话体式的限制,只做到了重点的提示,而未能从事于精密的理论发挥,因之其所蕴具之理论雏形与其所提出的某些评诗评词之精义,遂都不免于旧日诗话词话之模糊影响的通病,在立论和说明方面常有不尽明白周至之处。(《王国维及其文学批评》页173~174)

一百八十九

至于其(指《人间词话》)上卷所收的词话六十四则,则曾经过静安先生自己之编订,早在他生前便已曾于《国粹学报》上刊行发表。这一部分词话从表面上看来与其他词话之分条记叙者虽也并无不同,然而我们只要一加留意,便不难发现这六十四则词话之编排次序,却是隐然有着一种系统化之安排的。(《王国维及其文学批评》页174)

一百九十

概略地说来,我们可以将之简单分别为批评之理论与批评之实践两大部分。自第一则至第九则乃是静安先生对自己评词之准则的标示……从这九则词话来看,静安先生之欲为中国诗词标示出一种新的批评基准及理论之用心,乃是显然可见的。所以这九则词话实在乃是《人间词话》中主要的批评理论之部。至于散见于《人间词话》其他各卷的一些零星的论见,则都可以看作是对于这一套基本理论的补充及发挥。……自第十则至第五十二则乃是按时代先后,自太白、温、韦、中主、后主、正中以下,以迄于清代之纳兰性德,分别对历代各名家作品所作的个别批评。此一部分乃是《人间词话》中主要的批评实践之部。……自第五十三则以后,尚有数则词话分别论及历代文学体式之演进、诗中之隶事、诗人与外物之关系、诗中之游词等,则是静安先生于批评实践中所得的一些重要结论。最末二则且兼及于元代之二大曲家,可见其境界说之亦可兼用于元曲。(《王国维及其文学批评》页174～176)

一百九十一

《人间词话》中所标举的"境界",其含义应该乃是说凡作者能把自己所感知之"境界",在作品中作鲜明真切的表现,使读者也可得到同样鲜明真切

之感受者,如此才是"有境界"的作品。(《王国维及其文学批评》页181)

一百九十二

"有境界"乃是成为一首好词的基本条件。这应该才是静安先生以"境界"论词的根本主旨所在。(《王国维及其文学批评》页182)

一百九十三

静安先生选用了这一个既有出处又为一般人所常用的"境界"一词,来作为他的评词之特殊术语,实在是有其长处也有其缺点的。……就其缺点而言,则也可以分为两点来看,第一,"境界"一词既曾屡经前人使用,有了许多不同的含义,因此当静安先生以之作为一种特殊的批评术语时,便也极易引起读者们不同的猜测和解说,因而遂不免导致种种误会。第二,静安先生自己在《人间词话》中对"境界"一词之使用,原来也就并不限于作为特殊批评术语的一种用法而已,它同时还有被作为一般习惯法来使用的情形。这当然也就更增加了读者对此一词在了解上的混淆和困难。(《王国维及其文学批评》页184～185)

一百九十四

《人间词话》所提出的境界说,虽然把握了中国诗论中重视感受作用这一项重要的质素,可是他所提出的各种说明及例证却仍嫌过于模糊笼统,过于唯心主观,既未能对于作者与作品之"能感之"、"能写之"的各种因素作精密的理论探讨,也未能对于其"所感"、"所写"之内容的社会因素作客观反映的说明。凡此种种,当然一方面由于静安先生这位评诗人,也同样受到了他自己所生之时代以及他自己之思想意识的局限;另一方面也由于他所采取的词话之体式,原来就不适宜于作精密和广泛的探讨说明。(《王国维及其文学批评》页286～287)

一百九十五

关于"境界"一词之义界,本来我在多年前所写的《王国维及其文学批评》一书中,已曾作过相当的讨论。……但近来我却又有一点更进一步的想法,那就是王氏之重视兴发感动之作用及重视其表现与传达之效果一点,虽可以作为衡量诗词之一项普遍的标准,但王氏提出"境界"说之用意,却实在原是以着重词之品评为主的。因此我们在讨论王氏之"境界"说时,实在不应把这一点完全加以忽略。(《词学新诠》页10)

一百九十六

王国维所提出的"境界"一词,私意以为就正指词中所呈现的这一种富于感发之作用的作品中之世界。(《词学新诠》页13~14)

一百九十七

我多年前对王氏词论中"境界"之说的一点理解……现在回顾所言,我以为基本上也仍是正确的。只是近来我却逐渐发现,事实上这种理解原来却存在有一点极明显的不足之处。那就是凡以上所言者,都不仅可以作为论词之标准,同时也可以作为论诗之标准。而王氏在《人间词话》开端标举"境界"之说时,他所提出的最重要的一句话,却原来乃是"词以境界为最上",可见在王氏之意念中,词固应原有不同于诗的一种特质,而"境界"一词就正代表了王氏对此种特质的一点体认。(《词学新诠》页164)

一百九十八

当他(王国维)在词话开端特别提出"词以境界为最上"的说法时,此"境界"一词便实在还应具有专指词之特质的另一层含义。而这一层更为深入

的含义,我以为才正是王氏词论中最重要的一点精华之所在。(《词学新诠》页168)

一百九十九

王国维提出"词以境界为最上"是有他的用心的。其中一个主要的区别就在于,诗有一个言志的传统;而词在最初兴起的时候,写作者却没有这种用心。……他只是要写一首漂亮的歌词,拿给漂亮的歌女去演唱。这就是诗和词最大的区别。所以当批评诗的时候,你可以批评它的思想、意识和内容。可是词都是写男女相思,都是写伤春怨别,你用什么标准来衡量它的好坏呢?王国维提出了一个特殊的衡量标准,那就是"词以境界为最上"。什么叫做"境界"?"境界"就是说,同样写男女的相思爱情,可是有一类词可以从所写的男女相思爱情之中引起读者的一种感发、一种联想,使读者产生更深一层的体会。它所传达的不是一个感情的事件,而是一个感情的境界。(《北宋名家词选讲》页105～106)

二百

从冯正中到晏殊、欧阳修这几位词人是最合于王国维以"境界"评词之标准的作者,最能表现这一份词中感发的本质。(《唐宋词十七讲》页177)

二百零一

境界就是说一个世界,但这个世界不是我们大千世界的种种的现实的世界,这是作品中的一个世界。……这个世界是作者心灵或者意识跟外在的现象接触所产生的一个带着感动的世界。而我还要说明,如果按照刚才我说的标准来看,那么,境界就不应该专指词了,凡是一切诗歌都应该以境界为最上,都应该是有境界则自成高格,自有名句。可是,你不要忘记,王国维的《人间词话》,第一句说的是"词以境界为最上"。这是非常值得注意的一个分别。所有的一切诗歌都是以这种内心的感发为主要创作的动力,这是一个创作的根源。但是,王国维为什么特别说"词以境界为最上"呢?就是因为,我说过,诗,是言志的,是有一个明显的意识的活动,他有一个志意在里边。诗有一个主人公的情志的意识的意念明显地在里面。"致君尧舜上,再使风俗淳"(杜甫《奉赠韦左丞丈二十二韵》),是这样的。而词呢?是作者写给歌女去唱的歌词,他不是要写他自己的情志。可是一个人,一个作者,他的品格,他的感情,他的修养,他的生活经历,在不知不觉间就流露在作品中了。尽管他只是写不是自己情志的爱情歌词,但不知不觉也流露了他自己本人的一份性格修养在其中了,所以就造成词里边的一种境界,就是词里边所表现作者心灵感情的真正本质的质素的一个世界。这种衡量也不是用之于所有的词都正确,从周邦彦以下,以至南宋的一些词人,便不是如此的。周邦彦是一个结北开南的人物,是结束北宋集大成,而给南宋开启了无数法门的作者。他是以安排思索为主的,而不是以这种直接的兴发感动为主的。所以有很多人不能够欣赏南宋词,不能够理解南宋词,因为他们是以思索为词的,他们是刻意安排的,不像李后主的词就这样直接给我们感动。这也是为什么王国维的《人间词话》对于南宋的词人总是贬低的,因为他没有找到一个通向南宋词的道路。他都是向着北宋词的方向探求,向着南唐词的道路去走。他对南宋词的精华不了解,不得其门而入。不见宗庙之美,百官之富。(《唐宋词十七讲》页175~177)

二百零二

他所说的"有我之境",原来乃是指当吾人存有"我"之意志,因而与外物有某种对立之利害关系时之境界;而"无我之境"则是指当吾人已泯灭了自我之意志,因而与外物并无利害关系相对立时的境界。(《王国维及其文学批评》页189)

二百零三

　　无论是"有我之境"或"无我之境",当其写之于作品中时,则又都必然已经过诗人写作时之冷静的观照。"无我之境"既原无"我"与"物"利害关系之对立,自开始就可以取静观的态度。所以说:"无我之境,人惟于静中得之。"至于"有我之境",则在开始时原曾有一段"我"与"物"相对立的冲突,只有在写作时才使这种冲突得到诗人冷静的观照,所以说:"有我之境,于由动之静时得之。"又因在"有我之境"中,既有"物""我"利害之冲突,所以其美感乃多属于"宏壮"一类;而在"无我之境"中,既根本没有"物""我"对立之冲突,所以其美感乃多属于"优美"一类。由此可知,静安先生所提出的"有我"与"无我"两种境界,实在是根据康德、叔本华之美学理论中由美感之判断上所形成的两种根本的区分。(《王国维及其文学批评》页189～190)

二百零四

　　朱光潜的"同物"与"超物"之别,实源于立普斯(Lipps)美学中的"移情作用"之说,这乃是就欣赏时知觉情感之外射作用而言者。至于所谓的"主观"与"客观"之别,则当是就创作时所采取的态度而言者。这些说法与《人间词话》中"有我"、"无我"之出于康德、叔本华之美学中,就"物""我"关系所形成的美感之根本性质而作区别的说法,实在有许多不同之处。(《王国维及其文学批评》页190)

二百零五

　　朱光潜所提出的"数峰清苦,商略黄昏雨"两句,就立普斯美学之欣赏经验而言,乃是由于作者之感情移入于外物,将外物亦视为有情而予以生命化所得的结果,可称为"同物"之境界。可是就《人间词话》之源于康德、叔本华之美学理论而言,则此两句中并没有"我"之意志与"物"相对立的冲突。因此此种境界便绝不能将之归属于有"宏壮"之感的"有我"之境界。反之,则《人间词话》所举的"可堪孤馆闭春寒,杜鹃声里斜阳暮",则其中虽无移情作用所产生的将外物视为有情而予以生命化之现象,然而其所写的"孤馆"、"春寒"、"杜鹃"、"斜阳"却似乎无一不对"我"有所威胁,明显地表现了"我"与"物"间之对立与冲突。此种境界虽非"同物"却绝然乃是"有我"。然则"同物"与"超物"之不同于"有我"与"无我",岂非显然可见?(《王国维及其文学批评》页190)

二百零六

再如《人间词话》中所举的"采菊东篱下,悠然见南山"两句诗,其所谓"采菊",岂非明明是"我""采";其所谓"见山",岂非明明也是"我""见"?是则就其写作时所取之态度言之,则此两句诗实在乃是"主观"的。然而如就其所表现之境界之全无"物""我"对立之冲突而言,则此两句诗就康德、叔本华之美学而言,其性质却原属具有优美之感的"无我"之境界。又如静安先生所举为客观之代表作的《红楼梦》一书,就其叙写所取之态度言之,虽可谓之为客观之作,然而若就其表现的主题,宝玉之意志与外在环境之冲突一点而言,则此书之大部分实在仍当属于"有我"之境界。由于如此,静安先生在其《〈红楼梦〉评论》一文中,便曾明白提出说:"此书中壮美之部分较多于优美之部分"。然则"主观"与"客观"之绝不同于"有我"与"无我",岂不也是显然可见?(《王国维及其文学批评》页190~191)

二百零七

他绝不是一个偏重"无我"之境而轻视"有我"之境的人。然而他却竟然提出了"写无我之境"之有待于"豪杰之士能自树立"的说法,这当然极易引起一般读者的怀疑和误会。可是只要我们一加深思,便会了解这个说法实在也是源于叔本华的意志哲学。叔氏之哲学盖认为世人莫不受意志之驱使支配而为意志之奴隶,故其哲学之最高理想便在于意志之灭绝。如果透过这种哲学来看文学作品,当然便会感到大部分作品不外于意志、欲望的表现,因此乃经常与物对立,成为"有我"之境界。至于能超然于意志之驱使支配而表现"无我"之境的作者,就叔氏之哲学言之,当然便可算是"能自树立"的"豪杰之士"了。这种称誉实在仅是就叔氏哲学之立足点而言,与文学评价之高低并无必然之关系。(《王国维及其文学批评》页191~192)

二百零八

所谓"有我"、"无我"乃是就作品中所表现的"物"与"我"之间是否有对立之关系而言;所谓"主观"、"客观",则是就写作时所取的叙写态度而言的。至于此处所谓的"造境"与"写境",则是就作者写作时所采用的材料而言的。(《王国维及其文学批评》页195)

二百零九

静安先生所提的"隔"与"不隔"之说,其实原来就是他在批评之实践中,以"境界说"为基准来欣赏衡量作品时所得的印象和结论。如果在一篇作品中,作者果然有真切之感受,且能作真切之表达,使读者亦可获致同样真切之感受,如此便是"不隔"。反之,如果作者根本没有真切之感受,或者虽有真切之感受但不能予以真切之表达,而只是因袭陈言或雕饰造作,使读者不能获致真切之感受,如此便是"隔"。(《王国维及其文学批评》页207)

二百一十

可注意的乃是静安先生所赞美的寄兴深微富于言外之意的作品却一般都有着两点特色:其一是作品本身都是极为真切的"不隔"之作,其二是解说时全凭作品中之"境界"所予读者之直接感受为立说之据,而并不以猜测附会的方式为牵强之解说。因此他自己虽也重视联想作用及言外之意,却非常反对标举"比兴"以"意内言外"来说词的常州词派的张惠言等人的比附猜

谜式的说词方法。(《王国维及其文学批评》页211~212)

二百一十一

静安先生乃是有着极明白的文学演进之历史观的。他不仅有见于每一时代有每一时代新兴之文学,而且更指出了文学演进的主要原因乃是由于任何一种文体,在通行既久之后,经过多人之尝试和使用,自然便不免会逐渐趋于定型,成为一种习套,于是当一切可行之途径尝试俱穷之后,后之作者一则既更无发展开拓之余地,再则又现有许多既成的习套摆在眼前,于是才气不足的作者自然便不免养成一种因袭模仿之风,而丧失了一切文学作品原来所最需要的创造的精神和能力,所以豪杰之士遂不免遁而作他体。这种论见实在道出了古今中外一切文学体式终久必趋于变的根本原因之所在。(《王国维及其文学批评》页218)

二百一十二

静安先生说词之最大特色,便也正在于其能以这"通古今而观之"的透过人类共感所引发的联想和感受,给予读者一种启示和触发,把读者带入一个更深更广的境界。虽然每个读者之所得并不一定全同,然而都可以各就其不同的感受,而对原来之诗句有更为深广的体认。如此在作者与读者之间,或说诗人与读者之间,由联想引发联想,遂使诗歌之生命得到一种生生不已的感动和延续。(《王国维及其文学批评》页260)

二百一十三

静安先生以联想说词,与他的境界说实在是有着密切关系的,因为如我们在开端之所分析,境界说的理论基础原是以感受经验为主的,境界之产生既全赖吾人感受之作用,境界之存在更全在吾人感受之所及。所以如果只是写外界事物的皮相,而不能自内心对之有真切的感受,便都不得称之为有境界之作。而静安先生以联想说诗的例子,便恰好正是使这种以感受为主之诗歌生命,透过联想而达到生生不已之感动效果的一个最理想的延续方式。这种说诗方式,可以说乃是静安先生把评词之理论与说词之实践相结合的一项最高成就。(《王国维及其文学批评》页261)

二百一十四

王静安先生的《人间词话》,在形式上虽然承袭了中国旧日诗话词话的古老传统,似乎全无理论体系可言,可是从他对自己所提出的"境界"一词所作的一些说明来看,如"造境"、"写境"、"主观"、"客观"、"有我"、"无我"、"理想"、"写实"等区分,则无疑地也曾受有西方文学理论不少的影响。他之想要为中国文学建立批评体系和开拓新径的用心,乃是显然可见的。只可惜他的理论内容为其词话之形式所拘限,因而对其中一些重要的批评概念和批评术语的义界,以及其理论与实践相结合的关系,都未能作周密的系统化的说明,这当然是一种极大的缺憾。我们在本章前面所做的工作,主要便正是想从静安先生所停止之处向前作进一步的拓展,把其中缺乏体系的一些散漫的概念,加以组织和理论化之说明的一种尝试。(《王国维及其文学批评》页261~262)

二百一十五

因此王国维在另外一则词话中,就又曾经提出来说"词之雅郑,在神不在貌",又说:"永叔、少游虽作艳语,终有品格。方之美成,便有淑女与倡妓之别。"那便因为王氏以为欧、秦二家词,自外貌上观之,其所写虽也是闺阁儿女相思离别之情,但就其作品中所呈现之富于感发之"境界"言之,则更可以引起人精神上一种高远之联想的缘故。(《词学新诠》页14)

二百一十六

王氏所欣赏之作品乃大都是在作品本身之叙写中就带有直接感发之力的作品。……像王国维对于唐五代及北宋初的一些小词所作出的"衍义"的诠释,可以说就大都是属于此种兴发感动一型的诠释。而如果作品中不带有此种直接感发之作用,其叙写乃全以冷静客观及安排思索之手法者,则为王氏所不喜。这正是王氏何以对唐五代之温庭筠、北宋末之周邦彦及受周词影响的南宋诸家都颇有微词的缘故。(《词学新诠》页16～17)

二百一十七

在王氏的《人间词话》中,他对词之论说可以归纳为两种主要的方式,一种是以作品中所传达的感发作用之大小作为评词高下之依据的方式,另一种则是以作品的感发作用所引起的读者之联想作为说词之依据的方式。即如他曾把南唐后主李煜的词与宋徽宗赵佶的词相对比,以为"其大小固不同矣",便是属于前一种的评词方式;再如其以"美人迟暮之感"及"成大事业、大学问之三种境界"来说五代两宋的一些小词,便是属于后一种的说词方式。(《词学新诠》页35)

二百一十八

李煜的一首也是写故国之思的《虞美人》词……一共不过只有八句,而前面六句却将永恒常在与短暂无常作了三度对比,从宇宙的大自然,到个人的事例,再到具体的物象,于是此一无常之悲感,遂形成了一种使人觉得无可逃于天地之间的网罗笼罩而下,因而遂逼出了结尾二句的"问君能有几多愁?恰似一江春水向东流"的涵盖了全人类之哀愁的悲慨,所以王国维乃称李煜词"俨有释迦、基督担荷人类罪恶之意",而认为其与赵佶相较"大小固不同矣"。王氏所说的"释迦、基督"云云,自非李词之本义,王氏只不过是以

之喻说李词的感发力量之强大,可以引发天下人共有的一种哀愁长恨而已。(《词学新诠》页 38～39)

二百一十九

李璟这首词(《山花子》)就作者而言在其显意识中的主题虽然可能只是写闺中思妇之情,然而却于不自觉中也正传达出了其隐意识中的一种"众芳芜秽,美人迟暮"的象喻性的悲慨。而王国维之所说乃正为一种"在神不在貌"的直探其感发之本质之评说。而且就作者李璟所处身的南唐之时代背景而言,其国家朝廷在当日固正处于北方后周的不断侵逼之下,因此这首词之"菡萏香销"二句所表现的一切都在摧伤之中的凄凉衰败的景象,也许反而才正是作者李璟在隐意识中的一份幽隐的感情之本质。而王国维却独能以其直接之锐感探触及之,这实在正是王国维说词的最大的一点长处与特色之所在,也正是他何以敢于批评他人之欣赏"细雨梦回"二句者,以为"解人正不易得"的缘故。(《词学新诠》页 43)

二百二十

当其评说李璟词时,谓其《山花子》之首二句有"众芳芜秽,美人迟暮"之感,其所说虽非此词思妇之主题的本意,但王氏所掌握的感发之本质,则与作品之主题的意旨,却原来是有着相通的一致之处的。因此王氏才敢于以充满自信的肯定的口吻来指称他人之所说者并非"解人"。(《词学新诠》页 45)

二百二十一

王氏之以联想说词是以作品之文本所传达的感发作用之本质为依据的。所谓"感发作用之本质",这是我自己所杜撰的一个批评术语。我以为对作品中"感发作用之本质"的掌握,乃是想要理解王国维词论中的"境界"及"在神不在貌"诸说的一个打通关键的枢纽。……而且我以为这种超过作品表面显意识的一层情意更体认到作品深一层的感发之本质的说词方式，与西方现代的一些理论也颇有暗合之处。即如西方存在主义及现象学所发展出来的所谓"意识批评"(critics of consciousness)，他们就曾提出一个批评术语，称为"经验的形态"(patterns of experience)，指作者某种基本心态在作品中的流露。即如王氏所提出的"三种境界"之说，或"众芳芜秽，美人迟暮"之说，此在作者显意识中，虽然都不见得有这种明显的用意，然而这些词句的文本却于无意中流露了作者心态的一种基本样式，因此遂自然含有一种感发的力量，也就是我所说的一种感发之本质。因此这种感发所引起的读者的联想，虽然不必是作品显意识中的主题意义之所在，但却与作者的心灵感情之品质必然有着密切的关系。而我以为这也就正是王国维何以一方面既曾说"遽以此意解释诸词，恐晏、欧诸公所不许"，而另一方面却又说"此等语皆非大词人不能道"的缘故。(《词学新诠》页50~51)

二百二十二

王国维，则是对于歌咏之词中所无意流露的要眇深微引人生言外之想的意蕴，极有体会的一位词学家，他对于北宋晏、欧诸家之伤春怨别的小词所作出的"成大事业、大学问之三种境界"及"忧生"与"忧世"之说，都显示出了他对此种特美的一种深切的体会，而且他还曾提出了"遽以此意解说诸词，恐晏、欧诸公所不许也"之不必指为作者之用心的一种通达的观点。而也就正因为王氏对于歌咏之词之特美既有此深切之体会，又有此通达的观点，所以他才对张惠言之以比兴寄托来评说歌咏之词的说法，提出了"深文罗织"的讥评。然而可惜的则是，王氏对歌咏之词的特美虽然深有体会，可是对于赋化之词的特美则全然不能欣赏，那就因为王氏对于长调慢词之不得不以赋化之笔法来完成其美感特质的一点未能有所认知之故。(《词学新诠》页131~132)

二百二十三

　　盖以第一类的歌辞之词,其特色乃在于作者写作时并无显意识的言志抒情之用心,然而其作品所传达之效果,却往往能以其"要眇"之美而触引起读者许多丰美的感发和联想。此种感发和联想既难以用作者显意识之情志来加以实指,因此也就很难用传统的评诗的眼光和标准来加以衡量,私意以为这才是王国维之所以不得不选用了"境界"这一概念极模糊的词语,来作为评词之标准的主要缘故。只是王氏在当时虽对此一类词的"要眇"之特美已有了相当的体认,却并未能形成一种义界严明的理论体系。因此当他在《人间词话》中使用"境界"一词时,才产生了如我们在前文所述及的多种解说之模棱性。(《词学新诠》页168)

二百二十四

　　诗之作者既在显意识中多存有言志抒情之用心,而且可以写为五、七言长古之各种体式,可以说理,可以叙事,可以言情,此种广阔之内容,自非小词之所能有。然而小词的"要眇"之美所传达的一种深微幽隐的心灵之本质,其所能给予读者的完全不受显意识所拘限的更为丰美也更为自由的感发与联想,则也绝非诗之所能有。所以在我们前面所举引的第二则词话中,王氏乃又曾提出说"词之雅郑,在神不在貌"。其所谓"貌",应该就是指词中所叙写的表面之情事,而其所谓"神"则应是指其"要眇"之特质所能给予读者的一种触引和感发的力量。(《词学新诠》页168～169)

二百二十五

　　王氏评词之最大的成就,乃在于他对第一类歌辞之词的"要眇"之美的体认和评说。这种评说之特色就正在于评者能够从那些本无言志抒情之用心的歌辞之词的要眇之特质中,体会出许多超越于作品外表所写之情事以外的极丰美也极自由的感发和联想。这种感发和联想与诗中经由作者显意识之言志抒情的用心而写出来的内容情意,当然有很大的不同。我想这可能才正是王氏之所以不得不提出"境界"这一义界极模棱的批评术语,来作为评词之标准的更深一层的含义之所在。(《词学新诠》页170~171)

二百二十六

孔门说诗所着重的,乃是读者要能从诗歌中引起一种感发和联想。这种读诗和说诗的方式,与西方的接受美学及读者反应论虽然也有可以相通之处,然而基本上并不完全相同。……我以为王国维的说词方式,可以说就是在理论上,虽与西方文论有可以相通的暗合之处,而在实践中实在是带有中国传统的"诗可以兴"的深远之影响的一种重视诗歌之感发作用的说词方式。(《词学新诠》页182)

二百二十七

像王氏的这种说词方式,当然需要对文本中语言符号的每个成分的功能都要有精微细致的感受和辨别的能力,然后才能对文本中的潜能作出正确的发挥,而不致流入于荒谬的妄说。关于语言符号中这种精微细致的质素之重要性,艾柯在其《一个符号学的理论》一书中,曾经特别提出过所谓"显微结构"一词,来与所谓"符码"一词相对举。他以为"符码"所传达者乃是一种意境定型的意义(established meaning);而"显微结构"所传达的则不仅是表面的意义,而且是符号本体中所具含的一种质素(elements),而也正是这种质素给用以表达的语言符号提供了一个更为基本的表达形式。所以从表面看来,张惠言从语言符号之带有文化定位的语码所作出的诠释,虽然似乎更有可信的依据,但事实上则王国维对词之评说,有时却似乎反而更能掌握住文本所传达的某些基本的质素。(《词学新诠》页184)

二百二十八

·艾柯在其《一个符号学的理论》一书中,于论及符号学的主体(subject)之时,也曾提出过一种看法,以为符号的主体(也就是使用符号的人)是可以经由符号的活动来加以界定的。因此王氏(王国维)乃透过"菡萏"二句语言符号的某些特殊质素,从而引起了一种与主体意识之本质相暗合的感发,这当然就不仅是个人之锐感,而且也是在符号学中足以为之找到理论之依据的了。(《词学新诠》页185)

二百二十九

经过上面的讨论,我们已可清楚地见到王国维之以感发说词的方式,从表面看来虽然似乎只是一己读词时偶发之联想,但实际上则是既可以为之找到西方理论的依据,而且同时也是有中国传统之重视感发的深厚之根基的。(《词学新诠》页185)

二百三十

我在前文介绍西方接受美学之时,曾经提到所谓文本中的"潜能",也就是文本中本来就蕴涵有多种解说的可能性。另外我在《三种境界与接受美学》一文中,也曾提出说"按照西方接受美学中作者与读者之关系而言,则作者之功能乃在于赋予作品之文本以一种足资读者去发掘的潜能,而读者的功能则正在使这种潜能得到发挥的实践"。所以王国维在"三种境界"一则词话中,乃又曾提出说"此等语皆非大词人不能道",那便因为只有最优秀的诗人才能对其所使用的文本赋予如此多层次的潜能,也惟有最优秀的读者才能从所阅读的文本中,发掘出如此多层次的潜能。若就此点而言,则王国维无疑乃是一位最优秀的读者和说词人。他对晏殊之"昨夜西风"几句词所作的两种不同的评说,就是一个最好的证明。(《词学新诠》页187)

二百三十一

王氏之以衍义说词的方式，除去其所依据者多为文本中更为基本的一种感发之质素以外，还有一点值得注意之处，那就是他所说的衍义，无论是"众芳芜秽，美人迟暮"、"成大事业、大学问"的"三种境界"或"忧生"与"忧世"之意，它们所指向的都是有关人生的一些基本的态度与哲理，而并不以个别的一人一事为拘限。凡此种种当然都是使得王氏之词说显得比张氏之词说既更能探触到一篇作品之本质，也显得更为开阔通达的缘故。只是王氏却也由此而养成了一种偏好，遂特别欣赏五代宋初之某些专以感发取胜的属于第一类歌辞之词的作品，而却对于以思索安排取胜的属于第三类赋化之词的作品有了成见，因此在其《人间词话》中乃对南宋的姜、史、吴、王诸家词大加贬抑，这就未免也有失于褊狭之弊了。(《词学新诠》页188)

二百三十二

王国维的主张就更进了一步，更接近现代西方的接受美学家的一种理论，就是读者可以再创造，可以重新创造，而你创造的意思，不一定必须是作者的原意。……creative betrayal，是创造性的背离，就是说读者有一种再创造的能力和自由，而且那个创造不一定是作者的原意。(《北宋名家词选讲》页97)

二百三十三

静安先生之尊北宋而抑南宋，就个别之作家与作品言，虽有时似不免有欠公允，然而如就南宋词风之一般倾向及其对后世之影响而言，则静安先生在晚清之时代提出此种尊北宋抑南宋之说，实在也自有其针对当时词坛之流弊，想要挽狂澜于既倒的一番深意在。……我们只要取他晚年所写的《清真先生遗事》，与他在《人间词话》中论清真词之语来一作比较，就可看到其

早年轻视工力之成就及晚年重视工力之成就,在态度上有着显明的差异。(《王国维及其文学批评》页223~224)

二百三十四

对周邦彦,王国维欣赏他的那一方面是他在功力技巧上集了北宋的大成;王国维不欣赏他的那一方面就是他的用思力安排而不用感发的写作方式。(《北宋名家词选讲》页317)

二百三十五

近人之以《人间词话》为讨论对象的作品虽多,然而一般所着重者乃大都在对其文学理论的体系加以研讨或整理,而少有掌握其对某一位作家或某一篇作品之个别评语作深入之分析阐述者,可是《人间词话》的缺点正在理论系统之不够完整,而其长处却正在片段评语的精到深微。因此我想如果从这一方面去着手,对《人间词话》所标示出的某些可以引申的重点做一些评释和阐述的工作,也许仍不失为另一个可尝试之途径。(《迦陵论词丛稿》页32)

二百三十六

是以时代论当推飞卿为最早,端己次之,正中再次之,而以后主为最晚。可是非常有趣的一件事则是,从《人间词话》的评语来看,王国维所喜爱的作者却以后主为第一,正中次之,端己再次之,而飞卿则反而居于最下……王氏之爱憎与作者时代之先后恰好相反,这一点就词之意境的历史性的演进来看,我以为乃是颇可注意的一件事。(《迦陵论词丛稿》页35~36)

二百三十七

读一首小词,你不要管他整首词所写的内容是什么。南唐中主李璟那首《山花子》所写的绝对是"细雨梦回鸡塞远，小楼吹彻玉笙寒"的思妇怀人之情，但王国维所欣赏的却是开头两句的"菡萏香销翠叶残，西风愁起绿波间"。因为，这两句写出来一种境界，包含有更丰富的 potential effect。王国维所掌握的，是一种感情的本质，而不是感情的事件。（《谈中国诗词文本中的多义与潜能——一九九四年冬在南开大学七十五周年校庆学术报告会上的讲演》，《迦陵说词讲稿》页69）

二百三十八

诗词里边如果你把主观的色彩，你的哀乐悲喜有意投注进去，有强烈的感情，就是"有我之境"；如果你没有有意把你的感情投注进去，而是"以物观物"，你和物化成一片了，就是"无我之境"。（《王国维〈人间词话〉的境界说》，《迦陵说词讲稿》页186～187）

二百三十九

王氏之评词，一向并不只重在词句之外表，而更重在词中内含之意境，王氏所喜爱和称美之词，一般都是在意境方面特别富有感发之力量，能引起人较深远之体悟与联想的作品。（《唐宋词名家论稿》页100）

二百四十

王国维最欣赏的是什么词呢？一般说起来，他所欣赏的是南唐词人的词，还有北宋初年的小词，他所欣赏的是五代宋初的一些词。而且五代的作品之中，他特别欣赏南唐词人的作品。（《唐宋词十七讲》页140）

二百四十一

王国维从感发来衡量作品的第一个标准，是以感发力量的大小多少为

标准来评词的。……王国维另一种说词的方式,是从作品的材质给人的感发来说词的。(《唐宋词十七讲》页495)

二百四十二

　　王国维还有另一段词话,说"古今之成大事业、大学问者必经过三种之境界",然后他举了三首小词代表这三种境界。这种说词方式与西方的接受美学及读者反应论有相合之处。有一个意大利讲接受美学的学者弗兰哥·墨尔加利(Franco Merelgalli),他曾说,作为接受者对于一个美学的客体,不管是一首歌曲、一首诗,他们的读者,可以分成三种不同的类型:第一种是一般的读者,他们能够从表面把作品看过去,这是最普通的读者。第二种是透明性的读者,能够透过表层的意思,看到里边的最本质的作用。像王国维对中主的那首词,不是只看表面的情意,他能够透过真正的感发生命的本质,把美人的迟暮跟草木的零落结合起来,看出一种所有美好生命志意落空的那种走向衰亡的悲慨。这是所有的有理想的人的悲哀,是"恐年岁之不吾与"者的悲哀。每个人都知道你的人生是有限的,你要掌握你的人生,要真正爱惜它。所以对于生命的消逝有一种"草木摇落"、"众芳芜秽"的悲哀。不只看外表故事的意思,还要看到里边真正的本质,这是第二类透明性的读者。还有第三种创造性的读者,就是说一般读者只能做到作者说一,你懂得一,作者说二,你懂得二。但是创造性的读者可以做到作者说的是一,你可以一生二,二生三,三生无穷,你可以有这样自由的、丰富的联想。晏殊、欧阳修等人所写的词,就曾经引起王国维这样创造性的联想,他曾经举晏殊的词"昨夜西风凋碧树,独上高楼,望尽天涯路",说这是成大事业、大学问的第一种境界。晏殊当年是按着这个意思写的吗?当然不是的。晏殊所写的是爱情、是相思、是离别、是怀念。(《唐宋词十七讲》页495)

二百四十三

　　(王氏三种境界说的末句)"恐为晏、欧诸公所不许也"。这是什么意思?

四川大学有个学生问我:"你看除了第一例证两句词是晏殊的,其余两个,一个是柳永,一个是辛弃疾的,他干吗不说柳永、辛弃疾,而是要说晏、欧诸公呢?"我认为原因有二:一则是"衣带渐宽"一词本来也见于欧词集中,所以他说晏、欧;再则是因为如果以小词带着丰富的感动兴发的力量来说,是晏殊跟欧阳修的小词里边更富有这种特色,是以南唐的冯延巳到北宋初年的晏、欧的小词里边所带着的这种丰富的感发的力量为最多。它不用语码,不用故事,不用典故,而它却能带着这样大的感发的力量。(《唐宋词十七讲》页499)

二百四十四

王国维的好处就是他对南唐这一类词人特别会欣赏,对冯延巳、中主、后主,还有受南唐影响的晏殊、欧阳修的词他真是掌握得很精微,能看到这些词内中最深处的那种感发的生命。可是姜、吴等词人,人家不是用感发写的,人家不是走这条路出来的,人家是开另一条路出来的。王国维正是因为没有找到这条路,所以他一直不会欣赏南宋这一类词人的词。(《唐宋词十七讲》页350)

二百四十五

就词之美感特质之形成而言,王国维在其《人间词话》中,固早曾提出过"词之为体,要眇宜修"之说,不过王氏对于其何以形成此种美感特质之因素,则并未加以论述,而且王氏所欣赏者,似亦只以五代北宋之令词为主,但对南宋之长调慢词,则大多不能欣赏。(《百年词选》序,《迦陵杂文集》页220)

二百四十六

我自十余岁开始自学填词,好恶取舍一切但取诸心,可以说完全没有理论的观念。偶或涉猎一些前人的词话词论之类的著述,但却深感其琐碎芜杂,无所归趋。当时唯有王国维的《人间词话》,颇能于我心有戚戚之感。我想那主要是因为王氏之说乃全出于其一己真切之感受,不做虚妄之空论的缘故。不过我对王氏之说也颇有所憾,那主要是因为一则他所标举的"境界"之说,其义界不够明确;再则他对于南宋词只喜稼轩一人而对于其他诸家乃全然不能欣赏,其所见似亦未免失之偏颇。(《词之美感特质的形成与演进》序言,《迦陵杂文集》页429～430)

二百四十七

静安先生《人间词话》之以联想说词的方式,则是既曾受有常州派之影响,复能打破常州派之藩篱的一种富于革命性的新尝试。其与常州派说词方式的最大不同之处,约有以下两点:其一是常州派说词必指作者为确有如此之用心,而静安先生说词则承认其但为一己之联想。……其二是常州派之说词往往以猜谜式之推想强加比附……而静安先生之以联想说词,则是就词中情境所给予读者之整体性的感受来立说的,既不是只从字面上去作牵强附会的逐句猜测,也不是对词中所表现的情意去作任何本事的实指……像这种虽然也重视诗歌的"言外之意"的联想,却既不拘指为作者之用心,也绝不以本事来强相比附的说词方式,其曾受有常州派之影响,而又能超越于常州派的拘限以外的革新的开拓,乃是极可注意的。(《王国维及其文学批评》页256～257)

二百四十八

如果就中国的词学评论史而言,则张惠言与王国维二人之词论,无疑地可以说是代表了对词之"衍义"之诠释的两大主流。(《词学新诠》页16)

二百四十九

从这些说词例证,我们自不难看出张惠言之说词与王国维之说词,在方式及观念方面实有两点极大之差别:第一,就方式而言,王氏之说词大都以感发之触引为主,而张氏之说词则大都以字句之比附为主。第二,就观念而言,则王氏所提出的"成大事业与大学问之三种境界"诸说,大多是就整体之人生哲学立论的;而张氏所提出的"感士不遇"、"政令暴急"、"惜无贤臣"、"君国之忧"及"不偷安于高位"诸说,则大都是就君臣忠爱之政治道德立论的。因此我们可以将王国维与张惠言说词之观念,归纳为两种基本的差别,那就是王氏之说词乃是属于对美学客体的一种哲学诠释,而张氏之说词则是对于美学客体的一种政治诠释及道德诠释。(《词学新诠》页 18)

二百五十

词只是一种歌酒筵席之间的艳歌,其价值与意义都不在道德与政治的规范之内。张惠言之以道德与政治之意识来对之加以诠释和衡量,自然是一种自外强加的,属于受中国旧传统之影响的一种批评概念。而王国维之以哲学理念来对之加以诠释和衡量,则是属于受西方思想之影响的一种批评概念。此二种意识概念原来都非只以写伤春怨别之情为主的小词之所本有,然而张惠言与王国维二人对于词所作出的诠释,却也并非全然无据。(《词学新诠》页 18)

二百五十一

如果我们试将张惠言及王国维二家之词说,与前面所述及的"诗可以兴"及"比兴"的美刺之说互相参看,我们就会发现张氏所提出的"比兴变风之意"的论词标准,及其以屈子《离骚》的"初服"之意来解说温庭筠《菩萨蛮》等小词,他所继承的乃是毛郑之以"比兴"及"美刺"说诗的传统,而王氏所提出的"境界"的论词标准,及其以"美人迟暮之感"和"三种境界"来解说五代两宋之小词,他所继承的则应是"诗可以兴"的传统。前者是有心比附的强求,而后者则属于自然的感发。(《词学新诠》页 34~35)

二百五十二

假如我们若将这两类说词人他们内心与作品相接触时的意识活动,来与作者的心物相感的比兴之意识活动相较的话,则我们便不难认识到张氏说词之有意强求的态度,乃是属于一种"比"的方式,而王氏说词之着重感发的态度,则是属于一种"兴"的方式。(《词学新诠》页35)

二百五十三

约而言之,则张惠言对词之衍义的评说,乃大都是以词中的一些语码为依据的;而王国维对词之衍义的评说,则大都是以词中所传达的感发之本质为依据的。张氏之评说大都属于一种政治性和道德性的诠释,而王氏之评说则大都属于一种哲理性的诠释。张氏所依据的语码多重在类比的联想,似乎更近于"比"的性质;而王氏所依据的感发之本质则多重在直接的感发的联想,似乎更近于"兴"的性质。这两种评词方式的角度与联想的方式虽然不同,但却同样是产生于自作品之文本中所引申出来的一种衍义的联想作用。(《词学新诠》页52)

二百五十四

当我们对以上三类(歌辞之词、诗化之词、赋化之词)不同性质的"要眇"之美,已有了分别之认知以后,再回头来看张惠言与王国维二家对词之特质所作的相近似的论述,我们就会发现他们二人在相似之中实在存在有一点绝大的不同,那就是张惠言之以比兴说词乃是先肯定了作者一定有一种贤人君子幽约怨悱之情,不过只是用低回要眇的方式来传达而已。这种说词的方式,就前面所举的第三类词的"要眇"之美而言,原是可行的;而张氏之错误则是想要用此第三类的"要眇"之美,来概括和说明前两类的"要眇"之美。然而前两类的"要眇"之美的性质既与此第三类迥然不同,因此张氏之

说自然就不免有牵强比附之讥了。(《词学新诠》页167)

二百五十五

我们已曾就中国词学之传统,对词之特质作了扼要的探讨,以为词与诗之主要差别,乃在于词更具有一种深微幽隐引人向言外去寻绎的"要眇"之特质。而且还曾就词之发展过程,将此种"要眇"之特质分做了"歌辞之词"、"诗化之词"及"赋化之词"三种不同的类型。并曾指出张惠言之以比兴寄托说词的方式,较适用于第三类的"赋化之词";王国维之以感发联想说词的方式,较适用于第一类的"歌辞之词";至于第二类的"诗化之词",则是虽然也以具有深微幽隐的"要眇"之特质者为佳,然而并不须以比兴及联想向作品本身之外去寻绎,而是在作品本身所写的情事之中,就已经含了"要眇"之特质了。(《词学新诠》页171~172)

二百五十六

如果以王氏说词之方式与张氏说词之方式一加比较,我们就会发现其间实在有两点极大之差别。其一是张氏之说词其所依据的主要是一种在历史文化中已经有了定位的语码,这一类语码在文本中是比较明白可见的;而王氏之说词则并不以其中已有定位的语码作为依据,此其差别之一。其次则张氏之说词乃是将自己之所说直指为作品之本意与作者之用心;而王氏则承认此但为读者之一想,此其差别之二。(《词学新诠》页177~178)

二百五十七

张氏的批评主要仍是以追求和诠释作者之用心与作品之原意为评说之重点;而王氏则已经转移到以文本所具含之感发的力量,及读者由此种感发所引起的联想为评说之重点了。(《词学新诠》页178)

二百五十八

张氏说词所依据者，大多为文本中已有文化定位的语码，而其诠释之重点则在于依据一些语码来指称作者与作品的原意之所在。像他这种以思考寻绎来比附的说法，自然可以说是属于一种"比"的方式。至于王氏说词所依据者，则大多为文本中感发之质素，而其诠释之重点则在于申述和发挥读者自文本中的某些质素所引生出来的感发与联想。像他这种纯以感发联想来发挥的说法，自然可以说是一种属于"兴"的方式。张氏之方式适合用于对第三类有心以思索安排取胜的赋化之词的评说，而王氏之方式则适用于对第一类以自然感发取胜的歌辞之词的评说。至于属于第二类的诗化之词，则如我在《从中国词学之传统看词之特质》一节中之所言，这一类词乃是不需要在诗篇的本意之外更去推寻什么衍义的，因为其在本意的叙写中，就已经蕴涵了一种曲折深蕴的属于词之特美了。因此对这一类词的评说所采用的实在应该是一种属于"赋"的方式。而也就因为这个缘故，遂使人觉得对于如何欣赏这一类词反而更没有一种模式可以依循。我想这很可能也就是何以在中国词学传统中，对于这一类诗化之词一直认为是别调，而且也一直未能产生出一位有如张、王二家对其他两类词之评说的理论大师来的原因之所在吧。(《词学新诠》页188～189)

二百五十九

如果我们要借用中国传统上的诗歌批评的术语，来给张惠言和王国维两个人这种诠释诗篇的方法加以说明的话，我以为张惠言的方法，用的是"比"的方法，而王国维，从这个想到那个，作者可以有他的原意，读者也可以有他的联想，这是"兴"的方法。(《北宋名家词选讲》页97)

二百六十

我以为,张惠言是把道德伦理的价值加在本来没有伦理道德价值的小词之上了。至于王国维说,像冯延巳、晏殊、欧阳修的一些小词,柳永、辛弃疾的小词,有成大事业、大学问的三种境界,表现了这样的意境。这是因为王国维的时代是晚清和民国初年,他受了一些西方思想的影响,他是把一些哲学的理念加到小词上面去了,是把哲学的意义和价值加在小词上面了。(《唐宋词十七讲》页33)

二百六十一

如果我们可以把中国的比兴来引申解释张惠言与王国维对于词的衍生义的联想的方式,那么我要说张惠言用的是"比"的方式,王国维所用的是"兴"的方式。张惠言是把两个比较具体的东西互相比附在一起,而王国维是从作品的生命之中得到一种感发。一个是"比"的方式,一个是"兴"的方式。正是有这两种不同的欣赏的角度,引起他们两种不同的对于词和衍生义的这种联想和阐述。(《唐宋词十七讲》页138)

二百六十二

"词"是一种"要眇宜修"的文学体式,容易引起读者丰美的联想。以联想说词的方式,则大致可分为二大主流:一派是以"比"的方式,用"语码"的联想来说词的,可以张惠言为代表;一派是用"兴"的方式,用感发所引起的联想来说词的,可以王国维为代表。(《唐宋词十七讲》页502)

二百六十三

王国维说"昨夜西风凋碧树,独上高楼,望尽天涯路",是成大事业、大学问的第一种境界,这就不是只以字面的相似而加以比兴的解说了,而是从这两句词的意境中所包含的感发作用来解说的。而且张惠言一定要指说作者有如此这般的用心,这样的论证显得狭隘、拘执、勉强,难以引起读者的同感,这是王国维等人不能同意他的这种观点的原因之一。而王国维是从感发出发的,并且不拘执地指为作者的用心,即如他在讲了上述成大事业、大学问的三种境界后,又说"然遽以此意解释诸词,恐晏、欧诸公所不许也"。这是王国维非常开明的地方,他说这几句词引起了他的这种感发和联想,但要说作者一定有这样的意思,恐怕晏殊和欧阳修都不会同意。所以若将张惠言和王国维作对比,我们就可以看出,诗歌的创作者可以有比兴的作法,而读者读词和说词,也可以有读者自己的感发和联想,而且读者的感发和联想,又可以分为比的阐述和兴的阐述两种不同的方式。张惠言的解释近于比的阐述,王国维的解释近于兴的阐述。(《唐宋名家词赏析》叙论,《迦陵杂文集》页 268)

二百六十四

在 text(文本)中隐藏有引起读者丰富联想的可能性(potential effect),但引起联想的因素不同。张惠言是通过语码来联想的,王国维是通过感发的本质来联想的。(《张惠言与王国维对词之特质的体认》,《迦陵说词讲稿》页 147)

二百六十五

张惠言和王国维的说词方法是不同的,如果用现代西方理论来分析就可以看出:张惠言用的是语码的联想,而王国维用的是显微结构的潜能。这两种方法有什么区别呢?语码,是受限制的,就是说,它已经被建造好,被固定成型了。例如"蛾眉"这个词代表才德的美好,在我们的文化传统中,千百年来你也这样用,我也这样用,就形成了一个 code。用这种方法来说词,很近于传统诗论中"比"的性质。显微结构的潜能相比之下就显得更活泼更自由,不受限制。例如"菡萏"这个词用的人并不多,"翠叶"也不是语码,它们只是具有那种使人联想的潜在能力,而这种联想是一种自由的感发。因此,用这种方法来说词,比较接近于传统诗论中"兴"的性质。(《从西方文论看张惠言与王国维两家的词学》,《迦陵说词讲稿》页 178)

其他词论

二百六十六

接着我们所要讨论的,则是女词人李清照所提出的"词别是一家"之问题。李氏之说,就文学中之"文各有体"的基本观念而言,当然是不错的。只不过李氏对"词"之"别是一家"的认识,却似乎是只限于外表的区分,如"协律"、"故实"、"铺叙"等文字方面的问题,而对于词之最基本的以深微幽隐、富于言外意蕴为美的一种美学之特质,则未能有深入之认知。而缺少了此种认知,不仅影响了其词论之正确性与周密性,而且也影响了李氏自己之词作,使其未能将自己所本有的才能做出更大和更好的发挥。……不过,李氏在显意识中虽并没有词之佳者以具含双性之意蕴为美的观念,但在隐意识中却实在具含了双性之条件。那就是因为李氏所出生的家庭,既是传统士大夫的仕宦之家,而且以李氏在诗、文等各方面之成就而言,也足可证明其幼年必曾接受过很好的传统的教育。而所谓"传统的教育",所诵读者自是充满了男性思想意识之典籍,这我们从李氏所写的诗文中,也可以得到充分的证明。因此在李氏之词作中,乃出现了另一类超越了单纯的女性而表现出双性之潜质的作品。……如其《渔家傲》(天接云涛连晓雾)一首,可以为此类之代表作。只可惜这一类作品传下来的不多……这也就是我在前文何以提出说,李氏只知其一,未知其二,遂使其"词别是一家"之论,乃但及于外表的音律文字之特色而未能触及词之美学本质。因而限制了李氏自己之词的成就,使其才能未能得到更大和更好的发挥的缘故。这是我们对李氏"词别是一家"之论所当具的一点认识。(《词学新诠》页 106～108)

二百六十七

其他时代较晚的清代词评家,大多也曾受有常州派词论之影响,本文在此不暇评说,现在只能对各家词论简述其要旨:即如丁绍仪在其《听秋声馆词话》中,曾提出过"语馨旨远"之说,江顺诒在其《词品二十首》中,曾提出过"诗尚讽喻,词贵含蓄"之说,谢章铤在其《赌棋山庄词话》中,曾提出过"即近知远,即微知著"之说,刘熙载在其《艺概·词概》中,曾提出过"空中荡漾,最是词家妙诀"之说,蒋敦复在其《芬陀利室词话》中曾提出过"以有厚入无间"之说,陈廷焯在其《白雨斋词话》中,曾提出过"沉郁顿挫"之说,沈祥龙在其《论词随笔》中,曾提出过"词贵意藏于内,而述离其言以出也"之说,况周颐在其《蕙风词话》中,曾提出过"重、拙、大"之说,陈洵在其《海绡说词》中曾提出过"词笔莫妙于留"之说。(《词学新诠》页161)

二百六十八

归纳以上各家之论,私意以为首先我们应该分别从两个方面来看,其一是自其同者而视之,则我们就会发现他们对于词之曲折深蕴之特美,都有一份共同的体认;其次再就其异者而视之,则我们又会发现他们对词之所以形成此种特美之质素,却各有不同的看法。关于这方面的差别,我以为大概可以分为三类:一类是尊仰张惠言及周济之说,对词之曲折深蕴之美常以比兴寄托为之解释者,刘熙载、蒋敦复、陈廷焯、沈祥龙、陈洵诸家属之;再一类是虽亦推重常州之词论,却反对其拘执,因之各有不同之见者,丁绍仪、江顺诒、谢章铤诸家属之;更有一类则是虽曾自常州词论得到启发,而其立说乃完全不为常州之论所局限者,况周颐属之。(《词学新诠》页161)

二百六十九

豪放的词要真的写得好,像东坡的好词,稼轩的好词,是因为他的本质方面,有一种抑郁低回的情感。(《清代词人在〈花间〉两宋词之轨迹上的演化及对于词之美感特质的反思》,《南京大学学报》2009 年第 2 期页 108)

二百七十

一个作品的完成是从作者(author)到作品(text)然后到读者(reader)产生了感发的作用,这才是一篇作品的完成。好的词就因为它用的字很美?还不止这些,它的形象(image)、它的质地(texture)都是很重要的。(《清代名家词选讲》页 15)

二百七十一

盖以诗词评赏之作,似易而实难,一般人往往以为此类作品但须略具一己之感受,再就原诗词加以诠释推述,便可敷衍成篇,而殊不知此类作品之佳者,固非兼具才、学、识三方面之修养者,不能极其致。(《论缪钺先生在诗词评赏与诗词创作两方面之成就》,《迦陵杂文集》页 53)

二百七十二

《人间词话》是我在学习评赏古典诗词的途径中,为我开启门户的一把钥匙;而《诗词散论》则是在我已经逐渐养成了一己评赏之能力以后,使我能获得更多之灵感与共鸣的一种光照。《人间词话》所标举者,是评赏诗词之际,所当体悟的一些最基本和最重要的衡量及辨析的准则;而《诗词散论》则是对个别的不同体制之韵文与不同风格之作者,在本质方面的精微的探讨。二书之性质既不尽同,我在阅读二书时之所得也并不尽同。(《陕西人民出版社重印缪钺〈诗词散论〉序言》,《迦陵杂文集》页 62)

二百七十三

因为诗词都是韵文,它有一个平仄,它有一个 rhythm,有一个韵律,高高低低,长短错落,这是它的美感的一部分。诗与词的美感的一部分就是它的声音,而有些个入声的字,我们北方人(我是北京出生的),不能够发出正确的入声。虽然我不能够发出正确的入声,但是我一定要尽量把它读成仄声,保留它乐调的美感。(《词之美感特质的形成与演进》页8)

二百七十四

一般人往往多以为小词中所叙写的单纯的男女欢爱之情,未免鄙不足道,因而乃欲于小词中所写的男女之情以外,探寻和演绎出一些言外之意蕴,以为必如此方可以提高其意义与价值。然而平心而论,则早期五代之词,除去《花间》之温、韦及南唐之冯、李以外,《花间》所收之大多数作品,实在乃正是只在叙写男女相思爱悦之情,并别无任何深意在其间的。如此说来,则此一类的作品又复有何优劣之可言?其佳者之美感特质又究竟何在呢?对于此一问题,私意以为况氏所提出的"重、拙、大"之"三要",乃恰好可以说是一种最好的回答。(《宋代两位杰出的女词人——李清照与朱淑真》,《中国文化》第29期页112)

二百七十五

所谓"重、拙、大",则应该正是分别此一类单纯只写男女之情的词作之高下的一个衡量的标准。(《宋代两位杰出的女词人——李清照与朱淑真》,《中国文化》第29期页113)

西方文艺批评

二百七十六

我并不愿意勉强用西方的文学批评理论来评说中国的文学,因为那时常不免有失之过分牵强之病,只是我也会偶然地发现中西之间也有些非常微妙的巧合之处,有些西方的文论也可以用来解释我们中国的一些文学批评上的问题,我现在就是做这样的一种尝试。(《北宋名家词选讲》页88)

二百七十七

我在讲说中也曾结合了一些西方的理论,如语言学中语序轴与联想轴之二轴说,诠释学中的诠释的循环之说,符号学中的语码之说与显微结构之说,接受美学中的读者之创造性背离之说与文本中所蕴含的可能潜力之说等。我这样做的缘故主要有两个,首先是因为中国传统的文学批评大多重直感而缺少理论的逻辑,因此我在讲述时遂往往借用一些西方理论,希望借此可以帮助我对传统批评之精义,作出更好的论说和分析;其次则是因为在现在的开放政策下,青年们中间已经涌现了一股向西方追求新知的热潮,而古典文学的研讨和教学似乎也已陷入了一种不求新不足以自存的地步,我在讲述中之偶或引用一些西方理论,就正是想要以世界文化历史之大坐标

为背景，对我国古典文学之意义与价值作一点反思性之衡量的尝试。(《唐宋词十七讲》〔自序〕页 17～18)

诠释学

二百七十八

在 1960 年代后期，美国的西北大学曾经刊出了李查·庞马（Richard Palmer）的一本著作《诠释学》(*Hermeneutics*)。在这本书中庞马提出了一种看法，他认为对于所谓"原意"的追寻，当我们在分析和解释中，无论怎样想努力泯灭自我而进入过去原有的文化时空，也难于做到纯然的客观。因此诠释者对于追寻"原意"所做的一切分析和解说，势必都染有诠释者自己所在的文化时空的浓厚的色彩。(《词学新诠》页 4)

二百七十九

像这种从诠释者做出的追寻"原意"的努力，最终又回到诠释者自己本身来的情况，在伽达默尔（Hans-Georg Gadamer）的《哲学的诠释学》(*Philosophic Hermeneutics*)一书中，曾被称为"诠释的循环"（hermeneutic circle）。(《词学新诠》页 4)

二百八十

此外美国的耶鲁大学在 1960 年代后期也曾刊出过赫芝（E. D. Hirsch）的一本著作《诠释的正确性》(*Validity in Interpretation*)，在这本书中赫芝也曾提出过一种看法，他认为所谓重新建立作者的原意，原来只是一种理想化了的说法，事实上诠释者所探寻出来的往往并不可能是作者真正的原意，而只不过是经由诠释者的解说而产生出来的一种"衍义"（significance）而

已。(《词学新诠》页 4)

二百八十一

其后在 1970 年代后期，美国芝加哥大学又刊印了赫芝的另一本著作《诠释的目的》(*The Aims of Interpretation*)，在这本书中赫芝又提出了更进一步的看法，认为作品只不过是提供意义的一个引线，而诠释者才是意义的创造者。(《词学新诠》页 4)

二百八十二

诠释学本是想要对作品原意加以深入探寻的一门学问，但结果却发现诠释者之所得往往都只是沾有自己之时空色彩的"衍义"，而并非原意。但在 1950 年代末期，德国的一位女教授凯特·汉柏格(Kate Hamburger)在其《文学的逻辑》(*The Logic of Literature*)一书中，却曾经更提出了一种看法，认为一些抒情诗里所写的内容即使并非诗人真实生活中的体验，但其所表现的情感之真实性与感情之浓度则仍是诗人真实自我之流露。(《词学新诠》页 14)

二百八十三

Hans Robert Jauss 写过一本书，名为 *Toward an Aesthetic of Reception*，他认为，我们阅读、欣赏一部作品，每人有每人的 horizons of reading，也就是一个阅读的水平、阅读的视野。此外，他还提到了 the change of horizons of reading，就是说，阅读的视野并不是一成不变的，小时候你的视野是一个样子，长大之后又会是另外一个样子，每个人随着年龄的增长、生活体验的丰富、阅读书籍的增多，视野也会不断开阔，所以我们的阅读视野都是在逐渐改变的。与此同时，他提出了阅读的三个层次：第一个是 aesthetically perceptual reading，即美感直觉的阅读。比如你念一首词："春花秋月何时了",它声音很好听,形象很优美,你马上就喜欢了,这就是一种直觉美感的作用;第二个层次是 retrospetivelly interpretive reading,即反省、诠释的阅读,你对于它的美仅仅停留在直觉欣赏的层次还不够,你要有自己的反思,要给它一个解释。当然,这两种阅读都是说你自己要如何如何,而第三种就不同了,阅读的第三个层次是 historical reading,即历史的阅读。就是说,从某一篇作品产生以来,历代的读者是怎样接受怎样诠释的,你应该有一个参考,但参考不是盲从,你可以接受他们的观点,也可以不接受他们的观点。(《说吴文英词之一》,《南宋名家词选讲》页162~163)

二百八十四

这种理论在西方文学批评中虽然似乎仍属于一种新潮,但在中国旧传统的诗论中,却似乎也早已有之。所谓"诗无达诂",岂不就正与我们前面所引的西方诠释学之认为原意并不可能在诠释中被如实地还原,而都不免带有诠释者自己之色彩的说法有暗合之处。(《词学新诠》页5)

二百八十五

在词的欣赏解说中,这种由诠释者增加衍义之情形更似较诗为尤甚。清代常州派论词,就是极重视诠释者在作品原意之外所引发之衍义的一种批评理论。(《词学新诠》页5)

二百八十六

张惠言之以比兴说词固是最好的例证,至其继起者之周济,在《宋四家词选·目录序论》中,对读者追寻原意时所可能产生的感发与联想,则曾经有过一段极为形象化的比喻,说:"读其篇者,临渊窥鱼,意为鲂鲤,中宵惊电,罔识东西。"又将读者之"衍义"及作品之"原意"的相互关系,拟比为"赤子随母笑啼,乡人缘剧喜怒"。于是另一位常州派词家谭献,遂更提出了一个归纳性的结论,说:"甚且作者之用心未必然,而读者之用心何必不然。"乃公然对读者之可以有自己联想之"衍义",予以了公开的承认。(《词学新诠》页5)

二百八十七

不过,读者之所体会虽不必尽合作者之原意,但其相互感发之间,却又必须有一种周济所说的"赤子随母笑啼,乡人缘剧喜怒"的密切而微妙的关系,而并非漫无边际的任意的联想。只不过张惠言乃竟把读者所得的"衍义"直指为作者之原意,这自然便不免会引起后人的讥议了。(《词学新诠》页5)

二百八十八

至于王国维之词论,则他一方面虽然不赞成常州派词学家如张惠言之将一己联想所得之"衍义"强指为作者之"原意",而另一方面则王国维自己之以"忧生"、"忧世"之感及"成大事业、大学问之三种境界"来评说五代北宋的一些小词,则实在也仍是属于诠释者的一种"衍义"。(《词学新诠》页5~6)

二百八十九

汉柏格女士的这种看法,与我们在前面所提出的中国小词中所写的内容,虽不必为世人显意识中的"言志"之情感,却于无意中流露出了诗人之心灵及感情所深蕴之本质的一点,也似乎颇有暗合之处。而且由此推论则诠释者所追寻的,自然就也不应该只以作品中外表所写的情事为满足,而应该更以追寻得作者真正的心灵及感情之本质为主要之目的了。……此种偶合却正说明了东西方的某一类抒情诗,有着某些相似的特质。其一是就作者而言,除去其在外表所叙写的显意识中的情事以外,更可能还流露有作者所不自觉的某种心灵和感情的本质;其二是就读者而言,除去追寻其显意识的原意以外,也还更贵在能从作品所流露的作者隐意识中的某种心灵和感情的本质而得到一种感发。(《词学新诠》页14~15)

二百九十

西方对《圣经》的诠释,往往至少有两层意义,因为经文中常有一种喻言的性质,因此说经之人对于经文遂至少要作出两层解释,第一层是对于经文之语法及词意等字面之解释,第二层是对其精神内涵的寓意的解释。……如果以这一点特色与中国词学传统相比较,则如我在前一节之所论述,中国词与诗的差别,就在于词更具有一种幽微要眇引人向更为深远之意蕴去追寻的特质,这正是张惠言之所以提出了"意内言外"的比兴寄托之说,王国维之所以提出了"在神不在貌"的境界之说的缘故。可见对于词的欣赏和评说都更贵在能透过其表面的情意而体会出一种更深远的意蕴。像这种对于两层意蕴的追寻和探索,我以为这正是中国词学与西方诠释学的第一点暗合之处。(《词学新诠》页172~173)

二百九十一

西方的诠释学,其最初之本意原是要推寻出经文中神的旨意,或古代作品中的作者之本意,可是在实践的发展中,他们却发现自己面临了一个重大的困难,那就是每一个诠释人都有其时代与个人之背景的种种限制,因此当他们对不同时间、不同空间、不同之作者的作品作出诠释时,自然就免不了会产生种种偏差,于是从作品中所体会出来的,遂往往不一定是作者的本意(meaning),而只是诠释者自作品中所获得的一种衍义(significance)。而且不仅不同的诠释人可以自作品中获得不同的"衍义",甚至同一位诠释人在不同的时空背景下阅读同一篇作品,也可以因不同背景而获得不同的衍义。如果以诠释学中这种衍义之说与中国传统词学相比较,则如张惠言之评温庭筠的《菩萨蛮》词,谓其"照花前后镜"四句有"《离骚》初服之意",王国维说李璟的《山花子》词,谓其"菡萏香销翠叶残"二句有"众芳芜秽,美人迟暮之感",像这种解说,依诠释学言之,自然就都可以被视为一种衍义。而这种衍义的评说,既可以因诠释人的时空背景之不同而作出种种不同的解说,因此常州词派之周济和谭献二人,遂又提出了"仁者见仁,知者见知"与"作者之用心未必然,而读者之用心何必不然"之说。于是晏殊之《蝶恋花》词之"昨夜西风凋碧树"三句,遂既可以被王国维评说为"成大事业、大学问者"的"第一种境界",又可以被王国维评说为有"诗人忧生"之意。像这种衍义的评说,我以为也正可以用西方诠释学来加以说明。这是中国传统词学与西方诠释学的第二点暗合之处。(《词学新诠》页173~174)

二百九十二

一切诠释的依据当然都在所诠释的"文本"(text,一译为本文),是"文本"为诠释者提供了材料,且提供了各种诠释的可能性。如果以此一点与传统词学相比较,则如张惠言之评温庭筠的《菩萨蛮》词,就曾提出说:"'照花'四句,《离骚》初服之意。"可见"照花"四句便是张惠言之评说所依据的"文本"。王国维之评李璟的《山花子》词,也曾提出说:"'菡萏香销'二句,大有众芳芜秽,美人迟暮之感。"可见"菡萏香销"二句也就是王国维之评说所依据的"文本"。这自然可以说是传统词学与西方诠释学的第三点暗合之处。(《词学新诠》页174)

二百九十三

文本在英文中是text,这text本来可以当作一种"本文"的意思……可是为什么我们中文的翻译,很多人不用"本文"而用"文本"呢?这中间其实是有很奥妙而同时也很重要的一个区别,因为你如果说"本文",就是说,这是一篇文章,这篇文章是一个成品,这个是本文。可是当我们把它说成是"文本"的时候,这个意思是不同的,"文本"的意思是说什么呢?根据法国学者罗兰·巴特(R. Barthes)的说法,"文本"的意思是说一个文字组成的作品,但是我们并不把它作为一种已经固定的文章来这样看,而是说这一篇文字,这一篇语言,这一串符号,它的本体,那不断产生作用的那个本体,那个是文本。(《北宋名家词选讲》页94)

二百九十四

诠释学认为,对于一本书,作者可以有自己的意思,诠释者也可以有自己的意思。每一个诠释的人都是带着自己的思想感情、学识、社会背景和历史背景进行诠释的,都带有自己的色彩。所以诠释出来的意义不一定是作者本来的原意,可以衍生出很丰富的、多重的含义。中国的小词就是如此,它所表现的不是作者的显意识活动,而是隐意识的流露,而且表面上都是写爱情的,所以就引起评说者多重的联想。(《北宋名家词选讲》页106)

二百九十五

温庭筠的词因为有双重性别,因为文化语码而有了丰富的含义,超越了爱情的语境。(《爱情与道德的矛盾和超越——谈词学的发展过程》,未刊演讲稿)

二百九十六

南唐中主写这两句"菡萏香销翠叶残,西风愁起绿波间"的时候,有像屈原一样"众芳芜秽,美人迟暮"的感慨国家危亡的悲慨吗?他的显意识里未必有,可是他的潜意识里就居然有了,无心之中就写出来了这样的句子,这就是"双重语境"。温庭筠的词给人那么多的联想是因为双重性别的原因,南唐中主的词给人联想是由于双重语境。在小的环境之内,他贵为南唐的君主,是安乐的,北方战乱,南唐是偏安一隅的,能得到苟且的、现实的安乐,是可以听歌看舞,可以写这样的"菡萏香销翠叶残"的歌词的;而大环境是战乱的,北方的北周日益强大,对他的南唐造成了莫大的威胁。这就是双重的语境。即使南唐中主未必有这样的觉醒,但从他的内心里、潜意识里有,因而竟然就写出让王国维看出"众芳芜秽,美人迟暮"的句子了。(《爱情与道德的矛盾和超越——谈词学的发展过程》,未刊演讲稿)

二百九十七

南唐中主的词"菡萏香销翠叶残,西风愁起绿波间"所以能让王国维看出"众芳芜秽,美人迟暮"的意蕴,是因为其中有这样的显微结构。尽管王国维也没有说明,但确实是作者的作品本身给了读者这种诠释和理解的可能性。(《爱情与道德的矛盾和超越——谈词学的发展过程》,未刊演讲稿)

现象学

二百九十八

在1929年出版的《大英百科全书》中,有胡塞尔写的关于现象学的一篇简介,其中曾谈到意识与客体之关系,他认为意识不是仅指一种感受的官能,而是指一种向客体现象不断投射的活动,而且这种活动是具有一种意向性的(conscious or intentional)。(《词学新诠》页6)

二百九十九

其后现象学之说流入美国,一位美国学者詹姆士·艾迪(James Edie)在他为法国梅洛·庞蒂(Merleau-Ponty)所写的《什么是现象学》一书的介绍中,对于现象学所研究的对象,也曾作过简要的说明。他认为现象学所研究的既不是单纯的主体,也不是单纯的客体,而是在主体向客体投射的意向性活动中,主体与客体之间的相互关系以及其所构成的世界,这才是现象学研究的重点所在。(《词学新诠》页6~7)

三百

正是由于这种学说提出了意识的意向性活动,因此才引起了文学批评理论中追寻作者原意的"诠释学"之兴起。而在这种追寻原意的探讨中,他们却又发现了纯客观之原意的难以重现,而诠释者追寻之所得,事实上都是已经染有诠释者之色彩的"衍义"。(《词学新诠》页7)

三百零一

在1970年代中一位捷克的结构主义评论家莫卡洛夫斯基(Jan Mukarovsky)曾经写过一本题为《结构、符号与功能》(*Structure, Sign and Function*)的著作。在此书中,他曾经提议把一切作品(art work)都作出两种划分,一种只可称为艺术成品(artefact),另一种则可称为美学客体(aesthetic object)。他以为一部文学作品的写作完成以后,如果未经过读者的阅读和想象而加以重新创造,那么这部作品就只不过是一种艺术成品而已,惟有经过读者的阅读和想象之重新创造者,这部作品方能提升成为一种美学客体。而且虽是同一部作品,但透过不同的阅读的主体,就会有许多不同的美学客体的呈现。这种理论与现象学中的美学之说也甚为相近。(《词学新诠》页15~16)

三百零二

罗曼·英伽登(Roman Ingarden)在论及现象学美学时,就也曾主张一切已经制成的艺术成品,都定要让读者或聆听者与观赏者以多种方式加以完成,从而产生一种美感经验,否则这一艺术成品就将变得毫无生趣。(《词学新诠》页16)

三百零三

现象学说,当你的主体的意识跟客观的现象接触的时候,产生一种活动,而这种活动是带着一种指向的。英文说那是一种意向(intentionality)。一首诗歌里边你一定要做到每一个句子、每一个文字,都要有一个指向,指向你通篇的一个感发的作用。(《唐宋词十七讲》页78)

三百零四

我们认识一个词人,如果不是只从伦理道德的观点来衡量他,真的以一个词人,他的心灵、他的感情、他的感动和感发的本质来看他的话,我们就会发现,一个人其实是不可以分割的。现代西方现象学派的理论也曾提出此一观点。美国现象学家希乐斯·米勒(Hills Miller)就曾说,每一个作者,不管写出了多少内容风格不同的作品,但是有的时候,我们还是可以透过这些内容风格不同的作品,探寻到一个作者的心灵感情的本质是怎么样的。作者的作品就好像是从心灵之中放射出来的一千条道路,这一千条道路可以通向不同的方向,表现出不同的风格。然而,他本来的那个主体意识的根源,还基本上是一个。(《唐宋词十七讲》页161)

三百零五

在中国传统诗论中,自《毛诗·大序》就曾经有过"情动于中而形于言"的说法,而就其引起"情动"的因素而言,则早在《礼记·乐记》中也已曾有过"人心之动,物使之然也"的说法。可见"心"与"物"交相感应的关系,原是中国诗论中早就注意到了的一种诗歌创作的重要质素。其后钟嵘在其《诗品·序》中,对于使人心感动的"物",更曾有过较具体的叙写,他把感人之"物"分为两大类:一类是属于自然界的现象,另一类是属于人事界的现象。……而除去心物交感之外,中国诗论中也一向认为人心之动常是带有一种意向性的,所以《毛诗·大序》在"情动于中而形于言"一句话之前,就也还曾说过一句"诗者,志之所之也"的话。像这些说法,我以为就都与西方现象学中所提出来的意识与现象客体之关系及意向性活动之说有相似之处。因此中国说诗人也一向注重"以意逆志"的说诗法,这当然与西方诠释学之想要追寻原意的诠释者之追求也有相似之处。(《词学新诠》页7)

三百零六

西方现象学之注重意识主体与现象客体之间的关系,与中国诗论之注重心物交感之关系,其所以有相似之处,也就正因为人类意识与宇宙现象接触之时,其所引起的反应活动,原是一种人类之共相的缘故。(《词学新诠》页8)

三百零七

佛家有六根、六尘、六识之说,六根指眼、耳、鼻、舌、身、意等六种可以感知的基本官能;六尘指色、声、香、味、触、法等六种现象的客体;六识则指当六根在与六尘相触时的意识感知活动。如此说来,则其六识与六尘之关系,岂不也与现象学中所说的由意识主体到现象客体之间的关系大有相似之处。而更值得注意的,则是王国维在《人间词话》中所提出的评词标准"境界说",其"境界"一词原来也与佛教有着一段渊源。(《词学新诠》页8)

三百零八

佛教之所谓"境界"乃是指基于六根之官能与六尘之接触,然后由六识所产生的一种意识活动中之境界。由此可知所谓"境界"实在乃是专以意识活动中之感受经验为主的。所以当一切现象中之客体未经过吾人之感受经验而予以再现时,都并不得称之为"境界"。像这种观念,与我们在前文所提出的艾迪论介现象学时所说的"现象学所研究的既不是单纯的主体,也不是单纯的客体,而是在主体向客体投射的意向性活动中主体与客体之间的关

系以及其所构成的世界"之说,岂不是也大有相似之处。(《词学新诠》页 8)

三百零九

西方的诠释学者说,我们是要追求作者的原意,但是我们读者每一个人的思想背景不同,我们所生活的社会文化背景不同,我们每一个人的性格感情不同,所以每个人在追寻作者的原意的时候,事实上是都把我们自己的一切背景加在那个作品之上了。而我还要说,西方的现象学本来还有一种说法,它说任何一个艺术的成品,即使是很伟大的诗篇,像杜甫的一首诗,如果他写出来,他完成了,只是一个 artefact,是一个艺术的事实,一个艺术的成品。杜甫的诗写得再好,如同"国破山河在,城春草木深"(《春望》),"致君尧舜上,再使风俗淳"(《奉赠韦左丞丈二十二韵》),但是,你如果把这样好的诗歌给一个不懂诗的人去看,对他是没有意义的,对他是没有价值的。所以,任何艺术的成品,都要透过一个读者、一个观赏者,才能够给它一个美学的价值。它才不只是一个艺术的成品,而是一个美学的客体,是一个有美感的价值和意义的 aesthetic object,一个美学客体。所以,一切的作品,一定要透过读者的解释和欣赏,它的美学价值才可以成立。可是,读者的解释和欣赏,又都带着每人不同的背景,给了它不同的解释。像张惠言,是把伦理道德的价值加上去了;像王国维,是把哲学的思想意义的价值加上去了。这些人所加上去的意义,昨天我提到,说这叫做衍生的意义,significance。(《唐宋词十七讲》页 33)

符号学

三百一十

根据索绪尔的看法,他以为符号是由两个互相依附的层面而形成的,一个是符号具(signifier),另一个是符号义(signified)。如果把语言作为一种符号来看，那么当我们提到"树"时，"树"作为一个单独的语音或字形就只是一个符号具，而由此所产生的对于树的概念，就是一种符号义。（《词学新诠》页 19～20）

三百一十一

索绪尔又曾把语言分为两个轴线（axis），一个是语序轴（syntagmatic axis，或译作毗邻轴），另一个是联想轴（associative axis），语言所传达的意义不仅只是根据语序轴的排列而出现的一串实质的语言而已，同时还要依赖其联想轴所隐存的一串潜藏的语言来作界定。要想了解一个字或一个语汇的全面意义，除了这个字或这个语汇在语序轴中出现的与其他字或其他语汇之关系所构成的意义以外，还应该注意到这个字或这个语汇在联想轴中所可能有关的一系列的语谱（paradigm）。当一个说者或作者使用此一语汇而不使用彼一语汇之时，其含义都可以因其所引起的联想轴中的潜藏的语谱而有所不同。同时当一个听者或读者接受一个语汇时，也可能因此一语汇在其联想轴中所引起的联想而对之有不同的理解。（《词学新诠》页 20）

三百一十二

对于一篇作品而言，则我们一方面既可以在语序轴中对之作不同层次与不同单位的划分而形成不同的解释，而两者又可以相互影响，这种现象自然就为一篇作品所传达的意义提供了开放性的基础，也为读者反应所可能造成的不同理解提供了开放性的基础。（《词学新诠》页 20）

三百一十三

如果要谈到对诗篇的分析，我们就不得不对俄国符号学家洛特曼（Lotman）的一些观念也略加介绍。洛氏是把符号学用之于诗篇之分析的一位重要学者，而尤其值得注意的，则是洛氏对于文化背景的重视。洛氏从信息交流论(information theory)出发,认为人类不仅用符号来交流信息,而且也被符号所控制。符号系统同时也就是一个规范系统。我们一方面既应该研究符号的内在的结构系统,另一方面也应该研究构成此一系统的外在时空的历史文化背景。洛氏更认为一篇诗歌所给予读者的,既同时有理性的认知(cognition),也有感官的印象(sense perception),前者多属于已经系统化了的符号,后者则多属于未经系统化的符号。前者可予读者知性之乐趣,后者则予读者感性之乐趣。因此诗篇所呈现的乃是一个非常复杂的含有多种信息的符号。通常一般人读诗都只注意诗篇中各语汇表面所构成的信息与意义,而把其他复杂的隐存的信息排除在外。但洛特曼却把无论是语序轴或联想轴所可能传达的信息,无论是知性符号或感性符号都视为诗篇的一个环节,因此洛氏的理论遂把诗篇所能传达的信息的容量大幅度地扩展了。(《词学新诠》页20~21)

三百一十四

根据瑞士符号学之先驱者结构语言学家索绪尔之说,作为表意符号的语言,其作用主要可以归纳为两条轴线,一条是语序轴,另一条是联想轴。语序轴指语法结构的次序而言,当然是构成语言之表意作用的一种重要因素。但索氏认为语言之表意作用除了在语言中实在出现的语序轴以外,还要考虑到每一语汇所可能引起的联想的作用。一些有联想关系的语汇可以构成一种系谱(paradigm)。……当我们选择此一语汇而不选择彼一语汇时,其间就已经有了一种表意的作用了。而且当这些语汇依语法次序排列成一个语串之时,则此一语串除去依语序轴之次序所表明的语意以外,便还可以由联想轴之作用而隐含有另一组潜伏的语串。索氏的此一理论,实在为以后的学者提供了不少可供发挥的基础。(《词学新诠》页174~175)

三百一十五

雅各布森原为国际上著名的语言学家,并曾结合语言学与符号学来探讨诗学。他曾以索绪尔的二轴说为基础，而发展出一种语言六面六功能的理论，其中之一就是所谓诗的功能（poetic function），这种功能之形成，主要就是由于把属于选择性的联想轴的作用加在了属于组合性的语序轴之上，于是就使得诗歌具有了一种整体的、象征的、复合的、多义的性质，这自然就使得我们对于诗歌的内涵和作用，有了更为丰富也更为深入的认识和了解。不过，雅氏也曾对语言的交流提出了一项重要的条件，那就是说话人（addresser）和受话人（addressee）双方必须具有相当一致的语言的符码（code）。（《词学新诠》页175）

三百一十六

其后另一位俄国的符号学家洛特曼则更把符号学从旧日的形式主义及结构主义中解放出来，使之与历史文化相结合，并且接受了信息交流的理论（information theory），而提出了更进一步的说法。洛氏认为人类不仅用符号来交流信息，同时也被符号所控制，符号的系统也就是一个规范系统。而且此种规范系统还可以分为两个层次：我们日常普通所使用的语言，是第一层的规范系统；而当我们把文学、艺术及各种风俗、习惯加之其上，于是就形成了第二层的规范系统。因此当我们研析一篇文学作品时，就不应只注意其第一层的规范系统，还应注意其外在时空的历史文化背景所形成的第二层的规范系统。（《词学新诠》页175～176）

三百一十七

西方符号学认为，在一个 text 的文本里面，它的每一个语言的符号都有可能包含多层的含义。当一个语言的符号在一个国家或一个民族的文化传统之中有了悠久的历史，被很多人使用过的时候，这个符号里边就携带了大量的信息，这样的符号我们说它是一个"culture code"——文化的符码。（《小词之中的儒家修养》，《北京大学学报》2008年第4期页8）

三百一十八

其实近代西方符号学对于语言符号之品质结构的探讨,已经有了较西方新批评之所谓"细读"更为精密的理论。他们把对于这种精密的品质和结构的研究称为"显微结构"(micro-structures)。王国维写《人间词话》时,当然还不知道有所谓"经验形态"与"显微结构"之说,然而王氏在说词时所重视的以联想说词的方式,却实在正显示了他对于"文本"之品质与结构所传达的感发之本质,有一种极精微的辨识和掌握的能力。而且王氏所掌握的小词中之富于感发作用的特质,无疑地乃是五代宋初之小词的一种最高的成就。(《词学新诠》页 51～52)

三百一十九

张氏之说词,也原是有其"兴于微言"之根据的。而这种评说诗词作品的方式,则也使我联想到了西方的一些文学理论。首先是洛特曼所提出的文化符码之说,其次是另一位符号学家艾柯所提出的显微结构之说。前者是指诗歌语言中的某些语言符号,在某种文化中被使用得长久了以后,便会携带有丰富的文化信息,从而引起说诗者对文化传统方面的某些已成定型的联想;后者则是指诗歌语言中的另一类语言符号,此类语言并没有文化传统中某种定型的联想关系,但在语言符号的结构中包含有许多可以引发读者之联想的细致而丰美的质素。如果从张惠言《词选》一书中对诸家作品所作的评说来看,他所凭据的"微言"可以说原是包含有上述两种语言符号之作用的。(《词学新诠》页 139～140)

三百二十

词是一种非常精美的语言,张惠言(1761-1802)说,词"兴于微言",微言就是很不重要的语言,但可以给人很多的感发。俄国有位符号学家洛特曼(Jurij M. Lotman)说,语言是一种符号,这种语言,如果在一个国家民族中使用了很久,它们就带着这个国家民族的历史和文化传统。结果,这个语言符号就变成一种文化语码(cultural code)。中国文化历史悠久,所以中国的语言里充满了文化语码。(《清代名家词选讲》页182~183)

三百二十一

作品之中语码的性质使人产生比兴的联想,这是因为那些语码带有一定的文化背景的作用。(《北宋名家词选讲》页371)

三百二十二

先谈张惠言对词的诠释,张氏曾谓温庭筠《菩萨蛮》(小山重叠金明灭)一首中之"'照花'四句"有"《离骚》'初服'之意"。就此四句词之表面的语序轴的意义来看,温词原只不过是写一个美丽的女子簪花照镜之情事及其衣饰之精美而已,然而张惠言却因之而想到了《离骚》中的"初服"之意,这种诠释之由来,则是由于这四句词作为传达信息之符号在联想轴上所提供的信息。……在符号学的理论概念中,张惠言对温词所作的"衍义"之诠释,实在可以分两层来说明:第一层是由温词中所写的衣饰之美而想到了《离骚》中对于衣饰之美的叙写,这自然应该是属于索绪尔所提出的联想轴的作用。第二层则是因《离骚》中所写的衣饰之美含有喻托之性质,于是遂推论到温词中所写的衣饰之美也有喻托之意,则又与中国古典文学的历史文化背景有着密切的关系,这便又与洛特曼的概念有相关之处了。(《词学新诠》页21~22)

三百二十三

"小山"之指床头之屏山,殆无可疑。然而温词却偏偏不用属于认知系统的"小屏"二字,而用了属于感官印象的"小山"二字,这种写法,当然是使得一些人对温词不能欣赏和了解,而且讥之为"晦涩"及"扞格"的缘故。不过,如依洛特曼之说,则这种予人感官印象的符号,一方面既也可以经由解释而使之具有认知之意义,而另一方面则又可以仍以其物态(physical materiality)给予读者感官之乐趣,这正是诗歌所传达之信息之何以特别丰富,而且异于一般日常语言之处。……像这种只写感性印象而不作认知说明的写作方式,不仅是温词之一大特色,而且也是中晚唐诗人如李贺及李商隐诸人,及南宋后期词人如吴文英及王沂孙诸人之特色。这类作品之意象及所传达之信息都极为丰美,但却往往因其不易指认而为人所讥评。(《词学新诠》页24～25)

三百二十四

　　造成温词中信息之丰富性的,则还有一项主要的原因,那就是温词所用的语言,作为一种符号来看,极易引起联想轴之作用,即如此首《菩萨蛮》词中的"懒起画蛾眉,弄妆梳洗迟"二句,其"蛾眉"一词,作为表义之符号,在中国文化传统中就蕴涵了多种信息的提示。……因此如果按照瑞士语言学家索绪尔的"联想轴"之说及俄国符号学家洛特曼之重视符号系统的历史文化背景的概念来看,温庭筠所传达的信息,实在可以说是层层深入,具有极丰富之含义的。不过,要想对温词中所传达的信息作出此种理解,则我们便须首先要求读这首词的读者对于这些语汇在历史文化背景中所形成的信息的系统有熟悉的认知。美籍俄裔的语言学家雅各布森(Roman Jakobson)就曾经主张一个有效的语言或信息的交流,需要说话人(addresser)和受话人(addressee)双方都掌握有相当一致的语言符码(code)。我在多年前所写的《关于评说中国旧诗的几个问题》一文中,也曾提及古人说诗之重视词语之出处的情形,以为:"诗歌中所用的词字,原是诗人与读者赖以沟通的媒介,唯有具有相同的阅读背景的人才容易唤起共同的体会和联想,而这无疑是了解和评说一首诗所必具的条件。"(《词学新诠》页25～26)

三百二十五

无论就古今中外任何诗歌而言,诗篇中所使用的语汇,也就是符号学所谓的语码,作为作者与读者间一种沟通的媒介,如果双方对此种语码有文化背景相同的认知,则无疑地应可以帮助读者透过诗篇中的语码,而对作者的原意有更为正确的理解,并作出更为正确的诠释。就温庭筠与张惠言二人之阅读背景来看,他们既都是属于旧文化传统中的读书人,他们对语码的了解乃是有相同之文化背景的。因此张氏对温词"照花"四句所作的评说,他们所依据的就不仅只是此四句所写的姿容衣饰之美与《离骚》有相合之处而已,同时也是由于本文在前面所述及的"懒起画蛾眉"诸句中的语码,也同样都指向一种托喻之含义的缘故。(《词学新诠》页26)

三百二十六

张惠言之说温词以为其有屈子《离骚》之意,他所依据的原是由于文本中一些语码所提示的带有历史文化背景的联想轴的作用。而像张惠言的这种说词方式,实在可以说是中国词学以比兴寄托说词的一个传统方式……这种解说方式,从表面看来虽然似乎也是一种可以使之诠释更为丰富的衍义,但实际上反而给词之诠释更加上了一层拘执比附的限制。关于这种诠释的缺点,西方符号学家也已曾注意及之。即如艾柯在其《读者的角色》(*The Role of the Reader*)一书之"诗学与开放性作品"(The Poetics of the Openwork)一节中,就曾认为西方诠释学中像这种以道德性(moral)、喻托性(allegorical)及神秘性(anagogical)来作解释的中古时期的说诗方式,是一种被严格限制了的僵化的解说,事实上已经背离了诗歌之自由开放的多义之特质。在中国词学中,张惠言这一派比兴与寄托的常州词论之所以往往受到后人的讥评,就也正是由于这种缘故。(《词学新诠》页176~177)

三百二十七

　　温庭筠的词有一个很大的特色,就是说他常常不是用理性的说明,给人的是一种感官的印象。这可以引用一些西方近代的理论来作比较说明。现在西方流行的一种新的学说,叫做符号学——Semiology,它的意思是说,语言或者文字,只是一个符号。比如我们说"树",如果我只说了这个声音"树",这是一个符号。或是我写下来一个"树"字,这是一个形体,还是一个符号,是一个sign,我们由于"树"的这个声音或者"树"的字形,而联想到一个树的概念,那个是意义,是符号指向的一个意义。符号学有一种看法,说符号一般有时是代表一个认知的意义,代表一种智性的理性的认知的意义。比如,我说"椅子",你就想到一把椅子。"椅子"这两个字的符号,或者是字音,或者是字形,它所代表的是一把椅子的概念,这是一种认知的符号。可是符号里边也有一种是属于感官的印象的符号,特别是诗歌里边,它有时所代表的,不是一个理性的认知的意思,而是一种感官的印象。可是这个感官的印象,也可以指向一个认知的意思,带出来一个理智上的认知的意义。如"小山重叠金明灭"中"小山"两个字就是这样。(《唐宋词十七讲》页18)

三百二十八

　　也许温庭筠的《菩萨蛮》(小山重叠)一词本来就是写一个懒起的女子,没有别的意思。可是因为双重性别的原因,就会有很多托喻的想法。"懒起"、"画蛾眉"这些语言的符号就变成了一种符码,如果一个国家有流传很长时间的文化,就有文化语码,"画蛾眉"、"懒起"就有了特殊的意思。温庭筠的作品未必也有此意,可是让读者有了这么多的联想,一方面是因为双重性别,一方面是因为有文化语码。张惠言的说法不是没有道理,只是张惠言没有把道理说清楚,所以人家就骂他。张惠言没有说过双重性别、文化语码这样的话来辩护,所以别人就指摘他。(《爱情与道德的矛盾和超越——谈词学的发展过程》,未刊演讲稿)

三百二十九

　　蛾眉可以唤起我们的联想,画蛾眉可以唤起我们的联想。为什么可以唤起这些联想?那是因为它在中国文化传统中已成为一个语码(code),就是它已变成一种符号。你一看"蛾眉",就有一个反应,想到屈原《离骚》中"众女嫉余之蛾眉"的联想。你一看到"画蛾眉",就可以想到李商隐"长眉已能画"的这种联想。而当一个语言的符号,在一个国家、在一个社会里边有了这样普遍的联想的作用的时候,它就是一个语码了。就是说等于你一按这个钮,就有一串联想出现了。而这种说法是俄国一个符号学家洛特曼(Lotman)提出的。他曾经特别提出来说,语言文字的符号的社会文化背景是重要的,每一个语言符号,在一个特定的社会文化环境之中,形成了一定的效果(西方的学者,过去只是注重符号的本身,未重视文化背景)。"蛾眉"和"画蛾眉"是只有在我们中国的文化传统之中,才产生这种联想的作用的。在我们中国,"蛾眉"和"画蛾眉"就成为了一个语码,这是值得注意的。(《唐宋词十七讲》页37～38)

三百三十

　　我们知道温庭筠的词就妙在这里。虽然写的是美女梳妆,但是"懒起画蛾眉,弄妆梳洗迟",处处都有一个语码,都能够敲到中国传统文化的每一个键钮。他每一个语码都能敲响一个键钮,这正是他引起张惠言和陈廷焯的风骚比兴这种联想的一个重要的原因。(《唐宋词十七讲》页40)

三百三十一

　　按照西方的符号学的说法,一个语言的符号,一般是带给我们一个理性的认知的意义的。有时带给我们的虽不是理性认知的意义,而是一种感官的印象,但也可以指向一个认知的意义。至于如何判断,我以为有几种情形要注意。一是要适合当时时代文化的背景,才能够成立。我们从上面讲到,山眉不成立,山枕不成立,插梳不成立,只有小小的山屏是成立的。我们把小山形象所指向的几种其他可能的意思都否定了,只有一个意思。然而有的时候,它是同时可以存在多种指向的意思的。例如温庭筠的另一首《菩萨蛮》中,有"水精帘里颇黎枕,暖香惹梦鸳鸯锦"的句子。鸳鸯锦,鸳鸯是花纹,锦是材料的质地。这是一种形象的表现,没有一个理性的说明。鸳鸯锦是什么呢?是鸳鸯锦的褥子?还是被子?是锦衾?还是锦褥?它没有说明。它认知的意义可以是几种解释同时存在,不相矛盾,不相冲突,它们可以合成一个整体的印象。总之,闺房之中是美丽的。(《唐宋词十七讲》页21)

三百三十二

在中晚唐以来诗歌有这么一种流行的风气。按照西方的符号学来说,就是不提供给你认知的解释,而提供的是感官的形象。所以,温飞卿所写的本来是闺阁之中美丽的女子早晨睡醒的形象和动作。可是就是这样的写美女的小词,曾使得陈廷焯产生一种联想。他在《白雨斋词话》中说:"飞卿词全祖风骚。"说他完全是遵从、模仿、祖尚《诗经·国风》和《离骚》的作法。而《国风》和《离骚》的作法,在中国的诗歌传统之中是认为它们有比兴的托意的。(《唐宋词十七讲》页23)

三百三十三

这首词(《菩萨蛮》"小山重叠金明灭"),它之所以引起张惠言那样的联想,不在于温飞卿本身的道德意识,而在于它的美感特质,也就是他小词中的语言的符码。(《词之美感特质的形成与演进》页34)

三百三十四

事实上,所有的美感都是通过语言文字传达出来的。……温庭筠也是如此,他的小词之所以妙,就因为他的词里边用了我们民族文化传统中的某种符码,这与语言符号所传达出来的道德思想没有关系,而是他传达出来的美感表现了一种感情。(《词之美感特质的形成与演进》页37~38)

新批评

三百三十五

西方现代派之批评理论原曾在台湾盛行一时,而此一派之重要理论大师如艾略特(T. S. Eliot)及卫姆塞特(W. K. Wimsatt Jr)诸人,则曾大力提倡"泯除作者个性"(inpersonality)及作者原意谬论(intentional fallacy)之说,坚决主张诗歌批评以作品本身中所具含之形象(image)、结构(structure)及肌理(texture)等质素为依据,而不当以作者之为人传记为依据。这种理论对于中国一向喜欢把作者人格之价值与作品之价值混为一谈的传统文学批评而言,自无异为一当头棒喝,因此乃引起了我对于此一问题的反思。(《词学新诠》页28)

三百三十六

新批评一派所倡导的评诗方式,确有其值得重视之处。只是新批评把重点全放在对于作品的客观分析和研究上,而竟将作者与读者完全抹杀不论,而且还曾提出所谓"意图谬误说"(intentional fallacy)及"感动谬误说"(affective fallacy),把作者与读者在整个创作过程及审美过程中的重要作用加以全部否定,这就不免过于褊狭了。(《词学新诠》页191)

三百三十七

中国旧传统之往往不从作品之艺术价值立论,而津津于对作者人格之评述的批评方式,虽不免有重点误置之病;但西方现代派诗论之竟欲将作者完全抹杀,而单独只对其作品进行讨论的批评方式,实亦不免有褊狭武断之弊。因为无论如何作者总是作品赖以完成的主要来源和动力。就以西方现代派诗论所重视的意象、结构与肌理等质素而言,又何尝不是完全出自作者的想象与安排。所以对作者之探索与了解,永远应该是文学批评中的一项重要课题。(《词学新诠》页28)

三百三十八

近日西方所流行的较现代派更为新潮的现象学派的文学批评,也已经注意到了对作者过去所生活过的时空的追溯和了解在文学批评中的重要性。美国约翰霍普金斯大学的教授普莱特(Georges Poulet)就曾认为批评家不仅应细读一位作家的全部著作,而且应尽量向作家认同,来体验作家透过作品有意或无意流露出来的主体意识。我以为现代派批评所提出的对作品本身之语言意象的重视,与现象派批评所提出的对作者主体意识的重视,二者实不可偏废。就张惠言之词论而言,其由温词某些语汇而引起的所谓"兴于微言,以相感动"的屈"骚"托意之说,在内容思想虽属于旧传统的道德观念,但其重视由语言及意象所引发之联想的"兴于微言"之批评方式,则实在与西方现代派诗论更为相近。而刘熙载、王国维、李冰若诸人之从温氏之为人而反对张氏之说,其自"知人论世"之观点而欲推寻作者原意的主张,则似乎与西方现象学文学批评之重视作者之主体意识的观点更为相近。(《词学新诠》页28~29)

三百三十九

西方新批评学派(new criticism)在评说诗歌时所使用的重视文字本身在作品中之作用的细读(close reading)的方式,对我们可能会有相当的帮助,因为文字本身乃是组成一篇作品的基础,文字所表现出的形象(image)、肌理(texture)、色调(tone colour)、语法(syntax)等,自然是评说一首诗歌

时重要的依据。(《词学新诠》页37)

三百四十

我们讲文章都是要先识作者的生平,知道了他是在什么时候写的这样的词,然后你才知道他这个词为什么有这样的感情,你才能有更深的体会。像西方的 T. S. Eliot 所说的 intentional fallacy——这是他在一篇论文里谈到的。intentional 是指你的意愿,指作品里你的情意的方向。台湾把这句话译作"作者原意谬论"。意思是说,你要讲作者当时是什么样的感受情意,这是错误的。这就是 T. S. Eliot 这个西方文学批评家提出的看法。他的意思是:你讲这个作品就讲它的本身,你不要牵扯到作者,也不要讲作者的生平。可是,西方与中国是不同的。因为西方所说的诗的范围很广,包括了史诗和莎士比亚的戏剧等等。他们有些作品不是代表他们个人感情的,所以能够只谈作品,不谈它的作者。中国的诗呢? 中国的诗一般都是主观抒情的,你要真正体会他的情意,就一定要对作者有一个了解。而且,对 T. S. Eliot 的说法,现在西方讲语言学和哲学的人也认为不完全对。因为讲语言学的时候,讲这个人说话时是什么背景、什么环境、什么对象、什么动机,这对于了解这句话有很大的关系,要不然你就不了解这句话。如果你不知道这个人说话时的背景、身份、所说的对象,对于随便一句话你就不能够真正掌握它的意思。(《唐宋名家词赏析》〔上册〕页177)

接受美学

三百四十一

德国著名的接受美学家伊塞尔(Wolfgang Iser)在其《阅读过程:一个现象学的探讨》("The Reading Process: A Phenomenological Approach")一文中,就曾正式提出说文学作品具有两个极点(two poles),一方面是作者,另一方面是读者。我们对于作品的文本(text)及对于读者的反应活动,应该加以同样的重视。而且读者对作品的反应永远不能被固定于一点。阅读的快乐就正在其不被固定的活动性(active)和创造性(creative)中。(《词学新诠》页46)

三百四十二

另一位接受美学家尧斯(Hans Robert Jauss)则曾将接受美学用于对诗歌之评论及分析。以为一篇诗歌的内涵可以在读者多次重复的阅读中呈现出多层的含义,而且读者的理解并不必然要作为对作品本文意义的解释和回答。(《词学新诠》页46)

三百四十三

此外还有一位意大利的接受美学的学者弗兰哥·墨尔加利(Franco Meregalli),在其《论文学接受》("La Reception Literaire")一文中,则曾按阅读性质之不同,将读者分为以下数类:其一是一般性的读者,他们只是单纯地阅读,而并不对作品作任何分析和解说;另一类则是超一层的读者(metalecteurs),他们对于作品有一种分析和评说的意图;还有一种读者,他们带有一种背离作者原意的创造性(La trahison creatice),这一类读者是把作品只当做一个起点,而透过自己的想象可以对之作出一种新的创造性的诠释。(《词学新诠》页46~47)

三百四十四

伊氏(伊塞尔)认为文学作品有两个极点(two poles),一个极点是作者,另一个极点是读者。一篇作品,如果未经读者的阅读,则完成的作品便只是一个艺术成品而已,全无美学的价值与意义可言,美学的价值与意义是经由读者的阅读方能完成的,而读者对作品的反应,则并不能被固定在一点之上，阅读的快乐就正在其有一种不被固定的活动性和创造性。伊氏以为文本与读者之关系，就在于文本提供了读者一种可能的潜力（也就是前文所简译的"潜能"），这种潜能的作用，是在阅读过程中完成的，读者所完成的虽不一定是作者显意识中的本意，但确实是作者所创作的文本中某些质素作用的结果。（《词学新诠》页 145）

三百四十五

早自捷克的结构主义学者莫卡洛夫斯基（Jan Mukarovsky）就已曾提出了艺术品有待读者或欣赏者来加以完成的说法，他认为一切艺术品在未经读者或欣赏者的再创造以前，都只不过是一种艺术成品而已，一定要经过读者或欣赏者的再创造来加以完成，然后此一艺术品才成为一种美学的客体。（《词学新诠》页 178）

三百四十六

波兰的现象学哲学家英伽登（Roman Ingarden）则认为作品本身只能提供一个具含很多层次的架构，其中留有许多未明白确定之处，要等读者去阅读时，才能将之加以具体化的呈现，而且一切作品都必须经由读者或欣赏者以多种不同之方式加以完成，才能产生一种美感经验，否则此一艺术品便将毫无生趣。（《词学新诠》页 178～179）

三百四十七

接受美学的学者伊塞尔在其《阅读过程——一个现象学的探讨》（"The Reading Process: A Phenomenological Approach"）一文中，遂明白地提出了文学作品的两极之说。他认为文学作品具有两个极点，一方面是艺术的（artistic），一方面是美学的（aesthetic）。前者指的是作者所创造的文本，后者则指的是阅读此一文本的读者。因此我们对文学的研讨，就不应该只把重点放在作者的文本上面,而应该对于读者的反应也同样加以重视。伊氏又曾主张,读者对作品的反应不能被严格地固定在一点之上,而阅读的快乐也就正在其不被固定的活动性和创造性。(《词学新诠》页179)

三百四十八

此外还有一位意大利的接受美学的学者墨尔加利(Franco Meregalli)在其《论文学接受》("La Reception Literaire")一文中,则曾把读者分为若干类:第一类是普通的读者,他们只看作品表面的意思;第二类是超一层的读者,他们在阅读时对于作品带有一种分析和评说的意图;第三类的读者,他们都只把作品当成一个出发点,从而透过自己的想象可以对之作出一种新的创造性的诠释。墨氏称此类读者对其所阅读的文本造成了一种创造性的背离(La trahison creatice)。(《词学新诠》页179~180)

三百四十九

也许你们就以为读者可以自由联想了,可是不然,西方的接受美学专家,德国的 Wolfgang Iser 就说了,"读者的反应是一定要受到作品的肌理、组织所左右的,你不能随便联想"。杜甫《秋兴》诗有一句:"闻道长安似弈棋。"有人解释说,杜甫是说长安的街道都是南北东西的方向排列的,像棋盘似的。可是作者的本意不是这个意思,而且在品质方面也不合这种感发的联想。因为杜甫曾经在长安居住过,他亲眼看见过长安的街道,而诗句的前两个字是"闻道",若写长安的街道,怎么说"闻道"呢?杜甫写的是长安再次的沦陷(本来安史之乱时,长安曾经陷贼,后来广德年间再一次被吐蕃攻陷)。当时杜甫不在长安,所以说"闻道长安似弈棋"。他的言外之意是说,难道国家的首都长安也跟下棋一样,说败就败了,说沦陷就沦陷了吗?而且还可能指当时政策的反复。所以说诗的人不是可以随便联想的,联想一定是受作品本身的约束。(《唐宋词十七讲》页496~497)

三百五十

接受美学还有一则极重要的理论,那就是一切诠释都必须以文本中所蕴涵的可能性为依据,关于这一方面,伊塞尔在其《阅读活动——一个美学反应的理论》(*The Act of Reading：A Theory of Aesthetic Response*)一书之序文中,就曾提出他对于文本与读者之关系的看法,认为文本提供了一种可能的潜力,而这种潜力是在读者阅读的过程中加以完成的。因此美感的反应乃是在文本与读者的交互作用中所产生的一种辩证的关系。如此看来,则旧日之只重视作者与作品而忽略了读者之美感反应的文学批评,固然是一种偏差;而如果只重视读者的反应而忽略了作品之文本的根据,则其作出的诠释势必也将形成为荒谬妄诞而泛滥无归,则是另外一种偏差。(《词学新诠》页180~181)

三百五十一

文本中可以有一种潜能,英文是"potential effect"……张惠言诠释的方式虽然是一种"比附"的方式,那也是因为在温庭筠的词里面,在欧阳修的词里面,有某一种的 potential effect 存在在里边。(《北宋名家词选讲》页94~95)

三百五十二

我们中国的词,尤其是那些短小的令词,里边就包含很丰富的西方所说的这种 potential effect。(《谈中国诗词文本中的多义与潜能——一九九四年冬在南开大学七十五周年校庆学术报告会上的讲演》,《迦陵说词讲稿》页51)

三百五十三

"潜能"不是多义、不是暧昧,而是说在"文本"里边有一种可能的潜在能力,读者可以从此引起非常丰富的,但未必合于作者原意的联想。愈伟大、愈优秀的作家,他的文本里边包含的这种潜能就愈丰富。而会读诗、会读词的读者,就是要从文本中发掘出那些潜藏的能力。(《谈中国诗词文本中的多义与潜能——一九九四年冬在南开大学七十五周年校庆学术报告会上的讲演》,《迦陵说词讲稿》页54)

三百五十四

其本身与其所指对象之间的关系往往带有一种不断在运作中生发(productivity)的特质,而诗歌的文本(text)就成了一个可以提供这种生发之运作的空间。在这种情况下,文本就脱离了其创作者的主体意识而成为了一个作者、作品与读者彼此互相融变(transformer)的场所。也就是说,"符示"的作用是一种 production,是不断在生产、不断在活动的一个生命。它是生生不已的,每个人读了之后就可以有自己的感受。(《从西方文论看花间词的美感特质》,《迦陵说词讲稿》页20)

三百五十五

读者在读作品的时候应该有你自己的联想,但引发这种联想的根源仍然存在于 text 本身,政治上的比附不但不能丰富作品的含义,反而会限制它。(《谈中国诗词文本中的多义与潜能——一九九四年冬在南开大学七十五周年校庆学术报告会上的讲演》,《迦陵说词讲稿》页57)

三百五十六

西方近代文学批评从作者转到作品,又从作品转到读者,所以有 aesthetic of reception,即所谓的接受美学。你怎么样接受一部作品?是不是写儿女之间天真烂漫的爱情就都是好词?绝对不是。词的好坏不在他写什么,而在他怎么去写。为此,Wolfgang Iser 提出来一个术语,他说:好的文学作品要有一种 potential effect，也就是除了它本身的意思以外，它要具有使读者产生很多言外之联想的可能性。(《南宋名家词选讲》页 120)

三百五十七

我在《论令词之潜能与陈子龙词之成就》一文中，曾经借用了一个西方接受美学的术语，将令词中所蕴涵的这种引人产生丰富之联想的意蕴，称之为令词中之"潜能"（potential effect）。花间词人中最富于"潜能"的作者，自当推温庭筠、韦庄二家。我在《论令词之潜能》一文中，也曾对温、韦二家词之所以蕴涵了这种"潜能"的缘故作过简单的论述。我以为温词之所以具含了此种潜能，乃是因为他在叙写美女之姿容衣饰时所用的一些词语，如"蛾眉"、"画眉"之类，既与中国文学中以美女为托喻的叙写，有着某种"语码"的暗合；而作为一个怀才不遇的知识分子的感情心态，也与伤春怀人的闺中怨女的感情心态，有着某种情绪上之暗合的缘故。至于韦词之所以具含了此种潜能，则是因其劲直真切的写情之口吻既足可以造成一种直接感发的力量，而且他所写的相思怨别之情词，又都有着一种乱离忧患之时代遭遇为其背景之底色的缘故。(《诗馨篇》序说，《迦陵杂文集》页 280)

三百五十八

早期的词，就有了很微妙的一种现象，就是因为作者写的是一个歌唱的歌词，所以在他自己的意识里边不是很清楚地要表达某一种情意，只是把他内心之中最深隐的，连他自己显意识都说不清楚的一些东西，在无心之中流露出来了，这种最微妙的情思，就是最富于潜能（potential effect）的。(《清代名家词选讲》页 21)

三百五十九

一个意大利的接受美学的学者曾经说过"带有创造性的背离"，背叛了作者的原意,但是是读者的创造,我从你的作品那里想到了一种我自己的体会感受、我的创造。这才真正是超越。小词如何从爱情与道德的矛盾,到勉强的拼凑,到真的超越,这是小词的微妙。(《爱情与道德的矛盾和超越——谈词学的发展过程》,未刊演讲稿)

三百六十

王国维的"境界"说,是体认到词里面有一种很微妙的东西,可以有非常丰富内涵的东西,它不像载道的文,不像言志的诗,写得再感动,却让人清楚地知道写的是什么。小词的妙处在于"以道贤人君子幽约怨悱不能自言之情,低回要眇,以喻其致",小词里面有这样一种东西,你可以给它这么丰富的诠释,它可以给你这么丰富的感动和联想,那个东西是什么?张惠言说它是比兴,显然太拘狭了,王国维说它是境界,又太模糊了。我在中国传统的文化里面找不到解释,不得已用双重性别、双重语境、文化语码、显微结构来说明,这还不够。词里面含有的那个让人说不清道不明的,从张惠言到王国维都没有说明的东西,受接受美学的启发,我说是词里面有一种"潜能",不是文章载的道,也不是诗里言的志,它是有丰富变化的一种潜能。(《爱情与道德的矛盾和超越——谈词学的发展过程》,未刊演讲稿)

三百六十一

谭献在《复堂词录·叙》中就曾公开提出了"甚且作者之用心未必然,而读者之用心何必不然"之说。而这种说法与近日西方之读者反应论(reader response)及接受美学(aesthetic of reception)之说,却恰好颇有暗合之处。(《词学新诠》页45)

三百六十二

如果依墨氏(墨尔加利)的说法来看,则王国维的"三种境界"之说,无疑地乃是属于这种带有创造性之背离原意的一种读法。而这种承认读者之可以发挥自己之创造性的理论,在西方的接受美学中,正在受到日益加强的承认和重视。只不过他们却也曾提出了一种限制,以防止荒谬随意的妄说。那就是一切解说,无论其带有何等新奇的创造性,却必须都以文本中蕴涵有这种可能性为依据。而一个伟大的好的作者,则大都能够在其作品中蕴涵有丰富的潜能,因而才可以使读者引发丰富的联想。所以王国维在这一则词话的结尾之处,乃又提出说"此等语皆非大词人不能道",也就是说只有伟大的词人才能够在他的作品中写出蕴涵有如此富于潜能的词句,因而引起读者如此丰富的联想。(《词学新诠》页47)

三百六十三

如果按照西方接受美学中作者与读者之关系而言,则作者之功能乃在于赋予作品之文本以一种足资读者去发掘的潜能,而读者的功能则正在使这种潜能得到发挥的实践。然而读者的资质及背景不同,因此其对作品之潜能的发挥的能力也有所不同。所以王国维在另一则词话中,谈到"诗人之境界"与读者之关系时,就也曾提出说"读其诗者","亦有得有不得,且得之者亦各有深浅焉"。(《词学新诠》页47)

三百六十四

西方的接受美学一方面既曾公开地提出了读者之联想可以背离作品原意的自由,而另一方面却又曾提出说一切联想都应以原来的文本(text)为依据。因此我们一方面虽承认了王国维以"三种境界"来评说晏殊诸人之小词的自由的联想,而另一方面我们就还要为他的这种富于创造性的一己之联想,在他所评说的那些小词的文本中找到依据。(《词学新诠》页48)

三百六十五

　　关于词之美感特质在富于一种引人生言外之想的微妙的作用,固已如前文之所论述,这种作用原本来自于词中之"微言"所传达出来的一种具含"幽约怨悱"之性质的女性化的情思。这种美感作用虽然可以引发读者许多丰美的联想,但就作者而言,则当其写作时却不必然有托喻的用心。像这种来自于作品之文本中的微妙的作用,如果我们要为之找到一个在西方文论中的术语来加以说明,我以为西方接受美学家伊塞尔所提出的"潜能"一词,颇有参考价值。(《词学新诠》页145)

三百六十六

　　接受美学主张一切艺术作品都有待于读者来完成,如果不然,则此一作品便只是一件艺术成品而毫无生趣。王氏之以"众芳芜秽,美人迟暮之感"来说李璟的《山花子》词,又以"三种境界"来说晏、欧诸人的小词,主要就是透过读者的感发,而给作品赋予了一种新鲜的生趣。这可以说是与此一派理论的第一点暗合之处。其二,接受美学以为一篇作品可以对读者呈现出多层含义,而且读者的理解和诠释并不一定要作为对作品文本之意义的解释和回答。因此王氏对晏、欧诸人之小词,遂可以既将之评说为"成大事业、大学问者"的一种境界,又可以将之评说为有诗人"忧生"、"忧世"之心。这可以说是与此一派理论的第二点暗合之处。其三,接受美学既曾提出读者对于文本之诠释可以透过自己之想象而形成一种创造性的背离,因此王氏在以三种境界说晏、欧诸人之小词时,遂也曾提出说"遽以此意解释诸词,恐晏、欧诸公所不许也"。可见王氏对自己的解说之背离了作品的原意,也原是有所认知的。这可以说是王氏词说与此一派理论的第三点暗合之处。(《词学新诠》页180)

三百六十七

我想到 Wolfgang Iser 的一句话,他说有的文本中有一种 potential effect,就是一种可能的潜力。文本里边的可能性这个名词太复杂了,讲我们中文不能用那么复杂的名词,我们就说是"潜能"吧。凡是好的词,都隐含了多种潜能。而好的词为什么都隐藏着不说出来?就因为不能说出来,没有办法说出来,所以才有了这种潜能。(《陈曾寿词中的遗民心态》,未刊演讲稿)

三百六十八

所谓的"潜能"在诗里边也应该有的,为什么我特别要强调,是词里边才有这种特美呢?诗跟词有什么不同?我们说诗是言志的,言志就是你所要写的,是你自己内心的情感志意,你明白说出来了。……可是词没有,词就是给当时的流行歌曲所填写的歌辞,你不用写题目,而且在你自己的 consciousness 的显意识里边,你也不用说我今天是要写鞠躬尽瘁的,是开济的老臣怀抱,冯延巳不会这样想。可同样是冯延巳,以他和中主交往的感情之深,以他担任宰相的责任之重,他同时受到主战、主和两派政党的攻击,面对着进不可以战、退不可以守的局面,他不必说:我现在要写开济老臣的怀抱,是他本就具有开济老臣的怀抱,他不得解脱啊!(《陈曾寿词中的遗民心态》,未刊演讲稿)

三百六十九

我们说小词有一种 potential effect,就是潜藏的可能性。小词之所以微妙,用这么短的篇幅表现那么丰富的意蕴,它的作用都在它的语言文字之间。王国维为什么说南唐中主的"菡萏香销翠叶残"就有"众芳芜秽,美人迟暮"的悲慨?就因为他的语言、他的文字。我说"荷花凋零荷叶残"跟"菡萏香销翠叶残"有同样的意思,可"荷花凋零荷叶残"就没有这种潜能,没有这种 potential effect。所以我们读古人的诗词,你不仅要知道他写作的背景,他的 context 的语言环境,还要知道他语言文字符号所蕴含的潜能。诗词的好坏,它的魔力、它的潜能,都在语言文字里。(《陈曾寿词中的遗民心态》,未刊演讲稿)

三百七十

《论语·泰伯》篇曾说:"子曰:'兴于诗'。"兴是一种兴发,一种感动,跟作者的见物起兴一样,你读诗,也会引起一种感发的。诗的作用就在于能够给你的心灵一种感发。古人曾说:"哀莫大于心死,而身死次之。"就是在于你的内心有一种活泼敏锐的善于感发的心灵,这是作为一个真正的人根本所在的地方。诗歌的最大的作用,是要让你有一颗不死的、不僵化的心灵,有一种善感的心灵,要"兴于诗"。孔子不但说"兴于诗",还说诗是"可以兴"的。孔子所赞美的"兴",相当于西方的接受美学所说的创造性的联想。论语上就曾记载孔子与学生的谈话说:"子贡曰:'贫而无谄,富而无骄,何如?'子曰:'可也。未若贫而乐,富而好礼者也。'子贡曰:《诗》云:'如切如磋,如琢如磨',其斯之谓欤? 子曰:'赐也,始可与言《诗》矣,告诸往而知来者'。"子贡是问做人的道理:"贫而无谄,富而无骄"。孔子说的也是做人的道理:"贫而乐,富而好礼"。子贡从做人的道理却想到了诗句的"如切如磋,如琢如磨",这是一种自由的联想,《诗经》上写的不是贫富的做人的道理,而子贡有了这种联想,所以他是创造性的读者。他作了一个自由的联想,孔子赞美说"赐"这样的学生,才可以跟你论诗了。"告诸往而知来者",是说告诉你一个过去的东西,你可以推想出一个未来的东西,你有一个活泼善感的富于联想的心灵,这样就可以读诗了。孔子不止一次赞美这样的学生。又有一次,子夏问:"'巧笑倩兮,美目盼兮,素以为绚兮'何谓也?"说一位女子很美,笑起来面颊很美,眼睛转动得也很美。"素"是白色,"绚"是彩色。这学生说,"我不懂,白颜色怎么会是美丽的彩色呢?"孔子就说"绘事后素",说是画画的时候,先要有一个素白的、洁白的质地。一张污秽的纸上,你永远画不出好看的画,所以说"唯白受彩"。孔子根据他的问话回答说"绘事后素"。假如是白皮肤,那么你描了眉,就是青黛的颜色,涂上胭脂,就是鲜红的颜色。假如你本来是黑的,那么什么颜色都不鲜明了。子夏听了以后说:"礼后乎?"意思是说:"噢!老师这么一说,我就联想到了,这个本质才是重要的,外表形式是后加的,所以礼节、礼法只在形式上,是后加的。"首先要在你内心有一份礼敬的情意,内心是恭敬的、严肃的、有美好的情意,你这个礼才是有意义的,你心里骂一个人,但你表面上还跟他微笑,还跟他握手,这个是不对的。所以说"礼后乎"。礼是在内心有了敬意以后,然后表现于形式的。子夏也是从诗句联想到做人的道理的。孔子也赞美他说:"启予者,商也!始可与言《诗》已矣。"他说给我启发的是商这个人,像这样的学生我是可以跟你谈诗了。所以这种自由联想,西方所谓读者反应论的自由联想,是我们中国一向就有的宝贵传统。西方的理论还曾进一步提到作品与读者的关系说:"阅读的过程就是一个再创造的过程,也就是读者自身改变的过程,也就是读者受作品中之潜能影响的过程。"因此一般常说诗可以陶冶性情,可见作品对读者确实有相当的影响,这正是我们学习诗歌的一项重要的作用和意义之所在。而王国维之以"成大事业、大学问的三种境界"来解说这些富于感发作用的小词,就正是这种传统的实践和发挥。(《唐宋词十七讲》页500~501)

三百七十一

一首词中所传达的感发之力量的大小强弱,原来都当以其文本中所蕴涵的感发之潜能为依据。而形成此潜能的因素则在于其文本中的具有微妙之作用的一些字质语法等的显微结构。(《名篇词例选说》页104)

三百七十二

一般说来,一篇作品并不见得其中之每字每句都富含有感发之潜能,不过只要一篇作品中有一二处具含此种潜能,便已足可以使全篇为之振起。(《名篇词例选说》页119)

三百七十三

在一首词中并非每一句都有那么多丰富的潜能,像晏殊的整首词王国维所截取的也只是开头这几句。一篇作品中间只要有一两句真的写出了感情或哲理的境界,就可以把这一首词整个地提升了,就可以给我们很丰富的感觉。(《清代名家词选讲》页93~94)

三百七十四

小词的微妙的作用,就是作者未必有此意,而读者可以有此想。(《简介几位不同风格的女性词人——由李清照到贺双卿(上)》,《迦陵说词讲稿》页262)

女性主义

三百七十五

早在1960年代,李丝丽·费德勒(Leslie Fiedler)在其《美国小说中的爱与死》一书中,就曾提出了男性作者所写之女性往往将之两极化了的问题。费氏以为男性作者所写之女性,总是或者将之写成为美梦中之女神,或者将之写成为噩梦中之女巫,而这两类形象,当然都并不是现实中真正的女性。(《词学新诠》页69~70)

三百七十六

在1980年代,玛丽·安·佛格森(Mary Anne Ferguson)在其《文学中之女性形象》(*Images of Women in Literature*)一书中,则更曾将文学中之女性形象详细地分成了三大部分。第一部分为"传统的妇女形象"(traditional images of women)。在这一部分中,佛氏曾将女性分为五种类型:其一为妻子(the wife)之类型,其二为母亲(the mother)之类型,其三为偶像(women on a pedestal)之类型,其四为性对象(the sex object)之类型,其五为没有男人的女性(women without men)之类型。这五种类型之身份虽然各有不同,但事实上却都是作为男性之配属而出现的,即使在没有男人的女性之类型中,此一类型也是作为因没有男人而被怜悯被异视而出现的。这些传统的形象在早日的文学作品中,早已成为固定的类型(stereotype),不仅在男性作品中存在,即使在女性作品中也难以脱去这种限制。(《词学新诠》页70~71)

三百七十七

西方的女性主义文评之重点,开始原在对文学作品中女性形象之探讨,其后遂转向了对于女性之作品之探讨,于是他们遂注意到了女性作品中的女性语言之问题。关于女性语言(female language)的讨论,最初他们也是站在两性对立的观点上来看待的。他们以为一般书写的语言,都带有男性的意识形态,这对于女性遂形成了一种压抑。……至于所谓女性语言的特色,则在英国任教的一位女性主义文评家特丽·莫艾(Toril Moi)在其《性别的/文本的政治:女性主义文学理论》一书中,曾指出一般人的看法,总以为男性(masculine)所代表的乃是理性(reason)、秩序(order)和明晰(lucidity),而女性(feminity)所代表的则是非理性(irrationality)、混乱(chaos)和破碎(fragmentation)。(《词学新诠》页75~76)

三百七十八

西方的女性文评,近年来已逐渐脱离了早期的女性与男性互相对立抗争的狭隘之观念,而发展成为了一种由女性意识之觉醒,从而引生出来的新的文学批评理论之建立,而其中最值得注意的一个理论观念,就是卡洛琳·郝贝兰(Carolyn G. Heilbrun)在其《朝向雌雄同体的认识》(*Toward a Rec-*

ognition of Androgyny)一书中,所提出的"雌雄同体"(androgyny)之观念,这个字原是古代的一个希腊语,其字原乃是结合了 andro(男性)与 gyn(女性)两个字而形成的一个词语,本意原指生理上雌雄同体的一种特殊现象,但郝氏之提出此一语,则意指性别的特质与两性所表现的人类的性向,本不应作强制的划分,因此就郝氏之说而言,此"androgyny"一词,也可将之译为"双性人格"。(《词学新诠》页78~79)

三百七十九

郝氏更曾引用心理学家诺曼·布朗(Norman C. Brown)在其《生对死:心理分析的历史意义》(*Life Against Death: The Psychoanalytical Meaning of History*)一书中的话,以为犹太神秘哲学的宗教家就曾提出说上帝具有双性人格的本质;东方道家哲学的老子,在《道德经》中也曾提出过"知其雄,守其雌"的说法;而诗人里尔克(Rilke)在其《给一个青年诗人的信》(*Letters to a Young Poet*)中,也曾认为男女两性应密切携手,成为共同的人类(human beings)而非相对之异类(as opposites)。(《词学新诠》页79)

三百八十

关于男性在意识中之潜藏有女性之情思,本来在1950年代心理学家荣格(C. G. Jung)就曾提出过此种说法。而近年有一位美国西北大学的教授劳伦斯·利普金(Lawrence Lipking)在其1988年出版的《弃妇与诗歌传统》(*Abandoned Women and Poetic Tradition*)一书中,则更从诗学之传统中,对男性之潜藏有女性化的情思,作了深细的探讨。不过利氏所谓"弃妇",并非狭义地只指被弃的妻子,而是泛指一切孤独寂寞对爱情有所期待或有所失落的境况中的妇女。(《词学新诠》页80)

三百八十一

利氏(劳伦斯·利普金)以为诗歌中之有弃妇的叙写,可以说是与诗歌之有历史同样的悠久。……诗歌中所表现的弃妇之情,无论在任何文化中都是普遍存在着的。而"弃男"的形象则很少在文学作品中出现。因为社会上对男女两性有着不同的观念,诗歌中写到女性之被弃似乎是一件极自然的事,但男性之被弃则似乎是一件难以接受之事。而男人有时实在也有失志被弃之感,于是他们乃往往藉女子口吻来叙写,所以男性诗人之需要此一"弃妇"之形象实较女性诗人为更甚。因此"弃妇"之诗所显示的遂不仅是两性之相异性,同时也是两性之相通性。(《词学新诠》页81)

三百八十二

近年来我偶然读了一些西方女性主义文学批评的论著,当我透过他们的某些观点来反思中国小词之特质时,遂发现中国最早的一册词集《花间集》中对于女性的叙写,与词之以富于幽微要眇的言外之想的意致为美的这种特质之形成,实在有着极为密切的关系。(《词学新诠》页66)

三百八十三

以上我们虽然对西方女性主义文论中有关女性形象之论著作了简单的介绍,但本文却并不想把关于花间词中女性形象的讨论,套入到西方的模式之中。这一则因为东西方之文化背景原有着明显的不同,我们原难将西方之模式作死板之套用;再则也因为他们的探讨乃大都以小说中之女性形象为主,这与我们所要探讨的花间词中的女性形象,当然也有着极大的差别;三则更因为西方女性主义之文论,原与西方之女权运动有着密切的关系,而本文之主旨,则只是想透过花间词中的女性叙写,来对小词之美学特质一加探讨,而全然无意于女权运动。但我却仍然对他们的论点作了相当的介绍,我的目的只是想透过他们对女性形象之身份性质之分析的方式,也对中国诗词中之女性形象之身份性质一加反思,并希望能藉此寻找出花间词中之女性叙写与词之美学特质的形成究竟有着怎样的一种关系而已。(《词学新诠》页71)

三百八十四

如果以词中所叙写之女性形象与以上各种文类(《诗经》、《楚辞》、南朝乐府、宫体诗等)之不同的女性形象相比较,我们就会有一种奇妙的发现,那就是词中所写的女性乃似乎是一种介乎写实与非写实之间的美色与爱情的化身。我这样说,也许有一些读者不免会对此产生疑问,盖以如我们在前文所言,《花间集》中所选录的作品,既原是"绮筵公子"为"绣幌佳人"而写的"文抽丽锦"的歌辞,因此其中所写之女性,自然应该乃是那些当筵侑酒的歌儿酒女之形象。如此说来,则此一类女性形象自当是现实中之女性。可是这一类女性却并无家庭伦理中之任何身份可以归属,而不过仅只是供男子们寻欢取乐之对象而已。而《花间集》中的作品,就正是出于那些寻欢取乐的男性作家之手,因此其写作之重点乃自然集中对于女性之美色与爱情之叙写,而"美"与"爱"则恰好又是最富于普遍之象喻性的两种品质,因此《花间集》中所写的女性形象,遂以现实之女性而具含了使人可以产生非现实之想的一种潜藏的象喻性。(《词学新诠》页72~73)

三百八十五

《诗经》中所写的现实生活中之女性,可以说基本上并不具什么象喻性……《楚辞》中所写之女性,则大都本出于作者有心之托喻,而有心之托喻,则一般皆有较明白之喻旨可以推寻……再就吴歌及西曲中的女性而言,则此类乐府歌辞本出于民间,且观其口吻盖多为女子之自述,如果以之与花间词之出于男性文士之手的作品相比较,则前者之所叙写乃大都为现实的女性之情歌,并无象喻之色彩……更就宫体诗言之,则宫体诗中所写之女性乃大多是被物化了的女性，作者在叙写之时，很少有主观感情之投入……再就唐代的宫怨与闺怨之诗言之，则私意以为此类怨诗似可分别为两种不同之情况：一种怨诗所写者乃属于现实生活中女性所实有的空虚寂寞之怨情，另一种怨诗所写者则是假托女性之怨情来喻写男性诗人自己不得知遇的悲慨。前者之所写，与《诗经》中的思妇、弃妇之性质似乎颇有相似之处；后者之所写，则与《楚辞》中的托喻之性质似乎也颇有相近之处。而此两种情况则与我们前面所言及的花间词中所写的现实中之女性而却具含有引人生象喻之想的、介乎写实与非写实之间的女性形象都并不相同。（《词学新诠》页73～74）

三百八十六

如果从西方女性主义文论中所提出的书写语言带有男性的意识形态这一点来看，则中国传统文学中的言志之诗与载道之文等作品，当然便该毫无疑问地都是属于所谓男性的语言。因为中国儒家的教育一向以治国平天下为其最高之理想，所以在中国的诗文中遂一向充满了这种想法的意识形态。……而在中国旧传统的社会之中，则女性根本没有仕的机会，因此这种以"仕隐"与"行道"为主题的作品，当然乃是一种男性意识的语言。（《词学新诠》页76～77）

三百八十七

可是《花间集》小词的出现，却打破了过去的"载道"与"言志"的文学传统，而集中笔力大胆地写起了美色与爱情，而且往往以女子之感情心态来叙写其伤春之情与怨别之思，是则就其内容之意识而言，花间词之语言，固当是一种属于女性化之语言。（《词学新诠》页77）

三百八十八

词之语言与诗之语言的主要差别，固原在诗之语言较为整齐，而词之语言则更富于长短错落之致;而如果从西方女性主义所提出的两性语言之性质方面的差别来看,则毫无疑问的,诗之语言乃是一种更为有秩序的、明晰的、属于男性的语言,而词则是比较混乱和破碎的一种属于女性的语言。也许有些人会认为混乱而破碎的语言形式,相对于明晰而有秩序的语言形式,乃是一种较为低劣的语言形式,可是中国的小词却大力地证明了这种混乱而破碎的语言形式,不仅不是一种低劣的缺点,而且还正是形成了词之曲折幽隐,特别富于引人生言外之想之特美的一项重要的因素。(《词学新诠》页77)

三百八十九

为花间词树立宗风的一位弁冕全集的作者温庭筠,他的词之所以备受后人推崇,认为有屈骚之托意的主要原因,事实上就正在于他所使用的语言,无论就内容意识方面而言,或者就外表形式方面而言,都恰好是带有最强烈女性语言之特色的缘故。温词既大力地描述女子的衣饰之美与伤春怨别之情,又经常表现为混乱破碎不连贯的章法和句式。……因此我们自然可以说词之女性化的语言,乃是形成了词之特别富于引人生言外之想的象喻之潜能的另一项重要的因素。(《词学新诠》页77～78)

三百九十

以上我们从西方女性文评中所提出的"女性形象"与"女性语言"两方面,对词之所以形成其幽微要眇具含丰富之潜能的因素,作了相当的探讨。但事实上这其间却原来存在着一个重大的问题,那就是西方女性文评之所谓"女性语言",本是指女性作者所使用之语言而言的,可是《花间集》中所收录的十八位词人,却清一色地都是男性的作者,于是花间词特质之形成,遂在除去我们已讨论过的两项因素以外,还应再增入一项更为重大的因素,那就是由男性作者使用女性形象与女性语言来创作所形成的一种特殊的品质。(《词学新诠》页78)

三百九十一

在中国传统社会中,除去如利氏(劳伦斯·利普金)所提出的,男女两性因地位与心态不同,故男子难于自言其挫辱被弃,乃使得男性诗人不得不假借女性之口以抒写其失意之情以外,在中国旧日的君主专制社会中,原来还更存在有一套所谓"三纲五常"的伦理观念。……在这种关系中,为君、为父与为夫者,永远是高高在上的掌权发令的主人,而为臣、为子与为妻者,则永远是被控制支配的对象。……被逐之臣与被弃之妻,则不仅全然没有自我辩解与自我保护的权利,而且在不平等的伦理关系中,还要在被逐与见弃之后,仍然要求他们要持守住片面的忠贞。在此种情况下,则被逐与见弃的一方,其内心所满怀的怨悱之情,自可想见,而也就正由于这种逐臣与弃妻之伦理地位与感情心态的相似,所以利普金所提出的男性诗人内心中所隐含的"弃妇"之心态,遂在中国旧社会的特殊伦理关系中,形成了诗歌中以弃妇或思妇为主题而却饱含象喻之潜能的一个重要的传统。(《词学新诠》页81~82)

三百九十二

可是《花间集》的作者则是男性的诗人文士,因此当他们也尝试仿效女子的口吻来写那些相思怨别之情的时候,就产生了两种极值得注意的现象。其一是他们大多把那些恋情中的女子加上了一层理想化的色彩,一方面极写其姿容衣饰之美,一方面则极写其相思情意之深,而把男子自己的自私和负心以及由此而引起的女子的责怨,都隐藏起来而略去不提。于是在他们的作品中之女子遂成为了一个忠贞而挚情的美与爱的化身,而不再是如敦煌曲中的充满不平和怨意的供人取乐和被人遗弃的现实中的风尘女子了。这是第一点值得注意之处。其二则如我在前文所言,由于"逐臣"与"弃妻"在中国旧社会中伦理地位之相似,以及"弃妇"之词在中国诗歌中所形成的悠久之传统,因此当那些男性的诗人文士们在化身为女子的角色(persona)

而写作相思怨别的小词时,遂往往于无意间流露出了他们自己内心中所蕴涵的一种如张惠言所说的"贤人君子幽约怨悱不能自言之情"。这种情况之产生,当然可以说是一种"双性人格"之表现。而由此"双性人格"所形成的一种特质,私意以为实在乃是使得《花间》小词之所以成就了其幽微要眇具含有丰富之潜能的另一项重大的因素。(《词学新诠》页83)

三百九十三

王氏(王国维)在另一则词话中,乃又曾提出过"故艳词可作,唯万不可作儇薄语"的重视感情品质之说。而值得注意的则是,所谓"儇薄语"的作品,大都乃是男性作者用男性口吻所写的、视女性为"他者"的作品。而另一方面则凡是用女性口吻所写的词,或者虽用男性口吻却是具含有女性之情思的作品,一般说来则大都不会有"儇薄语"的出现。(《词学新诠》页97)

三百九十四

凡是可以引人产生深微或高远的超乎艳歌以外之联想的好词,其引发联想之因素,无论就文化语码方面而言,或者就感发之本质方面而言,原来都与小词中之女性叙写,以及作者隐意识中的一种双性的朦胧心态,有着密切的关系。(《词学新诠》页97)

三百九十五

就感发之本质而言,则王国维所提出的"不可作儇薄语"之说,也足可使我们想到王氏所赞美的"虽作艳语,终有品格"的好词,必然不会是男性作者直接用男性口吻所写的视女性为"他者"的轻狂之作,而当是男性作者用女性口吻所写的,或是虽用男性口吻但却具含有女性情思的作品,而这类作品则显然都含有一种"双性"之性质。(《词学新诠》页97~98)

三百九十六

柳永之长调慢词,则势不得不加以铺陈的叙述,因此柳永乃以其善用"领字",长于铺叙,为世所共称。而如果从我们在前文所引用之西方女性主义对两性语言之差别的说法来看,则这种以领字来展开铺叙的语言,无疑地乃是一种属于明晰的、理性化、有秩序的男性语言。此一变化,遂使得柳词失去了短小之令词的"若隐若现"、"欲露不露"的富含言外之意蕴的女性语言之特点,而变为了一种极为显露的、全无言外之意蕴的现实的陈述。所以温庭筠《菩萨蛮》词所写的"鸾镜"、"花枝"、"罗襦"、"鹧鸪"等关于女性的描述,乃使读者可以生无限言外托喻之想;而柳永《定风波》词所写的"暖酥消,腻云亸,终日厌厌倦梳裹"和"针线闲拈伴伊坐"等关于女性的描述,乃不免为人所讥了。(《词学新诠》页101)

三百九十七

《花间集》所编录的既是为了交付给歌女去演唱的"诗客曲子词",其作品中所叙写的自应是那些当筵侑酒的歌儿酒女之形象,如此说来则此一类女性自当为现实中之女性。可是这一类女性却又并无家庭伦理之任何身份可以归属,她们只不过是供男子们寻欢取乐之对象而已。而《花间集》中的作品,则正是出于那些寻欢取乐的男性作家之手,因此其写作之重点便自然脱离了伦理之关系,而一意集中于对女性之美色与爱情的叙写。"美"与"爱"则恰好又是最富于普遍之象喻性的两种品质,因此《花间集》中所写的现实中之女性形象,遂具有并暗含了使人可以产生非现实之想的一种潜藏的象喻性。这种微妙的作用,可以说是《花间集》中关于女性形象的叙写所形成的词之美感作用的第一点特质。(《词学新诠》页121~122)

三百九十八

再就《花间集》中所叙写的女性情思而言,此一册词集中所收录的,既大多是交付给歌儿酒女们去歌唱的歌辞,故其所叙写者乃大多亦为歌儿酒女之情思。就一般情况而言,诗人文士们对于歌儿酒女之感情,本多为逢场作戏之性质,并没有欲与之相结合的恒久的爱情可言。……因此当他们也尝试仿效女子的口吻来写那些歌儿酒女们的情思时,就产生了极值得注意的两种现象:其一是他们大多把那些女性涂抹了一层理想化的色彩,一方面极写其姿容衣饰之美,一方面则极写其对男性情人的相思情意之深,而男子自己的自私和负心,以及由此而引起的女子对男子的责怨,则都略去不提。于是他们在词中所叙写的女性,遂成为一个忠贞而挚情的美与爱的化身,而不再是如敦煌曲中所表现的充满不平和怨意的既供人取乐又遭人抛弃的现实中的风尘女子。……在中国诗歌之传统中,当其叙写一个虽被男子所抛弃而对此男子一直怀着忠贞的挚爱,一直在相思期待之中的女子时,也往往会含有一种以男女喻君臣,以弃妇喻逐臣的寄托之意。……因此花间词中所写的相思怨别之情,遂在诗歌传统的弃妇与逐臣的联想以外,更有了一种作者把自我内心之不得志的情思,在无意中也流露了出来的可能性。以上这些微妙的作用,可以说是《花间集》中关于女性情思的叙写所形成的词之美感作用的第二点特质。(《词学新诠》页122~123)

三百九十九

此外若更就花间词的语言来看,则《花间》之语言,也曾经对以后词之语言的女性化产生了很大的影响。……特丽·莫艾(Toril Moi)在其《性别的/文本的政治——女性主义文学理论》(*Sexual/Textual Politics : Feminist Literary Theory*)一书中,就曾提出说一般人以为男性的语言所代表的乃是理性、秩序和明晰(reason, order and lucidity),而女性语言所代表的则是非理性、混乱和破碎(irrationality, chaos and fragmentation)……我们抛开女权的问题不谈,而单纯只就词的语言之美感特质来谈,若以词与诗相比较,则诗之多以五七言为主的整齐的句式,以及其多为隔句叶韵的整齐的韵脚,无疑乃是一种整齐明晰的属于男性的语言;而词则多为长短参差的不整齐之句式,而且既不限定隔句叶韵之定式,更且还可以在一篇中改变叶韵之韵脚的韵部,如此说来,词与诗相较自当是一种较为凌乱破碎的属于女性的语言。……而也就正由于词与诗的这种形式方面的差异,所以形成了词的一种"要眇"的美感方面的特质。所以王国维在《人间词话》中就曾说"词之为体,要眇宜修",又说"诗之境阔,词之言长"。也就是说词之"要眇"的美感特质,更富于一种悠长的言外之情思。而因此也就使得"词"这种文学体式,由于其女性语言的外在形式,遂影响其美感性质更富于了一种女性的特殊美。因此缪钺先生在其《诗词散论·论词》一文中,就曾特别指出"诗"与"词"之不同性质,说"诗显而词隐,诗直而词婉,诗有时质言,而词更多比兴。诗尚能敷畅,而词尤贵蕴藉"。这可以说是花间词由于语言而形成的词之美感作用的第三点特质。(《词学新诠》页 123~125)

四百

美国学者劳伦斯·利普金在《弃妇与诗歌传统》一书中认为,无论古今中外的诗人,都喜欢叙写一种女性形象,那就是孤独寂寞的、对爱情有所期待或有所失落的女子,也就是利氏所谓的广义的"弃妇"之形象。利氏以为此类弃妇及思妇之情,也原是男子内心深处所常有的一种情思,只不过男性在社会中要做一个强者,纵使在功名事业各方面有一种被弃的失落之情,但往往不肯开口言说,所以利氏认为男性的作者实在更需要这种"弃妇"的形象来表达他们内心深处的一种难以言说的情思。利氏之所言,在中国诗歌中实在可以找到不少例证,因为就中国传统而言,自汉代以来就有了"三纲五常"之说,其所谓"三纲"者,就正是"君为臣纲,父为子纲,夫为妻纲"的三种伦理关系,所以用"弃妇"来比喻"逐臣",可以说就正是中国诗歌中的一个悠久的传统。像建安时代曹植在《七哀》诗中所写的"君怀良不开,贱妾当何依"的"贱妾",可以说就正是一个很好的例证。……不过花间词中的女性,只不过是歌伎酒女一类的形象而已,与曹植的有心托喻原有着很大的差别,因此花间词所写的相思怨别的女性的情思,遂也产生了一种可以引人生托喻之想,却不可以做托喻之实指的微妙的作用。(《词学新诠》页 137~138)

四百零一

花间词的内容,乃是男性作者所写的女性形象,以及由女性语言所表述的女性情思,而且这种情思更是一种寂寞无偶的属于"弃妇"之类型的情思。而若按我们在前文所引举的利普金氏的说法来看,则男性的作者却可能正是在这种叙写中,无意间流露了一种男性的失志不偶的感情心态。(《词学新诠》页 142~143)

四百零二

凡是在感情上得不到满足的、被抛弃被冷落的、孤独寂寞的妇女,都可以叫做 abandoned women。而这一类的形象,往往就带有一种象喻的可能。因为,一个美丽的女子得不到爱人的欣赏,与一个男子得不到知遇与重用,那种"幽约怨悱不能自言之情"是可以相通的。(《从西方文论看花间词的美感特质》,《迦陵说词讲稿》页 15)

四百零三

在中国的文学史中,虽然最早从《诗经》已开始了对美女与爱情的叙写,但事实上各种不同的时代、不同体式的文学作品中,其所叙写的女性形象的身份性质,以及所用以叙写的口吻方式,有着很大的差别。(《从西方文论看花间词的美感特质》,《迦陵说词讲稿》页 24)

四百零四

在中国的小词里,词人们经常使用一种女性的语言。什么叫女性的语言？一般来说，男子说话时比较注重理性和逻辑，而女子说话时则比较注重感性和形象，小词里边有很多地方不是很有逻辑，不是把事情说得很清楚，但却有很深刻的感受在里边。(《从西方文论看花间词的美感特质》,《迦陵说词讲稿》页 38)

四百零五

我虽引用了西方女性主义学者的一些论述,但却并不想承袭她们的论述,我只是想透过她们的一些光照,来反观中国传统中的一些女性词人之作品的美感特质而已。我所说的"女性语言"主要指的是女性之词在语言中所表现的女性之内容情思；至于"女性书写"则指的是女性在从事词之写作时,所表现的写作方式和风格。(《女性语言与女性书写——早期词作中的歌伎之词》,《中国文化》第 27 期页 38)

解析符号学

四百零六

小词中所写的女性,则似乎乃是一种介于写实与非写实之间的、美色与爱情的化身。而这种介于写实与非写实之间的、并无明确的象喻之意义的女性形象,却似乎较之那些有心托喻、具有明确之象喻意义的女性形象,具含了更丰富的象喻之潜能。关于此种现象之形成,私意以为当代法国的一位女学者朱丽亚·克里斯特娃(Julia Kristeva)所提出的一些理论,似乎也颇有可供我们参考之处。克氏是一位关心女性主义文评然而却不被女性文评所拘限的、学识极为渊博的女性学者,她自称她自己所建立的学说为解析符号学(Semanalyse),是针对传统符号学(Semiotics)在诠释近代一些诗歌时所面临的不足而创立出来的一种新说。克氏主要的论点在于要把符号(sign)的作用分为两类:一类是符示的(semiotic),另一类是象征的(symbolic)。克氏以为在后者的情况中,其符表之符记单元(signifying unit)与其所指之符义对象(signified object)间的关系,乃是一种被限制的作用关系(restrictive function-relation)。而在前者之情况中,其能指之符记单元与所指之对象中则并没有任何限制之关系。克氏以为一般语言作为表意的符记,其作用大抵是属于象征的层次,也就是说其符表与符义之间的关系,乃是固定而可以确指的;可是诗歌的语言,则可以另有一种属于克氏所谓的符示的作用,也就是说其符表与符义之间的关系,往往带有一种不断在运作中的生发(productivity)之特质,而诗歌之文本(text)遂成为一个可以供给这种生发之运作的空间。在这种情形下,文本遂脱离了其创作者的主体意识,而成为了一个作者、作品与读者彼此互相融变(transformer)的场所。(《词学新诠》页84~85)

四百零七

当代有一位原籍保加利亚的法国女学者克里斯特娃,她自己为语言学及符号学发展出了一条新的研究途径,她自称为解析符号学,她曾经把诗歌中语言符号的作用,分别为两种不同的性质:一类是符示的作用(semiotic function),另一类是象喻的作用(symbolic function),克氏以为在后者的情况中,其符表之符记单元(signifying unit)与其所指的符义对象(signified object)之间的关系,乃是一种被限制的作用关系(restrictive function-relation)。而在前者的情况中,其符表之符记单元与其所指的符义对象间,则并没有任何限制之关系。克氏以为一般语言作为表意的符号,其作用大抵是属于象喻式的作用。但在诗歌的语言中,则可以有一种属于克氏所谓的符示的作用。也就是其符表与符义之关系,往往带有一种不断在运作中的生发(productivity)之特质,而诗歌之文本遂成为一个可供给这种生发运作的空间。在这情形下,文本遂可以脱离其创作者的主体意识,而成为作者、作品及读者彼此互相融变的融变所(transformer)。(《词学新诠》页146~147)

四百零八

就传统诗歌中有心托喻的作品而言,其用以托喻的符表,与所托之意的符号,可以说乃是完全出于作者显意识之有心的安排。……像这种情况,其文本中的符记单元与其所喻指的符义对象之间的关系,自然是属于一种由作者之显意识所设定的被限制了的作用关系,也就是克氏所说的"象征"的作用之关系。可是《花间》小词中所写的女性之形象,就作者而言,则当其写作时原来很可能只是泛写一些现实中的美丽的歌女之形象,在显意识中根本没有任何托喻之用心,可是由于我们在前文所曾述及的"女性形象"、"女性语言"及"双性人格"等因素,而使之具含了一种象喻之潜能。像这种情况,其文本中的符记单元,则如克氏所云只是保持在一种不断引人产生联想的生发的运作之中,而并不可对其所指的符义对象,作出任何限制性的实指,也就是说这种作用乃是属于克氏所说的一种"符示的"作用之关系。像这种充满了生发之运作的活动而完全不被限制的符记与符义之间的微妙的关系,当然使得《花间》小词虽然蕴涵了丰富的象喻之潜能,却迥然不同于有心之托喻的一个重要的原因。(《词学新诠》页85~86)

四百零九

早期《花间》的小词,本来大都是文士们为歌伎酒女所写之艳歌,本无寄托之可言。至其可以令人生寄托之想,则是由于这些艳歌中所叙写的女性之形象,所使用的女性之语言,以及男性之作者透过女性之形象与女性之语言所展露出来的一种"双性人格"之感情心态,因此遂形成了此类小词之易于引人生言外之想的双重或多重之意蕴的一种潜能。而此种潜能之作用,则是如本文在前面所引述的克里斯特娃之所说,其作用乃是"符示的",而并不是"象征的"。其符表与符义之间的关系乃是不断在生发的运作中,而并不可加以限制之指说的。清代常州词派张惠言所犯的最大的错误,就在于他想把自己由此种符表之生发运作中所引生的某种联想,竟然直指为作者

之用心。(《词学新诠》页92)

四百一十

周氏(周济)在其《宋四家词选·目录序论》中,对于有关读词者之联想,曾提出过一段极妙的喻说,谓:"读其篇者,临渊窥鱼,意为鲂鲤。中宵惊电,罔识东西,赤子随母笑啼,乡人缘剧喜怒。"周氏的这段话,如果透过我们前面所引的克里斯特娃的说法来看,则周氏所谓"随母"之"母"与"缘剧"之"剧",自当是指其富含有生发之运作的文本。至于随之而"笑啼"、"喜怒"的"赤子"和"乡人",则是经由文本中符记之生发运作而因之乃生出多种之感发与联想的读者。但此种感发与联想又不可以作限制的指实的说明,所以周氏乃将之喻比为"临渊窥鱼"和"中宵惊电",虽然恍惚有见,却不能指说其品类之为鲂为鲤,其方向之为东为西。(《词学新诠》页92~93)

四百一十一

陈廷焯则将此种难以指说的深隐于文本之符示中的生发运作之潜能,名之以为"沉郁",而且对之加以解说云:"所谓沉郁者,意在笔先,神余言外,写怨夫思妇之怀,寓孽子孤臣之感。凡交情之冷淡,身世之飘零,皆可于一草一木发之。而发之又必若隐若现,欲露不露,反复缠绵,终不许一语道破。"这段话之可贵,我以为乃正在于陈氏曾"一语道破"地点出了"怨夫思妇之怀"与"孽子孤臣之感"之相类似的感情心态。这种体会其实已经触及了我们在前文所曾提出的"双性人格"之说。只不过在陈廷焯之时代当然还没有所谓"双性人格"的说法和认知,因此陈氏乃将小词中此种由女性之叙写而产生的"符示的"生发运作之关系,与传统诗歌中之有心喻托的"象征的"被限制的符表与符义之关系,混为一谈。不过陈氏却也曾感到了小词之引人联想的作用,与传统诗歌中可以指说的喻托之意,又显然有所不同。于是遂又对之加上了一段"若隐若现"、"欲露不露"的说法。(《词学新诠》页93)

四百一十二

　　综观周、陈二氏之说,当然都不失为对小词之富含感发作用与多层意蕴之特质的一种体会有得之言。至于他们所犯的错误,则就其明显之原因言之,乃是因为他们都受了张惠言的比兴寄托之说的影响,因此遂将读者所引发的偶然之联想,强指成了作者有心之托喻。(《词学新诠》页93)

四百一十三

　　有心托喻之作中的美女,其符表与符义之间的关系,乃是属于"象征的"作用关系,是一种可以确指的被限制了的作用关系。可是这种"空中语"的小词中所写的美女,则恰好因其本为并无托意的"空中语",因此其符表中之女性叙写,乃脱离了所谓"象征的"关系中之固定的限制,而成为了一种自由运作的"符示的"关系。克氏以为在此种关系中,文本遂脱离了其创作者所原有的主体意识,而成为了作者、作品与读者彼此互相融变的一个场所。而就"空中语"的小词而言,则更因其创作者既本来就缺少明确而强烈的主体意识,而其对美女与爱情的叙写,又如此富含女性与双性所可能引生的微妙的作用,因此这类"空中语"的小词,遂于无意间具含了如克氏所说的融变的最大的潜能。(《词学新诠》页99)

四百一十四

　　而且此一类词(赋化之词)之深微幽隐之意致,既大都出于有心安排之写作技巧,因此如果用我们在前文所举引的克里斯特娃的解析符号学之说来加以反思,我们就会发现此类词中的符表与符义之间的关系,乃是属于克氏所谓被限制了的"象征的"作用之关系。与《花间》一派歌辞之词的深微幽隐的引人生双重意蕴之想的,属于"空中语"之全然不受限制的自然生发和融会的所谓"符示的"作用关系,其间有了很大的不同。而如果以花间词所树立的美学特质而言,则词之美者自当以具含后者之作用关系者,较具含前者之作用关系者尤为可贵。在此种差别中,私意以为对此类"赋化之词"的衡量,遂有了另一层更为深细的标准,也就是说,能在有心安排之写作技巧中,表现有意蕴深微之美者,固是佳作;但如果其符表与符义之间的作用关系过于被拘限,则毕竟不能算是第一流的最好的作品。(《词学新诠》页111~112)

四百一十五

如果从克氏的理论来看,中国传统的寄托象喻,其符表与符义之间的关系是被限制了的一种可以确指的作用关系;符示的作用则是不可确指的且不被限制的一种作用关系,也就是克氏所谓的 semiotic function。所以自花间词至北宋初年的一些歌辞之词,虽然蕴涵了丰富的象喻之潜能,却绝然不可以用比兴与寄托的拘狭的观念去指说,那就因为小词中的语言,其符表与符义之关系,与传统的比兴寄托之语言的作用,其性质全然不同的缘故。(《词学新诠》页147)

四百一十六

诗歌的语言,一种作用是"象喻"的,竹子代表正直的,太阳代表光明的,符号跟它所指的东西是固定的。还有一种是"符示"的,有些符号是不固定的,符号的作用是活动的,时时刻刻在变化。小词之所以微妙,正在于(它)不是男子作闺音的固定的比兴。(《爱情与道德的矛盾和超越——谈词学的发展过程》,未刊演讲稿)

意识批评

四百一十七

如果想对以上这种重视作品中情意之本质的评赏方式,也找一点西方文论来作为参考的话,则我以为近年来西方新兴起的所谓"意识批评"(criticism of consciousness)或有可参考之处。此一批评学派曾受有近代西方哲学中现象学之影响,而现象学所重视的原是主体意识与客体现象相接触时之带有意向性的意识活动(consciousness as intentional),因此意识批评所重视的也就正是在文学作品中所呈现的这种意识活动,只不过有一点要说明的,就是意识批评所着重的并不是作者在创作时的现实之我的心理分析,他们所要探讨的乃是作品之中所表现的一种意识形态(patterns of consciousness,亦有人称之为动机的形态〔patterns of impulse〕,或经验的形态〔patterns of experience〕,或感知的形态〔patterns of perception〕)。而且他们以为很多伟大的作者,我们都可以从他们的一系列作品中,寻找出这一种潜藏的基本的型态。(《词学新诠》页190~191)

四百一十八

西方有一种新的批评,叫做 critic of consciousness,就是所谓的意识批评。他们认为,凡是伟大的作家都有一个 pattern of consciousness,也就是说他的意识有一个固定的形式。如果只是一般的作家,他看见风就是风,看见雨就是雨。像宋朝的杨万里说的:"雨来细细复疏疏,纵不能多不肯无。似妒诗人山入眼,千峰故隔一帘珠";清朝的龚自珍也说:"偶赋凌云偶倦飞,偶然闲慕遂初衣。偶逢锦瑟佳人问,便道寻春为汝归"。这都是写眼前偶然的景物、偶然的感情,就算你写得再好、再美,也不能算伟大的作家。所以 consciousness criticism 就说,越是伟大的作家,他的意识越应该有一个比较固定的 pattern,屈原是如此,杜甫是如此,陶渊明也是如此。而在词人里边,你如果找一位作家,他也有一个 pattern,他把整个的理念、志意都投注到他的作品中,可以与屈原、杜甫相比美的,那就是辛弃疾。(《南宋名家词选讲》〔叙论〕页 22)

词 史 论

词的演进历程

四百一十九

　　盖以为词与诗二者,既同属广义之诗歌,是以在性质上既有其相同之处,亦有其相异之点。若就其同者言之,则诗歌之创作首在其能有"情动于中"之一种感发之动机。此种感发既可以得之于"物色之动,心亦摇焉"的自然界之现象,亦可以得之于离合悲欢、抚时感事的人事界之现象。既有此感发之动机以后,还须要具有一种能够将其"形之于言"的表达之能力,然后方能将其写之为诗,故"能感之"与"能写之"实当为诗与词之创作所同需具备之两种重要质素。然而诗人之处境不同,禀赋各异,其能感与能写之质素,自亦有千差万别之区分。故诗歌之评赏,便首须对此二种质素能做出精密正确之衡量。同是能感之,而其所感是否有深浅厚薄之不同;同是能写之,而其所写是否有优劣高下之轩轾。此实为诗与词之评赏所同需具备之两项衡量标准。是则诗与词无论就其创作之质素而言,或就其评赏之标准而言,二者在基本上固原有其相同之处也。然而诗与词又毕竟为两种不同之韵文体式,是以二者间遂又存在有许多相异之点。而造成此多种相异之点者,则主要由于形式之不同与性质之不同两种重要因素。先就形式之不同言之,词之篇幅短小,虽有长调,亦不能与诗中之五七言长古相比,而且每句之字数不同,音律亦曲折多变,故而如诗中杜甫《北征》之质朴宏伟,白居易《长恨歌》之委曲详尽，便皆非词中之所能有。然而如词中冯延巳《鹊踏枝》之盘旋顿挫，秦观《八六子》之清丽芊绵，则又非诗中之所能有矣。再就性质之不同言之，则诗在传统中一向便重视"言志"之用意，而词在文人诗客眼中，则不过为歌筵酒席之艳曲而已。是以五代及北宋初期之小令，其内容所写皆不过为伤春怨别之情，闺阁园亭之景，以视诗中陶、谢、李、杜之情思襟抱，则自有所弗及矣。然而词之特色却正在于能以其幽微婉约之情景，予读者心魂深处一种窈眇难言之触动，而此种触动则可以引人生无穷之感发与联想，此实当为词之一大特质。王国维《人间词话》曾以"深美闳约"四字称美冯延巳之小词，又往往以丰美之联想说晏、欧诸家之词，便皆可视为自此种特质以读词之表现。然而此种特质，在作者而言，亦有得有不得也。是以作诗与说诗固重感发，而作词与说词之人则尤贵其能有善于感发之资质也。其后苏、辛二家出而词之意境一变，遂能以词之体式叙写志意，抒发襟怀，一洗绮罗香泽之态，于剪红刻翠之外，屹然别立一宗，此固为词之发展史上之一大盛事。盖五代北宋之小令，在当时士大夫之观感中，原不过为遣兴之歌曲，自苏、辛出而后能使词与诗在文学上获得同等之地位，意境既得以扩大，地位亦得以提高，此其丰功伟绩固有足资称述者在也。然而既以诗境入词，而词遂竟同于诗，则又安贵乎其有词也？是以苏、辛二人之佳作，皆不仅在其能以诗境入词而已，而尤在其既能以诗境入词，而又能具有词之特质，如此者乃为其真正佳处之所在也。夫诗之意境何？能写襟抱志意也。词之特质何？则善于感发也。是以杜甫在诗中之写其襟抱志意也，乃可以有"致君尧舜上，再使风俗淳"，"穷年忧黎元，叹息肠内热"之句，直写胸怀，古朴质拙，自足以感人肺腑，此原为五言古诗之一种特质。然而如以长短句之形式写为此种质拙之句，则不免有率露之讥矣。此盖由形式不同，故其风格亦不能尽同也。是以苏东坡之写其高远之怀，则以"琼楼玉宇"为言，写其幽人之抱，则以"缥缈孤鸿"为喻。至于辛稼轩之豪放健举，慷慨纵横，然而观其《水龙吟》词之"楚天千里清秋"，《沁园春》词之"叠嶂西驰，万马回旋"诸作，其满腔忠愤郁郁不平之气，乃全以鲜明之形象，情景之相生，及用词遣句之盘郁顿挫表出之，无一语明涉时事，无一言直陈忠爱，而其感发动人之力则虽历千古而常新。后之人不明此理，而误以叫嚣为豪放，若此者既不足以知婉约,而又安知所谓豪放哉!至于苏、辛而后,又有专以雕琢功力取胜者,如南宋后期诸家,此固亦为各种文学体式发展至晚期以后之自然现象。若欲论其优劣,则如果以词之特质言之,固仍当以其中感发之质素之深浅厚薄为衡量之标准。梦窗、碧山纵不免晦涩沉滞之讥,然而有足观者,便因此二家之作品,仍并皆蕴涵有深远幽微之感发之质素。至若草窗、玉田诸人,则纵使极力求工,而其感发之力则未免有所不足矣。昔周济在其《宋四家词选·序论》中,即曾云:"草窗镂冰刻楮,精妙绝伦,但立意不高,取径不远,当与玉田抗行,未可方驾王、吴也。"所论实深为有见。而其所谓"立意不高,取径不远"者,固当正由于其"能感之"之质素既有所不足,"能写之"之质素亦有所不足,是以既不能具有感发之力,亦不能传达感发之力故也。平生论词之见约略如此。(《学词自述》,《迦陵诗词稿》页4~8)

四百二十

谈到词之演进,私意以为其间曾经过几次极可注意的转变:其一是柳永之长调慢词的叙写,对《花间》派之令词的语言,造成了一大改变;其二是苏轼之自抒襟抱的"诗化"之词的出现,对《花间》派令词的内容,造成了一大改变;其三是周邦彦之有心勾勒安排的"赋化"之词的出现,对《花间》派令词的自然无意之写作方式,造成了一大改变。如果从表面来看,则这三大改变无疑乃是对我们前文所曾论及的花间词之女性语言、女性形象,以及由自然无意之写作方式所呈现的双性心态的层层背离。因此下面我们所要探讨的,自然就该是当词之发展已脱离了花间词之女性与双性之特质以后的这些不同的词派,其美学特质之标准又究竟何在的问题了。关于此一问题,私意以为有一点极可注意之处,那就是当词之发展已脱离了花间词之女性叙写以后,虽然不再完全保有花间词之女性与双性的特质,但无论柳词一派之佳者,苏词一派之佳者,或周词一派之佳者,却都各自发展出了一种虽不假借女性与双性,却仍具含了与花间词之深微幽隐富含言外意蕴之特质相近似的、另一种双重性质之特美,而这种美学特质之形成,无疑地曾受有花间词之特质的影响。(《词学新诠》页100)

四百二十一

词在不断的演进中,虽然曾经过了三次重大的改变,但无论是柳永的长调之叙写对《花间》令词之语言的改变,还是苏轼的诗化之词对《花间》令词之内容的改变,或周邦彦的赋化之词对《花间》令词之写作方式的改变,尽管他们的这些改变,已曾对花间词之女性叙写与双性心态作出了层层的背离,可是由花间词之女性叙写与双性心态所形成的,以富含引人联想的多层意蕴为美的一种美学特质,则始终是衡量词之优劣的一项重要的要求。(《词学新诠》页113)

四百二十二

就清词中兴之发展而言,甲申国变的历史背景也正是促成清词之中兴的一个重要原因。因为词在明代原是处于一种衰落不振的状态,词在早期《花间》之作,及北宋初期晏、欧诸人之作中,所形成的要眇深微、富含言外之意的美感特质,在明词中已难以复见,直到明末云间诸才人如陈子龙等,在经历国变危亡之忧患后所写的词作,才把这种已经失落的词之美感特质,重新寻找回来。(《词学新诠》页142)

四百二十三

我把词分成了三种:"歌辞之词",是早期的词,都是文人诗客给歌女写的歌辞,这是歌辞的词;可是后来,作者多了,这些个诗人就想自己写自己的感情了,所以后来就有"诗化之词";再后来又有"赋化之词"。(《词之美感特质的形成与演进》,页7)

四百二十四

约而言之,第一类歌辞之词,其下者固不免有浅俗柔靡之病,而其佳者则往往能在写闺阁儿女之词中具含一种深情远韵,且时时能引起读者丰富之感发与联想;第二类诗化之词,其下者固在不免有浮率叫嚣之病,而其佳者则往往能在天风海涛之曲中,蕴涵有幽咽怨断之音,且能于豪迈中见沉郁,是以虽属豪放之词,而仍能具有曲折含蕴之美;至于第三类赋化之词,则其下者固在不免有堆砌晦涩而内容空乏之病,而其佳者则往往能于勾勒中见浑厚,隐曲中见深思,别有幽微耐人寻味之意致。以上三类不同之词风,其得失利弊虽彼此迥然相异,然而若综合观之,则我们却不难发现它们原有一个共同的特点,那就是三类词之佳者莫不以具含一种深远曲折耐人寻绎之意蕴为美。(《词学新诠》页155)

四百二十五

总之,词之美感特质自唐五代的歌辞之词开始,历经北宋在形式与内容两方面之拓展,随着诗化之词与赋化之词的形成及演进,终于在南宋之世都先后各自完成了其所独具的美感特质。其后,元、明、清诸代,虽然也各有不同的风格和成就,但究其美感之特质,则鲜能有超出以上所叙及的歌辞之词、诗化之词及赋化之词三类以外之开创。(《词学新诠》页204)

四百二十六

花间词的女性叙写所形成的"双性"特质对后世词与词学产生了极为深远的影响。在花间词之后,词的演进经过了几次值得注意的转变。其一是柳永的长调叙写对花间派令词的语言造成了一大改变;其二是苏轼自抒襟抱的"诗化"之词的出现对花间派令词的内容造成了一大改变;其三是周邦彦之有心勾勒安排的"赋化"之词的出现对花间派令词之自然无意的写作方式造成了一大改变。从表面来看,这三大改变无疑是对我们前边所说的女性语言、女性形象,及因自然无意的写作方式而呈现之双性心态的层层背离。但有一点是我们一定要注意到的,那就是当词的发展脱离了花间词的女性叙写之后,虽不能再完全保有花间词中女性与双性的特质,但无论柳词一派之佳者、苏词一派之佳者,还是周词一派之佳者,却都各自发展出了一种虽不假借女性与双性,但仍具含了与花间词之深微幽隐富含言外意蕴的特色相近似的另一种双重性质之特美。这种美学特质的形成,无疑是受到了花间词之特质的影响。王国维曾说"词之雅郑在神不在貌",而后世词在脱离了女性与双性之后的这些多种方式的双重性质之美学特质的形成,可以说也正是花间词之特质的一种"在神不在貌"的演化。(《从西方文论看花间词的美感特质》,《迦陵说词讲稿》页41)

四百二十七

私意则以为王氏所提出之"要眇宜修",虽可以为词之普遍美感之一种综述,但在词之发展演进中,则已经发展出了三种不同之类型,其一是早期五代宋初的以写闺阁儿女之情为主的作品,此一类词可称之为"歌辞之词";其二是由东坡所拓展,经稼轩之发扬而表现为"一洗绮罗香泽之态","于剪红刻翠之外别立一宗"的作品,此一类词可称之为"诗化之词";其三是由周邦彦所拓展出来的,以思力之安排勾勒为写作之手法,经南宋诸家之发扬至宋季《乐府补题》之作而臻其极致的作品,此一类词可称之为"赋化之词"。此三类词之体貌虽然各有不同,但其佳者,则莫不以具含一种要眇幽微之质素者为美,此点乃是一致的。至于其间互相影响演变之关系,则亦有可得而言者。(《百年词选》序,《迦陵杂文集》页220)

四百二十八

由于敦煌曲子词这种民间词曲没有很好地以文字形式流传下来,所以《花间集》这本最早的词集对以后中国词这一文学体式的风格和形式产生了很大的影响。而尤其应该引起大家注意的是《花间集》编选的目的,所搜集的词是什么性质的词,这对后世同样有很深的影响。《花间集》编纂的目的,在欧阳炯为它写的《序》中曾有所言及,原来这本集子中所收辑的乃是当时诗人文士为流行歌曲所写的曲子词,是配乐歌唱的歌辞。五代时的文人诗客喜欢当时乐曲的清新的调子,但又觉得其曲词不够典雅,所以他们便自己插手于曲词的写作,故而《花间集》的作者说他们的作品是"诗客曲子词",是文人、诗人、士大夫为这一新兴的歌曲填写的歌词,有别于民间的曲子词。(《唐宋名家词赏析》〔上册〕页4)

四百二十九

诗是言志的,文是载道的,诗文的体裁的形成和演进是在作者的主体意识清楚的认识之下发生和进行的。可是词在早期,它的兴起,不过是给歌女唱的歌词。(《清代词人在〈花间〉两宋词之轨迹上的演化及对于词之美感特质的反思》,《南京大学学报》2009年第2期页103)

四百三十

小词的开始,一定要从花间讲起,文人开始为这新兴的歌曲填写歌词,当时就有一个成见:这些歌词是"用资羽盖之欢"的,是给歌女去唱的。为什么从晚唐五代到两宋一直对词的美感特质没有清楚的反省和认知,这就与最初的起源有密切的关系。当词产生以后,虽然有不少作者也插手写词,可是早期的词学没有真正认识到词的美感的真正意义和价值。(《清代词人在〈花间〉两宋词之轨迹上的演化及对于词之美感特质的反思》,《南京大学学报》2009年第2期页103)

四百三十一

王国维曾经提出来说:冯正中词与中主、后主词皆在《花间》范围之外

(《人间词话》)。所以,他发扬的是南唐的词。王国维还说他们的风格与《花间集》不同,因此,《花间集》中选五代词,没有南唐的作者。冯延巳、中主、后主词都没有选入《花间集》中,这还不只是由于风格不同,也因为地域相隔遥远,还因编选的时代不同。《花间集》编选定集较早,南唐词较晚,所以没有收集进来。除此原因之外,我们认为王国维的说法还是对的,南唐风格确实不在《花间》范围之内。南唐词特别富于一种感动兴发的意味,它由自己本身感情本质的感发的生命,引起读者的感情、品格、心灵、情操的一种联想。不是像韦庄由一个事件引发我们的联想,也不是像温庭筠由于语码的缘故引起我们的联想,是它感情的本质,带着一种兴发感动的作用,特别有感发作用,这是南唐词的特色。(《唐宋词十七讲》页124)

四百三十二

早期词之佳作确实具有一种易于引发读者丰富之感发与联想的可能的潜力……此种潜能经历了由晚唐而西蜀而南唐直至北宋初期的一段发展,于是遂更由几位杰出的作者如温、韦、冯、李、大晏、欧阳诸家,分别各以其身世遭遇和性格学养等各方面之因素,使早期令词的这种富于感发和联想的潜能,得到了更为逐层深入的发挥。……第一个阶段的潜能之发展,我以为乃是令词之特美与中国诗歌中以美人为喻托之传统相结合的结果。此一阶段之作者可举温庭筠为代表。……第二个阶段的令词中潜能之发展,我以为乃是令词之特美与诗人之忧患意识相结合的结果。(韦庄、冯延巳、李璟、李煜)……至于北宋初期之令词,则私意以为乃属于令词潜能之发展的第三个阶段。此一阶段之发展,我以为乃是令词之特美与作者之品格修养相结合所产生的结果。晏殊与欧阳修二家可以作为此一阶段的代表作者。(《迦陵论词丛稿》页225~230)

四百三十三

早期令词中之佳作之所以富含此种潜能的由来,乃是由于自五代之《花间》,经历南唐以迄宋初的一些作者,曾于无意中将作者的双性之心态、忧患之意识,以及修养和襟抱等种种潜隐之质素,结合进入了小词之写作的缘故。及至柳永之慢词改变了令词之语言与形式,遂使得写爱情的艳词失去了早期令词之富含言外意蕴之特美,而流入于浅俗淫靡。其后苏轼的诗化之词,虽然曾在感情之品质方面,提高了对于美女与爱情的叙写,但却也因其直接言志之性质,而使得这一类词失去了由《花间》所树立的以深微幽隐富含言外意蕴为美的美学特质。及至赋化之词的出现,则一方面既想挽救柳词一派的浅俗之弊,另一方面又想挽救苏词一派的直率之失,遂转而致力于写作技巧的勾勒和安排,想藉此种写作手法来求得一种深微幽隐的词之特美。但是仅只在写作技巧方面的追求,则往往只造成了形式方面的深曲晦涩或铺排雕饰,而并不一定能使作品具含言外的丰美之意蕴。至于小晏的"狎邪之大雅"与秦观的"词人之心",则虽然提高了艳词的格调与品质,但也并未能使这类艳词增加什么言外之意蕴。(《清词丛论》页63~64)

四百三十四

明词之所以衰微不振的原因,则约言之大概有以下数端:其一是受到了明代诗文复古之风气的影响,遂使一般文士对词这种文体乃多目之为小道末技,不加重视,所以词籍流传不广。……其二则是受到了明代曲之写作盛行的影响,明代之作者对于词之美感特质缺少反思的体认,乃往往以为词与曲同是属于依乐调填写的歌辞,而对两者之区别并没有明白的认知,所以有时不免用写作曲子的思致和笔法来写词,而曲之特质则在于以痛快淋漓及活泼尖新为美,与词之以曲折深隐为美者,原有很大的不同。而明人以曲之笔法来写词的结果,则正是造成了明词缺少高远之致,而不免流入于浅薄滑易的一个主因。(《清词丛论》页116)

四百三十五

对于《花间》、两宋没有清楚认知的人,走一遍路还不熟悉,再走一遍慢慢地就有反省,第二遍又不是一步一步按照原来的足迹走过来的,是在那个轨迹之中有了演变,有了转化,而且明清的易代加强了他们这种反省思辨的意识。(《清代词人在〈花间〉两宋词之轨迹上的演化及对于词之美感特质的反思》,《南京大学学报》2009年第2期页109)

四百三十六

清词之所以有如此辉煌的成就,不仅因为宋人的词发挥有所未尽,而且因为小词的美感这么不容易被认识,宋人没有清楚的认知,而清朝的词人不但发现了词的这一种特美,而且对于词的特美开始有了一种美感特质的反省和认知。(《清代词人在〈花间〉两宋词之轨迹上的演化及对于词之美感特质的反思》,《南京大学学报》2009年第2期页111)

四百三十七

王国维曾说:"一代有一代之文学……唐之诗、宋之词、元之曲……"唐代以后,宋、明、清等朝当然也有诗,可是我认为唐诗后面有宋诗、明诗、清诗的情况,与唐五代、两宋的词之后之有清词,是截然不相同的。唐诗和宋、明、清诗之间演化继承的关系有一个理性的认知和反思。……不管诗歌在文学史上经过了多么复杂而长久的演进,我以为其中有一点是值得注意的,那就是宋诗对唐诗有所转变,是有反省、有自觉的,宋代诗人对于唐诗的好处有清清楚楚的认知,他们有心要破除唐诗的约束,要从唐诗的成就之中突破出去,也就是西方说的"影响的焦虑"(The anxiety of influence)。而明朝人模仿唐诗,觉得唐诗很了不起,也是对唐诗的好处有清楚的认知。清朝的诗人不管是尊唐也好,尊宋也好,他们都是对于唐诗和宋诗的好处先有了清楚的认知,然后才发展下去的。……晚唐和两宋词的演进是在自然之中,在模糊影响之中,在并没有更多反省之中,自然地演化过来的。而唐五代、两宋词在清代的演化,有着第二次的反省,或者说"第二次握手",有一个重新认识的过程。清词的整个轨迹,并没有独出异军,另立旗帜,它的演化轨迹是和晚唐、两宋的演化轨迹相符合的,但不是重复,而是遵循着这个轨迹有了突破、有了变化。(《清代词人在〈花间〉两宋词之轨迹上的演化及对于词之美感特质的反思》,《南京大学学报》2009年第2期页102~103)

四百三十八

夫词之为体,当其初起时原不过但为隋唐以来里巷之人随当时流行之宴乐所歌唱的曲词而已,初不为士大夫所重,其后作者渐多,乃有后蜀赵崇祚《花间集》之选。而欧阳炯所写之序文中,乃坦言此一集编选之目的,盖原不过只是为了"庶使西园英哲,用资羽盖之欢"而已。故其所收录之作品内容,乃大多为伤春怨别的闺阁儿女之言。其后历经两宋元明以迄于清代常州词派之张惠言氏,乃竟以为其中可以有比兴寄托之意,至其继起者之周济遂更倡为"诗有史,词亦有史"之说,于是原本被目为"小道末技"的歌辞之词,乃一变而为可以反映世变盛衰之词史矣。此种观念之形成,自然与词体之发展演进,以及词学家对于此种演变中所形成的词之美感特质之反思,有着密切的关系。(《百年词选》序,《迦陵杂文集》页219~220)

四百三十九

中国的小词几经转变,形成了不同的美感,都与不幸的环境有密切关系:李后主破国亡家,他的词才有了进步;苏东坡九死一生从监狱里出来,然后被贬到黄州以后,他的诗词文都有了进步;辛稼轩是因为他在南宋的挫折才有他的词的成就;而周邦彦影响下的那些"赋化之词",也是经过南宋的衰弱败亡,才有了吴梦窗和王碧山,才有了他们那些有深度的好词。如若不然,只是修饰雕琢、咬文嚼字地写一些风花雪月,就算文字再工巧也不成。"国家不幸诗家幸,赋到沧桑句便工",赵翼也曾经这样说过。(《名篇词例选说》页162~163)

四百四十

在词的发展史上,有几件事情非常值得我们注意。首先,因为词最早本来是配合音乐歌唱的歌词,所以对于词能够有所开拓的几位作者都是非常熟悉音乐的。温庭筠就是这样的一位作者。当然唐朝有些诗人也写词,像刘禹锡、白居易,写什么"江南好,风景旧曾谙",这都是短短的小令,真的是"诗馀",就是从诗发展影响下来的,用写诗的笔法去写的小词。可是到了温庭筠就不同了,温庭筠六十多首词,用了很多别人从来不用的有词之特色的词调,而且他的押韵、平仄,也脱离了诗的规矩。……因为温庭筠是懂得音乐的,他能够按照乐律的变化去填写歌辞,而不像张志和、刘禹锡、白居易等人那样,只是平平仄仄、仄仄平平,用诗的格律写那种像诗而不像词的作品。所以温庭筠是第一个重要的词作者。第二个对词的发展有很大影响的作者是柳永。……以前从晚唐、五代一直到北宋初年,一般的作者都是填写小令,连晏同叔、欧阳永叔这样的大家填的也都是小令。可柳永不然,因为他懂得音乐的乐律,知道怎么样填写那些复杂变化的长篇词调,他能够掌握音乐性,所以才开启了文人诗客给长调填写歌辞的先例,柳永是影响词之发展的第二位重要的作者。第三个影响词的重要作者就是周邦彦。(《词之美感特质的形成与演进》页139～140)

四百四十一

词这种韵文的体式,从晚唐五代发展到北宋的初期,它是从歌筵酒席之间,从本来不具有个性的歌词,发展成为在小词之中能够流露出作者的修养、品格、感情、学识、怀抱的这样一种文学体式的。这种发展的过程,我以为实在应该说是词的诗化。因为诗才是言志抒情的,才是以作者的志意为主的。词,像我们开始所讲的温庭筠,只是写美女跟爱情,作者不一定表达自己的志意。可是,词,自从被那些个诗人文士拿过这种文学形式来创作以后,因为词本来是民间流行的,是隋唐之间,伴随着新兴音乐而兴起的一种歌词,可是,自从流入了文士诗人的手中,他们就不知不觉地把他们的文化教育修养的背景,无意之中流露出来了。所以,温庭筠所使用的一些词汇,产生了一种语码的性质;而韦庄就用这些小词来抒写自己个人的情意;像冯正中就在小词里边表达了他自己那种幽微隐约的内心的一种烦乱和忧伤;到李后主就把他破国亡家的悲哀都写到小词里边去了,这本来是词的诗化。(《唐宋词十七讲》页194~195)

四百四十二

中国词的演进很值得注意。初起之时,文人写词,很多都是仕宦中地位很显达的,韦庄是宰相,冯延巳是宰相,晏殊是宰相,欧阳修做到副宰相,范仲淹曾带兵在西夏边境防守,都是功名、事业、文章、道德不可一世的人物。可是词到了南宋末年,写词的人大都是事功上没有什么大成就的人,而这些词人的作品好不好呢?我过去讲过,一个作家的作品感发的生命是最重要的。一篇作品的好坏,一个大诗人跟一个小诗人的分别,就是因为他的感发生命是有厚薄、大小、深浅种种不同的。我们对韦庄、晏殊、欧阳修个人的品德先不管,他既然做到一国宰相的地位,他对国事就必然要有所关心。(《唐宋词十七讲》页347~348)

四百四十三

总之,南唐词的特色,就在于能够带着直接的兴发感动的力量造成一种意境,这种特色是词的一大演进,这种质素影响到北宋初年的大晏和欧阳,正因为如此,所以冯煦才说正中的词是"上翼二主,下启晏欧"。(《唐五代名家词选讲》页76)

四百四十四

晚唐五代的词都比较短小,它们多半以抒写感情为主,不能加入很多故事。后来词调发展得长了,就需要有铺陈的叙述和反复的勾勒,有时候也可以有一种故事性的叙述。(《唐宋名家词赏析》〔下册〕页190)

四百四十五

在文学史的演进中,必然有其过程和趋势,只不过大的天才比常人先走几步,但一定是以过去的历程为基础的,绝对不会以前是空白,所以阅读作品时一定不可忘记其传统背景。文学的体式是由比较朴素的、平铺直叙的,发展到比较复杂繁琐,比较变化的,这是文学发展的必然趋势。在中晚唐的阶段,诗歌已有了注重直接感受和感性叙写的趋势,李贺的诗"画阑桂树悬秋香,三十六宫土花碧","秋香"者桂花也,"土花"者苔藓也,就是也完全从感性来写,不作理性说明。像李商隐的《锦瑟》诗中间两联四句:"庄生晓梦迷蝴蝶,望帝春心托杜鹃。沧海月明珠有泪,蓝田日暖玉生烟",一句一个形象,也完全不用理性的说明,这是一个趋势。温飞卿则是以这种方式写词很成功的一个作者。(《唐五代名家词选讲》页21)

四百四十六

早期的词的发展过程是一个诗化的过程,是把本来没有深意的香艳的歌曲,转向诗歌化的一个过程。温庭筠提高了词的地位,使读者能够联想到风雅,想象到屈骚,这已经是诗化了。因为他所用的语言符码,是带着中国诗歌悠久传统的。(《唐宋词十七讲》页64)

四百四十七

词之可以向豪放发展,李后主也是一个值得注意的词人。李后主的词虽不能说是豪放,但却有一种奔放之致。像"问君能有几多愁,恰似一江春水向东流"那种滔滔滚滚的奔放之致,实在就是豪放派的一个滥觞……李后主之所以有那种奔放的风格,范仲淹之所以有那种悲壮苍凉的风格,那是由他们的遭遇和环境促成的。……也就是说,他们都是由于外在的某种因素而偶然表现了这样一种风格。……而苏东坡的开拓之所以引人注意,就因为他的这种风格不是出于环境和遭遇的偶然,而是出于才情和襟抱之自然。不管他在什么环境之中,不管他是得意还是失意,他天性之中才情的自然流露,就是这样一种风格,他的大部分作品就形成这样一种风格。这就是苏东坡在词的内容和情意方面最值得我们注意的一种开拓。(《北宋名家词选讲》页 139~140)

四百四十八

晏殊的这首《山亭柳》加了个"赠歌者"的题目,这在中国词史发展上是一件值得注意的事。后来很多人的词都有了题目,甚至有了说明写作原因和背景的小序,像南宋姜白石的小序就非常有名。这就说明词已不再仅是没有个性的供歌唱的曲词了,它真的成了文人诗客抒情表意的一种韵文形式了,词已经诗化了。(《北宋名家词选讲》页 21)

四百四十九

小词难道就永远停留在写男欢女爱和相思离别之中吗?不是的,小词也在演进。为什么会演进?因为当诗人文士下手来写词的时候,不知不觉地就把自己的思想品格和性情修养从词里边流露出来了。为什么欧阳修的小词能给我们这么丰富的联想?就因为欧阳修有他自己的品格、学问、修养和政治上的种种经历,有一颗丰富的心灵,所以才能写出有如此丰富潜能(potential effect)的小词。而这种潜能,他是无心之中流露出来的。从温庭筠到北宋初年的晏殊、欧阳修等作者都是如此。(《张惠言与王国维对词之特质的体认》,《迦陵说词讲稿》页 152)

四百五十

　　柳永的开阔博大影响了苏东坡，苏东坡开拓出去，有了他自己的变化；柳永的铺陈叙述影响了周邦彦，周邦彦开拓出去，也有了自己的变化。(《张惠言与王国维对词之特质的体认》,《迦陵说词讲稿》页156)

四百五十一

　　有一位我们尚未曾述及的重要作者，那就是与以上三类词都有着渊源影响之关系而正处于演变之枢纽的人物——柳永。柳词就其性质言，固应仍是属于交付乐工歌女去演唱的歌辞之词，这自然是柳词与第一类词的渊源之所在，只不过柳词在表达之内容与表现之手法两方面，却与第一类词已经有了很大的不同。先就内容看，柳词之一部分羁旅行役之作，就已经改变了唐五代词以闺阁中女性口吻为主所写的春女善怀之情意，而代之以出于游子之口吻的秋士易感的情意，并且在写相思羁旅之情中，表现了一份登山临水的极富于兴发感动之力量的高远的气象。这可以说是柳词在内容方面的主要开拓。再就表现之手法而言，则柳词既开始大量使用长调的慢词，因此在叙写时自然就不得不重视一种次第安排的铺陈的手法。王灼《碧鸡漫志》即曾称柳词"序事闲暇，有首有尾"，周济《介存斋论词杂著》亦曾称柳词"铺叙委婉"，这种重视安排铺叙的写作方式，自然可以说是柳词在表现手法方面的一种重要开拓。而这两方面的开拓，遂影响了苏轼与周邦彦这两位在词之演进中开创了两派新风气的重要作者。……约而言之，则苏轼乃是汲取了柳词中"不减唐人高处"之富于感发之力的高远的兴象，而去除了柳词的浅俗柔靡的一面，遂带领词之演进走向了超旷高远而富于感发之途，使之达到了诗化之高峰。至于周邦彦则是汲取了柳词之安排铺叙的手法，但改变了柳词之委婉平直的叙写，而增加了种种细致的勾勒和错综的跳接，遂使词走向了重视思力之安排，以勾勒铺陈为美的赋化之途，并且对南宋一些词人产生了极大之影响。(《词学新诠》页154～155)

四百五十二

一个词人的拓展和特色,两者不能够完全混为一谈。有的时候特色并不是拓展,有的时候拓展并不是特色,这两者要分别来看待。……(柳永)写相思离别的后一方面掩遮了他写秋士悲感的前一方面,因此使他的拓展变得不明显了。而苏东坡那雄壮的、豪放的风格则不同,很明显,前人没有那种风格。(《北宋名家词选讲》页134~139)

四百五十三

中国的词是从歌筵酒席间的歌词逐渐演进到相当于诗的地位的。到了苏东坡这里,已经是这个演进的最高峰。苏东坡是这个演进的历史过程中成就最大的一个人。(《北宋名家词选讲》页215)

四百五十四

苏东坡的很多词都有题目或者有短序,这正说明他是把词当作抒情言志的诗来写的。诗有题目,因为诗写的是诗人自己的怀抱志意。现在词也有了题目,说明词已经演进到与诗具有相同的性质了。(《北宋名家词选讲》页216)

四百五十五

词也会发展到与诗非常接近,那是在苏东坡的时候,不过后来的周邦彦和秦少游却又使词的性质与诗又有了明显的区分,所以词的发展在前一段曾是向诗靠拢,但在非常接近的时候,跟诗却又有了分途划径的区分,因为词之为体有许多原因使它不能完全像诗。(《北宋名家词选讲》页30)

四百五十六

秦少游的词在词的演进上的作用是使诗化了的歌词再回归到词的本质。在所有的这些词人里边,最能够表现词的特质的就是秦少游。(《北宋名家词选讲》页222)

四百五十七

我们说过,柳永写的是秋士易感的悲慨,现在我们又说,周邦彦写的是政海波澜的悲慨。两个人都有悲慨,可是他们却常常把这悲慨归结到对爱情的相思怀念,这是为什么呢?这种情况有两个原因。第一,婉约派词人的作风和习惯就是总要把一些爱情的内容写到词里边去,这是这一派词人的特色。第二,这是时代的生活背景造成的。因为当时的汴京有两重含义:一方面代表歌舞,一方面代表仕宦。所以汴京这地方既给了他们歌舞和爱情的梦想,也给了他们仕宦的梦想。而他们就常常把这两者结合在一起,在怀念首都汴京的时候,既带着对仕宦的感慨,也带着对爱情的留恋。(《唐宋名家词赏析》〔下册〕页173)

四百五十八

平铺直叙的长调之词,其婉约者既易流于淫靡,其豪放者又易流于叫嚣,于是乃有周邦彦之出现,以思致之安排勾勒的手法,而使之避直成曲而表现了一种幽微深曲的情致。而此种手法遂影响了许多南宋长调的作者,如白石、梅溪、草窗、梦窗、碧山诸家,就都曾受有周词之影响。(《良家妇女之不成家数的哀歌》,《中国文化》第28期页49)

四百五十九

王(国维)氏之词就其个人之成就而言,虽不免有过于深狭之病,但若就词这种文类的整体演进而言,则王氏之以思力来安排喻象以表现抽象之哲思的写作方式,确实是为小词开拓出了一种极新之意境。如果延拟着我们对词之演进所提出的歌辞之词、诗化之词、赋化之词而言,则王氏所开拓的词境,或者可以称之为一种"哲化"之词。这种超越于现实情事以外,经由深思默想而将一种人生哲理转为意象化的写作方式,对于旧传统而言,本来应该大有可供发挥的余地,只是由于五四以来的白话文与白话诗之兴起,使王氏所开拓出来的词境,未能得到应有的发扬与继承,然而王氏自身所完成如此精微深美的哲化意境,这种开拓的眼光与成就,则是永远值得我们尊敬的。(《清词丛论》页347)

四百六十

像温飞卿的词,是"双重性别";冯延巳,还有中主李璟的词,那是"双重语境"。……他们这些比兴寄托的意思,或者因为"双重性别"、"双重语境",或者因为身世的遭遇,都是无心如此,并不是有心把一个比兴寄托安排进去。像张惠言说温庭筠的"照花前后镜"这两句有如何如何的意思,说欧阳修的"庭院深深深几许"又有如何如何的意思,他都是从字句上去找这种比兴寄托,与"歌辞之词"本来不完全相合,让他联想到有比兴寄托的,是因为刚才我所说的"双重性别"和"双重语境"的缘故。可是词发展到后来,果然从作者本身开始有了比兴寄托的意思……王沂孙的《碧山词》,那果然是作者本身在他言语词句之间,在他所吟咏的题目之间有了这样的托意。张惠言是清朝人,他看到过南宋后期的那些"赋化之词"是有心安排的比兴寄托,所以他就用这个意思来讲"歌辞之词"。从晚唐五代的词到南宋末年的词,他对之一律来看待,所以他认为那个有比兴寄托,这个也有比兴寄托,他没有分别"歌辞之词"与后来有比兴寄托的"赋化之词"是不一样的。(《词之美感特质的形成与演进》页137~138)

四百六十一

王国维喜欢那"歌辞之词"、"诗化之词",却不能够欣赏"赋化之词"的好处,他不能分别来看待——你用欣赏"歌辞之词"、"诗化之词"的眼光来欣赏"赋化之词",你觉得一点也不感动人,你不能够欣赏,就认为这个不好。我现在为什么要把"歌辞之词"、"诗化之词"和"赋化之词"分成三种类型?因为它们有三种不同类型的美感特质,我们要用适合它的眼光来欣赏它。……不同的标准就有不同的欣赏态度。……王国维不大能够欣赏"赋化之词",所以王国维自己写的长调都不够好。他的小令可以写得好,但是长调写得不够好。因为长调要铺开来写,有另外一种写法,他没有能够欣赏这种写法。(《词之美感特质的形成与演进》页137～138)

四百六十二

词不要一概地去看它,泛泛地去看它,它是至少有三种不同的美感特质的。(《词之美感特质的形成与演进》页209)

歌辞之词

四百六十三

首先就歌咏之词而言,花间词中之温、韦与北宋初期之晏、欧,其作品大多富于一种幽微要眇之致,引人生言外之想,而花间词中之欧阳炯与北宋之柳永等人之作品则令人有淫靡之讥。这其间之差别可以分为两点来加以分析。其一,就叙写之口吻与情思而言,温、韦、晏、欧的一些引人生言外之想的佳作,大多是以女性口吻所写的女性情思,因而遂产生一种微妙的作用,那就是前引利普金氏的《弃妇与诗歌传统》一书中所提出的,男性作者往往假女性之形象而流露自己内心深处的某种与弃妇相近的幽约怨悱而难以言说的情思,而欧阳炯的作品则往往直写男子之情欲。此其差别之一。其二,就外在的语言形式而言,温、韦、晏、欧所写者多为短小之令调,其语言典雅而精简,而柳永之长调慢词,其语言则大多平直而浅俗,所以虽同样是写一个懒梳妆的美女的形象,而温词之"懒起画蛾眉,弄妆梳洗迟"则引人生托喻之想,柳词之"暖酥消,腻云亸,终日厌厌倦梳裹"则引人生淫靡之消。此其差别之二。有了这种认识,我们自然就解答了歌咏之词中某些作品何以易于引人生言外之想,以及何以有雅郑之分的困惑了。(《词学新诠》页125～126)

四百六十四

所谓"词"者,原本只是隋唐间所兴起的一种伴随着当时流行之乐曲以供歌唱的歌辞。……然而值得注意的则是,这些本无言志抒情之用意,也并无伦理政教之观念的歌辞,一般而言,虽不免浅俗淫靡之病,但其佳者则往往能具有一种诗所不能及的深情和远韵。而且在其发展中,更使某些作品形成了一种既可以显示作者心灵中深隐之本质,且足以引发读者意识中丰富之联想的微妙的作用。这可以说是五代及北宋初期之小词的一种最值得注意的特质。这种特质之形成,我以为大约有以下几点原因:其一是由于词在形式方面本来就有一种伴随音乐节奏而变化的长短错综的特美,因此遂特别宜于表达一种深隐幽微的情思;其二则是由于词在内容方面既以叙写美女及爱情为主,因此遂自然形成了一种婉约纤柔的女性化的品质;其三则是由于在中国文学中本来就有一种以美女及爱情为托喻的悠久的传统,因此凡是叙写美女及爱情的词语,遂往往易于引起读者一种意蕴深微的托喻的联想;其四则是由于词之写作既已落入了士大夫的手中,因此他们在以游戏笔墨填写歌辞时,当其遣词用字之际,遂于无意中也流露了自己的性情学养所融聚的一种心灵之本质。以上所言,可以说是歌辞之词在流入诗人文士手中以后之第一阶段的一种特美。(《词学新诠》页151)

四百六十五

温飞卿词本身的境界是不具个性的艳歌,尽管他有非常精美的物象,尽管他与美人芳草的传统有暗合之处,可以引起我们很多美感的联想,但却缺少主观的抒写,不易给读者直接的感动。韦庄词是具有鲜明个性的主观的抒情诗,"其中有人,呼之欲出",是真正属于他自己的最真切、最深刻的感情的抒写,这是韦庄的成就。然而,韦庄的抒情诗与艳歌相对尽管是一种进步,但他所写的时间、地点、人物和情事都是分明的,因此也就有了他的局限,他所写的是感情的事件,他所写的悲哀愁苦,都往往被一时、一地所限……冯正中与温飞卿、韦端己不同,他兼有飞卿的不受拘限和端己的直接感发。飞卿的词给人联想但不给人直接感动,端己的词虽是以直接叙写给人感动,但却有拘限的,是因某一件事而产生的感动。而冯正中的词则既有直接感发的力量,而又没有事件的拘限,所以我以为冯正中的词所写的不是感情的事件,而是富有深厚感发力量的感情境界。(《唐五代名家词选讲》页66~67)

四百六十六

词这种体式之所以能用这样微篇小物来传达深微幽远的心灵感情的境界,这种最好的品质是在冯正中手中完成并影响及于后世的。温飞卿有他的特色,可是不脱离艳歌的体式,韦端己将艳歌转变为抒情诗,然而却有人物和情事的局限,所写的只是感情的事件,而冯正中所写的却是一种感情的意境,这种作风影响到北宋初年的作者,特别重要的是晏殊和欧阳修二人。(《唐五代名家词选讲》页88~89)

四百六十七

总之,词之发展自温飞卿之以精美的名物引发读者托喻之联想,到韦庄之发展为径直深切的抒情诗,再由冯延巳在词中表现出一种感情的意境,至李后主之以个人经历写出了人间共有的无常的悲感,而且表现出开阔博大的气象,都代表了词之不断的演进,只不过李后主之真纯与耽溺的敏感之天才和他的破国亡家之遭遇既都属于一种非常人所有的一种特殊情况。所以真正对后世产生影响的重要作者,遂不是李后主而是冯正中,而冯正中最值得注意的则是其词中所表现的一种富于感发之作用的感情的意境,这正是使得小词有了要眇幽微的丰富之含蕴的一种特殊成就。而北宋初期的晏殊和欧阳修就正是在冯词的影响之下的两位重要作者,这一阶段可以说是词之发展的第一阶段。(《唐宋名家词赏析》〔上册〕页145～146)

四百六十八

"词"这种文学体式,本来是隋唐间所兴起的一种伴随着当时的流行乐曲——燕乐而歌唱的歌辞。当士大夫们开始着手填写这些歌辞时,在他们的意识中并没有要借之以言志的用心。可正是这类并无言志之用心的作品,有时却无意中流露出作者潜意识中的某种深微幽隐的心灵本质,因此也就形成了小词佳作的一种要眇深微的特美。这可以说是五代及北宋初期小词的一种最值得注意的特质。(《北宋名家词选讲》页271)

四百六十九

就歌辞之词而言,私意以为其所以形成要眇幽微之美的原因,主要约有二点:其一是由于以男性之作者而写女性之闺思,遂在怨妇之情思中,隐现了一种士人之失志之悲,因而遂形成了一种双重的美感品质;其二是由于作者所处身之小环境(如西蜀及南唐)之偏安享乐的生活,与当日大环境之战乱流离的时代,这种既相矛盾又相重叠的处境,遂形成了一种双重语境之微妙的作用。因此遂使得《花间》及南唐的一些小词,乃在其表面所写的相思怨别之情以外,更隐然具含了一种幽微要眇令读者生言外之联想的作用。(《百年词选》序,《迦陵杂文集》页220～221)

四百七十

　　歌辞之词因为它们都是给歌女写的歌辞,那当然作者们要写美女。因为他要给那些歌女写歌辞,那歌女都是美丽的女子,所以要写美女。而这些写词的人都是男子男士,所以写美女,写爱情。(《词之美感特质的形成与演进》页9)

诗化之词

四百七十一

　　最早写诗化之词的是李后主,他把乐师歌女的词变成了士大夫的词,而士大夫的词就是抒情言志的诗篇了。为什么?因为李后主经历了国破家亡的变故。我还说,真正有意识地把词加以拓展的是苏东坡,他看到了柳永长调词的弊端。因为写爱情的小词如果你写得短小,你所能掌握的就是爱情里边最重要的本质了,是什么?一个是爱情,另一个是美色,而美与爱这两种最基本的品质具有普遍性,所以写美女和爱情的小词有时可以引起人很深远的联想。可是等到柳永用长调把美色与爱情铺开来写的时候,他就写了很多现实生活中的情事,就显得淫靡了。苏轼的改变不是完全出于时代,他是有意识地把词加以拓展,"一洗绮罗香泽之态,摆脱绸缪宛转之度",改变了柳词柔靡的作风,写他自己的逸志旷怀,从而把小词诗化了。(《南宋名家词选讲》页39)

四百七十二

　　诗是"感物言志"的,"在心为志,发言为诗",那是一种直接的感发,所以词一诗化,就出现了两种类型的作品:第一种是直接抒情写志之作,它虽然没有词那种幽微要眇的言外之美,却有一种直接感发的诗之美,我们那次所讲的张孝祥、张元干的两首词,还有苏轼的《江城子·密州出猎》都是这一类的作品;第二种诗化之词是既有诗之美感,又有词之美感者。像苏轼那首《八声甘州·寄参寥子》,写到与好朋友参寥子的分别,他说得这么宛转,这么深微,而他开头的"有情风万里卷潮来,无情送潮归"写得又是这样开阔博大,他在天风海涛的气势之间,有一种"幽咽怨断"的说不出来的悲哀,所以这是苏轼更好的作品。(《南宋名家词选讲》页60)

四百七十三

苏轼对词之开拓与改革,乃造成了一种得失互见的结果。而在苏词之影响下,对后世之词与词学,遂形成了几种颇为复杂的情况。……此一派"诗化"之词的得失,约可分为以下三种情况:一类是虽然改变了花间词之女性叙写的内容,然而却仍保有了花间词所形成的以双重意蕴为美的词之美学特质者;另一类则是既改变了花间词之内容,也失去了词之特美,然而由于其"诗化"之结果,而形成了一种与诗相合之特美者;再一类则是既未能保有词之特美,也未能形成诗之特美,因之乃成为了此一类词中的失败之作品。(《词学新诠》页103~104)

四百七十四

词在"诗化"以后,固仍当以其能保有词之双重意蕴者为美。至其已脱离词之双重意蕴之特美者,则其上焉者虽或者仍不失为长短句中之诗,而其下焉者则不免流入于粗犷叫嚣,岂止不得目之为词,抑且不得目之为诗矣,由此可见是否能保有词之双重意蕴之特美,实当为评量"诗化"之词之优劣的一项重要条件。(《词学新诠》页104~105)

四百七十五

"诗化"之词之仍能保有双重意蕴之特美者,其主要之因素,盖有二端。一则在于作者本身原具有一种双重之性格。在这方面,苏、辛二家可以为代表。就苏氏言,其双重性格之形成,主要乃在其同时兼具儒家用世之志意与道家超旷之襟怀的双重的修养。就辛氏言,其双重性格之形成,则主要乃在其本身的英雄奋发之气与外在的挫折压抑所形成的一种双重的激荡。而更值得注意的,则是苏词的儒、道之结合,和辛词的奋发与压抑的激荡,主要盖皆由于在仕途中追求理想而不得的挫伤。如果按照我们在前文所引的利普金氏的"弃妇"心态而言,则苏、辛二家词之双重意蕴之形成,当然也与这种男性之欲求行道与女性之委曲承受的双重心态有着密切的关系。因此苏、辛二家词乃能不假借女性之形象与口吻,而自然表现有一种双重意蕴之美。此其一。二则在于其叙写之语言,虽在"诗化"的男性意识之叙写中,但仍表现出了一种曲折变化的女性语言的特质。在这方面,辛词较之苏词尤有更高之成就。所以苏词有时仍不免有流于率易之处,因而损及了词之特美;而辛词则虽在激昂悲慨的极为男性的情意叙写中,却在语言方面反而表现了一种曲折幽隐的女性方式的美感。……因此遂使得这一类"诗化"之词,具含了一种双重意蕴之美,而这也正是诗化之词的一种成就最高的好词。

(《词学新诠》页 105～106)

四百七十六

花间词中同样以叙写美女与爱情为主之作品,既已有优劣高下之分,"诗化"之词在"一洗绮罗香泽"之后的作品中,也同样有优劣高下之分,是则就苏词在内容方面之开拓改革而言,虽可以有"变格"之说,但在优劣之评量方面,则所谓"本色"与"变格"之别,实在并不应代表优劣高下之分。世之以"本色"与"变格"相争议者,便因其未能认清所谓"本色"的婉约之词,并非以其婉约方为佳作,而主要乃在于婉约词中对女性之叙写,往往可以形成一种双重意蕴的美学特质,而其下者则一样可以沦为浅率淫靡。至于所谓"变格"的豪放之词,则其下者固可以沦为粗犷叫嚣,而其佳者则同样也可以具含一种深微幽隐之双重意蕴的词之特美。(《词学新诠》页106)

四百七十七

再就诗化之词而言,私意以为诗化之词之引人产生困惑的原因,也可分两点来讨论:其一,就作者方面而言,苏轼之有意以诗化为词,自然有其想要改变柳词的淫靡之风的一种用心。……苏轼对词的诗化之拓展,其所以不免于优劣成败互见,原来乃是由于就作者而言,苏氏本身对于词之美感特质就并没有深刻的反思与认知之故。其二,再就读者而言,则如本文前面所引的陈师道与李清照诸人,乃对苏氏的诗化之作全取否定之态度,这自然是由于此类读者对于诗化之词中也可以具有并暗含有词的要眇深微之美的一点无所认知之故。至于另一类读者,如《酒边词·序》之作者胡寅者流,则又往往对苏氏的"一洗绮罗香泽之态,摆脱绸缪宛转之度"的作品,只注意其内容方面之拓展,乃不论其优劣成败,便都一律加以赞美,则又是对于词之为体之以要眇深微为美,失此特美便易流于浅薄粗率之弊的一点无所认知之故。当我们对诗化之词的读者之反应也作了以上的分析之后,我们自然就可以归纳出一个结论来了。那就是诗化之词,就作者而言之不免成败互见,就读者而言之不免毁誉参半,原来乃是由于作者与读者双方对词之美感特质都未能作出深刻之反思与辨析。明乎此,则诗化之词之何以会形成毁誉参半及成败互见之困惑,自然也就得到解答了。(《词学新诠》页126~128)

四百七十八

这些诗人文士们既早已经习惯了诗学传统中的言志抒情的写作方式,于是他们对词之写作遂也逐渐由游戏笔墨的歌辞而转入了言志抒情的诗化的阶段。苏轼自然是使得词之写作"一洗绮罗香泽之态",脱离了歌筵酒席之艳曲的性质,而进入了诗化之高峰的一位重要的作者。……不过值得注意的则是,这一派作品实在又可分为成功与失败两种类型。……此一派中凡属成功之作大多须在超迈豪健之中仍具一种曲折含蕴之美。……至于属于失败一类的作品,则大多正由于缺少此一种曲折含蕴之美而伤于粗浅率直。……这正是词在第二阶段诗化以后而仍然保有的一种属于词之特质的美。(《词学新诠》页151～152)

四百七十九

诗化之词的作者,既已具有了与写诗相近似的言志抒情之意识,因此其最易产生的一项流弊就是流于直抒胸臆,而失去了词所独具的"要眇"之特美。所以此类词之佳者,其作者乃更须在本质上先具有一种"要眇"的品质,然后才能在其作品中存有此种"要眇"之特美。(《词学新诠》页167)

四百八十

一般而言,我以为对此一类诗化之词的评赏,似乎应注意以下的两个方面:第一,我们要认识的是此一类词既已经有了与"言志"之诗相近似的诗化之倾向,其所叙写之情志也已成为了作者显意识中的一种明白的概念,因此自然就不再容许读者以一己之联想对之作任意的比附和发挥。可是作为一种"词"的文学类型(genre),这一类诗化之词中的好的作品,就也仍需要具含一种属于词之特质的曲折含蕴之美,因此遂必然要求其在所表达的情志之本质中,就具含有此种特美,而读者在评说这一类词时,当然也就最贵在能对此种在内容本质中所具含的曲折含蕴之特美能有深入的掌握和探讨。此其一。第二,我们也要认识到,除去情志之本质方面所含蕴之美以外,这一类作品,作为"词"的文类而言,在表达形式方面便同样也需要具有一种曲折含蕴之美,如此写出的作品才能算是这一类诗化之词中的成功的作品。此其二。(《词学新诠》页189)

四百八十一

过去的词没有题目,因为它是歌筵酒席上唱的歌曲,只须用漂漂亮亮的词句描写一个女孩子的相思爱情之类,然后交给歌女去唱就是了。苏东坡的很多词都有题目或者有短序,这正说明他是把词当做抒情言志的诗来写的。诗有题目,因为诗写的是诗人自己的怀抱志意。现在词也有了题目,说明词已经演进到与诗具有相同的性质了。(《唐宋名家词赏析》〔下册〕页118)

四百八十二

词最初产生于民间,后来,一些诗人文士开始参与了词的写作,而这些人本是早已经习惯了诗学传统中的言志抒情的写作方式的。于是他们对词的写作也就逐渐由游戏笔墨的歌辞而转入了言志抒情的诗化的阶段。(《北宋名家词选讲》页274)

四百八十三

当歌辞之词这种形式产生后,文人、诗客便运用这种形式来写美女和爱情;而当这些人真正遭遇到生活上的重大的变故之后,他们自然会用词这种习惯的形式来写他当时真正的悲慨了。可见,诗化之词的产生,势有必至,理有固然。(《北宋名家词选讲》页275)

四百八十四

词在"诗化"以后,固仍当以具含一种深远曲折、耐人寻绎之意蕴为美。至于那些已经脱离了词之深隐曲折之美的作品,其上者或许仍不失为长短句中的诗,而其下者则不免流于粗犷叫嚣,岂止不得目之为词,实在也不得目之为诗。由此可见,是否能保有词之深隐意蕴之特美,实为评价"诗化"之

词之优劣的一项重要条件。(《北宋名家词选讲》页281)

四百八十五

从"歌辞之词"到"诗化之词",从相思怨别的思妇之词到激昂慷慨的英雄豪杰之词,这是词在创作方面的演进。(《当爱情变成了历史——晚清的史词》,《迦陵说词讲稿》页102)

四百八十六

小词在诗化了以后仍然和诗有所分别,仍然保持了它那深隐曲折、耐人寻味的一面。不只苏东坡的词如此,辛弃疾——一个英雄豪杰的词人,他所写的上乘的词也有曲折深隐的一面。(《张惠言与王国维对词之特质的体认》,《迦陵说词讲稿》页154)

四百八十七

诗化之词,表面看来虽然似乎是对诗学传统的一种回归,但却因为词体与诗体的形式不同,诗之齐言的体式,其长篇歌行有时可以直接抒写以气势取胜,而长调慢词之长短句的体式,如果全用直接抒写,则便可能因为失去了齐言之气势,而未免会流于浅率叫嚣了。而这也正是长调慢词之不得不改用赋笔为之的缘故。至于苏、辛二家之佳作,则是因为这两家词在本质上自有其沉厚超拔而不致流于浅率叫嚣的一种质素,自然便不须更假借赋笔为之了。(《词之美感特质的形成与演进》序言,《迦陵杂文集》页432)

四百八十八

就诗化之词而言,歌辞之词之转化为作者直接言情写志的诗篇,最早盖滥觞于《花间》之鹿虔扆与南唐之后主李煜,鹿氏之《临江仙》(金锁重门荒苑静),写其经历前蜀之灭亡后的悲慨,后主之《虞美人》(春花秋月何时了)及《破阵子》(四十年来家国)诸词,则自写其破国亡家之痛,是以王国维乃谓后主"遂变伶工之词为士大夫之词",此自是歌辞诗化之滥觞。不过后主词之诗化只是在生活激变中情感之自然发露,而并非有意为之,其有意为之拓变者,则始自眉山苏轼。(《百年词选》序,《迦陵杂文集》页221)

四百八十九

以诗化之笔写长调之词者,自当推辛弃疾为第一位代表作者,辛氏不假赋笔之勾勒安排,即以激昂慷慨之诗笔出之,而自具要眇幽微之致,私意以为此盖与辛氏所生之时代及其性格遭遇有密切之关系,非可追步强学者,是以陈廷焯在其《白雨斋词话》中,乃云:"稼轩一体,后人不易学步。无稼轩才力,无稼轩胸襟,又不处稼轩境地,欲于粗莽中见沉郁,其可得乎?"因此周邦彦的赋化之词遂影响了南宋后期的一些作者,如白石、梦窗、碧山诸人,纷纷都走上了以赋笔为词之写作的途径。(《百年词选》序,《迦陵杂文集》页222)

四百九十

所谓"诗化",就是诗人用抒情言志这样的写法来写词,而不再是写给歌女唱的歌词,是写我自己的生命,写我自己的悲哀、我的遭遇、我的生活。后主词虽然诗化了,可李后主是无心的,因为以他那种锐感深情的个性,遭遇到破国亡家的悲哀,自然会有这样的转变。……他没有一个理智上的反省,说"歌辞之词"都是写美女跟爱情,我现在要改变了,我要写人类的无常,他没有,他李后主是一个没有理性反省的一个人。……真正出于作者自己的本心,是有心要把"歌辞之词"诗化起来的一位作者,那就是苏东坡了。(《词之美感特质的形成与演进》页76)

四百九十一

有时候,特别是写长调的词、诗化的词,如果你不能够有低回婉转、幽约怨悱的感情在里边,就写得过于直白,过于浅露、率意了。(《词之美感特质的形成与演进》页98)

四百九十二

凡是小令而近于诗的你就直接地写,就容易写好;可是你写长调的时候,如果也这么直接写……就零散了,就失去了那种奔放的气势,就显得浅薄了,这就是为什么后来有了"赋化之词"的一个原因。(《词之美感特质的形成与演进》页100)

赋化之词

四百九十三

北宋的周邦彦是写"赋化之词"的开山人,是他开始用赋化的笔法来写词。(《词之美感特质的形成与演进》页138)

四百九十四

这些用所谓"赋"的笔法来写词的人,是很讲究用字的平仄,非常严格的。(《词之美感特质的形成与演进》页151)

四百九十五

我所说的赋化的词,主要是指长调。因为长调在写的时候需要铺陈,我们上次讲过赋就是铺陈,它要长调,所以它要铺陈,要勾勒,要描绘。至于小令,其实变化不多,小令一直都是以直接的感发为好。(《词之美感特质的形成与演进》页191)

四百九十六

赋化之词我以为是从柳永长调的铺陈开始,后来到周邦彦有了很大的发展。……周邦彦还有一首很有名的《兰陵王》,他这种低回反复的深意,都是在党争的挫伤之后写出来的。所以词之美感特质的形成一直与政治的背景、国家的形势有密切的关系。真正使得赋化之词更进一步的,那就是到南宋的灭亡。宋末王沂孙、张炎、周密等人在《乐府补题》中所写的那些咏物之词,使得赋化之词发展到最精微的顶点。(《论词之美感特质的形成及反思与世变之关系》,《文学遗产》2008年第4期页21)

四百九十七

最古老的诗与赋的区别,诗是感物言志,以感发为主,以直接的感动兴发为主;赋是体物写志,你观察描绘勾勒安排,以这个为主,那就是赋。(《词之美感特质的形成与演进》页108)

四百九十八

我们将再看一看周邦彦的"赋化之词"对《花间》派令词之写作方式所造成的改变。从表面来看,这一次改变固仅在于写作方式之不同,但如果更深入一点去看,则我们就会发现这一次改变,实隐含有对词之双重与多重之意蕴的深微幽隐之特质的一种潜意识的追求。……周邦彦一派"赋化之词"的兴起，想从写作方式方面来加强词之幽隐深微的特美，以避免柳词对花间词女性化之语言加以改变后，所造成的浅俗淫靡之失，以及苏词对花间词女性化之内容加以改变后，所造成的粗犷叫嚣之失。于是所谓"赋化"之词在写作方式方面的改变，乃大都以加强词之幽微曲折之性质者，为其改变之主要趋向。(《词学新诠》页109)

四百九十九

自小令之衍为长调，此固为词之发展的必然之趋势，长调之需要铺陈，此亦为写作上必然之要求，而过于直率的铺陈则不免使婉约者易流于淫靡，豪放者易流于叫嚣，此亦为一种必然之结果。在此种情形下，"赋化之词"的出现，从表面看来虽只是一种写作方式的改变，但实质上却带有一种想要纠正前二类词之缺失的一种作用。如此说来，自然就无怪乎周词之写作方式会对南宋词人造成如此重大之影响了。……但可惜的是他们只见到了外表的语言文字，而未能对其何以造成了词之末流的淫靡与叫嚣之失的根本原因，也就是缺少了词之以富于引人生言外之想的双重意蕴为美的一种美学的特质，未能有深刻之反省与认知，因此一意致力于安排之技巧与避俗求雅的结果，遂形成了另外一种得失互见的偏差。其佳者固可以藉写作技巧之安排，使其原有之情意更增加一种深微幽隐的富于言外意蕴之美，至其下者则因其本无真切之情意，因而遂但存安排雕饰之技巧，乃全无言外之意蕴可言。(《词学新诠》页110～111)

五百

总之，"赋化之词"虽是以有心安排之写作技巧，改变了花间词之"空中语"的以自然无意为之的写作方式，但此类词之佳者，其仍以具含一种深微幽隐难以指说的双重或多重之意蕴为美的衡量标准，则是始终未变的。因此周济所曾提出的"临渊窥鱼，意为鲂鲤。中宵惊电，罔识东西"的一种词所特具的微妙之感发的作用,遂不仅可以适用于"歌辞之词"的佳者,也同样可以适用于"赋化之词"的佳者了。于是词学中之"比兴寄托"之说,遂也从五代北宋之本无托意而可以引人生比附之想的情况,转入为一种纵有喻托之深意,而却以使人难于指说为美的情况了。(《词学新诠》页113)

五百零一

更就赋化之词而言,此一类词之产生困惑的原因,也可以分作两方面来加以讨论:其一,就作者而言,私意以为周氏在长调慢词之写作中,其使用安排勾勒的手法,乃是有意为之的。……当他写作长调时,则完全采用了另一种手法,不仅多以思力来安排勾勒,而且在安排勾勒中,还有一种有心要追求拗涩的意味。至于其追求拗涩的方法,则有两种情况,一则是在叙写的结构方面之追求繁复曲折……再则是在音声方面之追求艰难拗涩。……长调之词之所以易于产生此两种流弊,原来自有其形式上的一些因素。那就是由于长调的句法音节,往往多近于散文化,若全以直笔叙写,则既缺少了诗的直接感发之美,也失去了词的要眇深微之美的缘故。而周氏之在结构方面之追求繁复曲折与在音声方面之追求艰难拗涩,则固应正是对于上述流弊的一种挽救之方。而且周氏身经新旧党争之变,所以他的一些对政海波澜的感慨,也就恰好藉着这种繁曲拗折的形式,形成了一种要眇深微之意境。这自然是周氏的成功之所在。……后世之模仿周词者,遂往往只知模仿其繁曲拗折的安排勾勒的写法,而缺少了本质的深曲的情思,于是自然就使得此类赋化之词产生了雕琢空疏之弊。这种情况当然是赋化之词在作者方面的困惑。其次,再就读者而言,如本文在前面所曾论述,中国的诗歌传统一向本是以富于直接感发之力量为美的,在此种强大的影响之下,一般读者对于赋化之词的艰涩拗折的叙写方式,自然怀有一种本能的反抗之心理,但对于周氏之所以要以此种方式写作的美感因素,却大多并不曾加以深思。(《词学新诠》页128～130)

五百零二

其后又有周邦彦之出现,乃开始使用赋笔为词,以铺陈勾勒的思力安排取胜,遂使词进入了发展的第三阶段,而对南宋之词产生了重大的影响。……这一派作品不仅与前二阶段的风格有了极大的不同,而且更对中国诗歌之传统造成了另一种极大的突破。如果说第一阶段的歌辞之词是对诗学传统中言志抒情之内容及伦理教化之观念等意识方面的突破,那么此第三阶段的赋化之词,则可以说主要是对于诗学传统中表达及写作之方式的一种突破。……中国传统乃是一向都以含一种直接的感发力量为主要质素的……然而周邦彦所写的以赋笔为之的长调,却突破了这种直接感发的传统,而开拓出了另一种重视以思力来安排勾勒的写作方式,而这也就正是何以有一些习惯于从直接感发的传统来欣赏诗词的读者们,对这一类词一直不大能欣赏的主要缘故。而且这一类赋化的词也正如第二类诗化的词一样,在发展中也形成了成功与失败的两种类型。其失败者大多堆砌隔膜,而且内容空洞,自然绝非佳作。至其成功者则往往可以在思力安排之中蕴涵一种深隐之情意。只要读者能觅得欣赏此一类词的途径,不从直接感发入手,而从思力入手去追寻作者所安排的蹊径,则自然也可以获致其曲蕴于内的一种深思隐意。这可以说是词之发展在进入第三阶段赋化以后而仍然保留的一种属于词之曲折含蕴的特美。(《词学新诠》页152~154)

五百零三

南宋后期的词人,像姜夔、吴文英、王沂孙等人,他们并没有继承诗化之词的路子,而是继承了周邦彦的赋化之词的路子,那是因为一个作者如果没有像苏东坡或辛稼轩的修养和志意,则直抒胸怀写诗化之词,就容易流于浅俗或叫嚣。所以就走上了周邦彦的赋化之词的路子,用思索安排的手法来写词了。(《南宋名家词选讲》〔叙论〕页22)

五百零四

既然咏物词是一种赋化之词,那么它有哪些性质呢?《文心雕龙·诠赋》上说:"赋者,铺也。铺采摛文,体物写志也",你一定要注意到赋的体物写志与诗的感物言志是不同的:感物言志是直接的感发,就是从诗的比兴,从外物引起你内心的情意;可是赋的体物写志是要透过对物的体察、观察、描摹来表现你自己的志。……咏物词之所以盛行,主要有两方面的原因,一是因为在特定的环境中,某种感情不能明言,否则就会受到迫害,所以你要借助于物来写那些不能直接写的情意;此外,在古代,文士们聚会的时候,经常找一个题目,大家来作诗,这种由文士们组织的共同写作的集会,是咏物词得以盛行的第二个原因。(《南宋名家词选讲》页220~223)

五百零五

赋化之词,此类词之产生,可以说本来就有着要想以写作手法之安排勾勒来追求词之要眇之美,以避免长调诗化后过于平直之弊的一种作用,但此类词之缺点则在于过于重视写作之手法,因而遂又不免有时会有雕镂太过而内容空疏之弊。周邦彦的一些佳作之所以能在勾勒中不流于雕镂空疏者,主要在其往往蕴涵有个人所身历的新旧党争之变的一种今昔沧桑之慨。至于南宋末之梦窗、碧山诸家,则更是生当南宋危亡之世,其感时伤世之悲,自然更有其难于具言与明言者,于是遂把这类赋化之词的要眇幽微之美,更推向了一个极致。(《百年词选》序,《迦陵杂文集》页223~224)

五百零六

两宋词风之由歌辞之词转化为诗化之词,又由诗化之词转化为赋化之词,事实上就正是一些杰出的作者,先后对于如何突破词之表层的美感特质,以及如何在突破之后还能保有一种双层之特美的努力和尝试。而且两宋之时代固仍在词体之发生与演变的阶段,于是晏、欧、柳、周、苏、辛,以迄于南宋后期的梦窗、碧山诸家,乃能各以其襟抱、性情、才华、遭际,纷纷以不同之风格与意境,为词之双层美感开拓出不少崭新的天地。不过,两宋之创作虽有可观,但在词学的反思和体认方面,则并没有可称述的论著。(《清词名家论集》序,《迦陵杂文集》页292)

词与世变

五百零七

五代的小令，表面看来虽大都只不过是伤春怨别的歌辞之词，却往往含有一种深微幽隐的引人生言外之想的微妙的作用。这种美感的形成，当然也正与五代乱离之历史背景，结合有密切的关系。而这种在危亡忧患中的情思，当然也就正有合于张惠言所说的"幽约怨悱"的感情心态。清词之中兴其实也就正与甲申国变在当时士大夫间所造成的"幽约怨悱"的感情心态有着密切的关系。（《词学新诠》页143）

五百零八

西蜀之地区，若相对于中原而言，则在五代之世确实保有了较为安定的环境……不过此一小地区既然仍处于动乱的大时代之中，则二者之间自不能毫无影响，何况《花间集》中所收录的作者，原也有一些是从中原流寓到西蜀的词人。如此则中原之乱离对于这些作者而言，当然更有着密切的关系。因此，《花间集》中的艳词，遂往往在其表面所叙写的伤春怨别之情事以外，更暗含有一种大时代之阴影隐现其间。而也就正是在这种大环境之乱离与小环境之安乐的既相悖逆又相重叠的双重关涉中，遂使得小词原有的幽微

要眇之特美,更结合上了一种足以触及人内心深处的悱恻难言的情致。(《词学新诠》页196)

五百零九

花间词之所以具含有此种深美之意蕴,则正是由于这些伤春怨别的小词,虽然产生于听歌看舞的安定的小环境之中,原来却正有一个大环境之世变的流离战乱的哀伤为其底色的缘故。(《词学新诠》页198)

五百一十

南唐之词与西蜀之词原来确实有一种共同的美感特质,那就是其词作之佳者,往往在其表面所写的相思怨别之情以外,还同时蕴涵有大时代之世变的一种忧惧与哀伤之感,这一点是我们在探讨早期歌辞之词的美感特质时,所应具有的一点最重要的认识。(《词学新诠》页200～201)

五百一十一

从以上的叙述,我们足以见到词之美感特质之形成和转变与世变有着何等密切的关系了,不仅大多数歌辞之词中所蕴涵的幽微要眇悱恻凄哀的美感特质,与世变之阴影有着密切的关系;至于五代时少数诗化之词的出现,其直抒哀感的变歌辞之词为士大夫之词的美感特质之转变,则更是与破国亡家之巨大的世变有着密切的关系。(《词学新诠》页202)

五百一十二

走柳永之途径者,有时乃不免被讥为鄙俗淫靡;而追随苏轼的作者,则有时又不免流入于浮夸叫嚣,这种现象曾在词学中引起不少争议和困惑。……而使得柳、苏二家之开拓又重新获致了词之特美者,则仍是由于在当时政坛上所产生的几次重大的世变。首先是北宋之世所发生的新旧党争……在苏轼与周邦彦的词中,这种诗化之词与赋化之词的美感的特殊品质,还不过只是一个发端而已,而真正使得诗化之词与赋化之词的美感特质发挥到极致的,则是宋代所经历的两次更大的世变。首先是靖康之难——北宋的沦亡,在诗化之词中成就了一个由北入南的英雄豪杰的词人辛弃疾,其盘旋郁结之气把抒情写志的诗化之词的深致的美感,推向了一个高峰。其次则是德祐景炎之变——南宋的覆亡,更在赋化之词中成就了由宋入元身历亡国之痛的王沂孙等一批咏物的词人,其吞吐呜咽之中的微言暗喻,则把铺陈勾勒的赋化之词的深致的美感,又推向了另一个高峰。(《词学新诠》页202~204)

五百一十三

尽管词之演进到南宋末期,就已在创作方面完成了以上所论及的三种不同的美感特质,但后世评词的词学家们却对之一直未曾有清楚明白的反思和认知。直到明代的作者,大多仍只把词体当作一种艳歌俗曲来看待,并未能体悟到词中之佳作主要乃在其具含有一种幽微要眇富含言外之感发的特美,当然更未能思辨出这种幽微要眇的美感特质之形成和演化,会与世变有什么微妙的关系。直到清代的词学家们方才对于此种特美有了逐步深入的体认,而促成他们对此有所体认的,则正是缘于由明入清在历史上所发生的又一次重大的世变。(《词学新诠》页204)

五百一十四

陈子龙起兵失败,殉节死义;李雯陷身京师,忍辱含悲;宋徵舆改事新朝,而不免暗怀愧疚。不过,其遭际与心情虽各不相同,但国变的挫伤却使他们每人的内心都蕴涵了一种深重难言的痛苦。正是这种深重难言的痛苦,才使得他们在后期词作中都表现出了属于词之美感的一种要眇幽微的深致。(《词学新诠》页205)

五百一十五

　　词在创作方面所表现的三种不同的美感特质，乃是经由五代及两宋的几次世变而完成的。至于论词之人对此三种不同的美感特质之体会与认知，则是直到明清之际，他们经历了又一次重大的世变以后，才逐渐有所领悟的。不过尽管陈维崧与朱彝尊等词人，对于词的三种美感特质，都已经有所体悟，但清词在创作和理论方面，却都并没有从此就一帆风顺地发展下去，而是很快地，这三类词的美感特质就都发生了一种逐渐下滑的现象。至于造成这种下滑之现象的因素，则私意以为其实与当时的另一种世变，也正有着密切的关系。……新朝既已步入太平盛世，这些前代遗民也已经应试出山对新朝表示了接受和认同，在这种情势和心态之下，于是早期由于明清易代之世变所形成的那些词中的美感特质，遂逐渐失去了其所藉以支持的立足之点。在此种情形下，于是所谓歌辞之词遂只剩下了"闺房儿女之言"，而失去了其"不得志于时者"的"变雅之意"；诗化之词遂亦流于浮薄浅率，而失去了其"穴幽出险"和"海涵地负"的悲慨和志意；而赋化之词遂只剩下了铺陈勾勒之工巧，而失去了其"吞吐呜咽"、"微言暗喻"的深致的悲情。(《词学新诠》页 209～210)

五百一十六

　　在一般人心目中之所谓世变，往往都是指时代之由治而乱或由盛而衰……但私意以为，由治而衰而终至乱亡固然是一种时世之变，但如果从反面来说，由衰而盛或由乱而治又何尝不是一种转变。……私意以为康熙十八年实在可以视为另一种世变的一个转捩点。(《词学新诠》页 209～210)

五百一十七

　　一般论及常州词派者，往往都会以为常州词派之所以能在词学界中造成深远之影响,乃是由于其后继得人之故,这种说法自然不错……不过,我们如果能对之再作一番更深层的思考和观察,就会发现常州词派之后继及其影响之深远,并非是一些偶然的机缘,而是与清中叶以后以至晚清之世变,有着密切的关系。(《词学新诠》页211~212)

五百一十八

阳羡与浙西二派之所以走向末流,正是由于当时已发生了如我们在前文所提出的"另一种世变",因而使得后继之词人逐渐失去了清朝初期由于明清易代之世变的冲击而形成的那种深层的词之美感特质的缘故。至于张惠言之所以看到了"言外之意"的重要性,而且得到了有力之后继者为之发扬光大,更进而影响了嘉、道以后以迄清末民初的整个词坛,使中国之词学无论在理论方面或创作方面都表现出了过人的成就,这种成就当然绝非张惠言的个人之力,而是由整个时代的世变之背景为其基础的。(《词学新诠》页212~213)

五百一十九

总之,清代词学之发展确乎与世变有着密切的关系。而更值得注意的则是周济的"诗有史,词亦有史"的说法提出不久,清室果然就面临了巨大的世变,鸦片战争、英法联军、甲午战争、戊戌变法、庚子国变等事件相继发生。赔款割地、丧权辱国之变层出不穷,于是遂形成了晚清史词的一代成就,虽然昔人论诗早有"国家不幸诗家幸,赋到沧桑句便工"之言,但词之为体,则较之于诗似乎更宜于表达世变之中的一种挫辱屈抑难以具言的哀思。(《词学新诠》页216)

五百二十

明词的衰微,主要就正由于明人对词之深层的美感特质全然无所认知的缘故。云间派词人早期的作品,其所承继者仍是明代之遗风,而造成其词风之转变,使之由词之表层美感进入到深层美感之特质者,则是由于甲申国变所加之于这些词人的一段苦难忧危的经历。(《清词名家论集》序,《迦陵杂文集》页292)

五百二十一

关于正中之为人,也不必纷纷毁誉,正中只是一个生而就具有悲剧命运的不幸人物而已,其与南唐之朝廷政党之间的一切恩怨功过,都只是由于环境与个性相凝聚而成的必然结果。……一个人生于必亡之国土,仕于必亡之朝廷,而又身居宰相之高位,这岂不是一桩命定的悲剧?而正中不幸地就正是如此的一个悲剧人物,更何况正中原来就具有着执著而自信的个性,而南唐又是一个充满党争攻讦的朝廷,以固执的个性,遭遇到朋党的攻伐,又肩负着国家的安危的重任,则其心情上所负荷的沉重也是可以想见的了。……姑不论正中之为君子抑为小人,总之他既负荷着一个偏朝小国的安危重任,又负荷着满朝朋党的诋毁攻讦,这样的一个悲剧人物,他内心的彷徨迷乱、抑郁悲愤乃是可以想见的,而他的词往往就正表现着他这一份彷徨迷乱、抑郁悲愤的心情,而且洋溢着寂寞的悲凉与执著的热情,这正是正中整个命运、整个性格与他周围的环境遭遇所凝结成的一种意境,这种意境当然会有深美闳约的含蕴,既不同于飞卿之徒供歌唱的不具个性的艳曲,也不同于端己之但拘于某一人某一事的个人一己的情诗,正中词所写的乃是一种以全心灵及全生命的感受和经历所凝聚成的一种感情的境界,这种境界已非任何一事一物之所可拘限。(《迦陵论词丛稿》页64~66)

五百二十二

云间派词风的转变,甲申的国变对他们产生了一个重大的影响。……最初他们写春令之作,还是承继着明朝的遗风,可是一个国变下来以后,他们的词就有了不同的内容。甲申的国变和晚唐、五代的乱离有暗合之处。

而那种忧危念乱,隐藏在内心最深处的、最悲哀、最婉曲、最痛苦的一段感情,他们在词里边表现出来了。……甲申国变促成了云间派词风的转变。……真正说云间派的词能开清词中兴之盛的,就是他们这样付出了破国亡家的悲苦代价,才使得词的内容丰富起来。(《清词丛论》页14~26)

五百二十三

云间派词人经历这种国难的深悲沉恨以后,在无意之中,他们忽然间失而复得找到了小词的那种言外之意的美学特质,这是非常重要的一件事情。(《清词丛论》页31)

五百二十四

清词的中兴,是在破国亡家的国变苦难之中,在无心之间,把过去那种用嬉戏笔墨写男女爱情的词,过去那种在晚唐五代的乱离之间所隐藏的那种潜能的美感作用,无意之中又把它找回来了。……而且清朝的作者也逐渐地加强了这种认识。就是他们体悟到在这种小词之中可以有这种潜能的性质,他们愈来愈有这种反省的能力,认识也愈来愈清楚了。(《清词丛论》页32)

五百二十五

我曾经设想,假使朱氏能早在避祸远游漂泊依人之时,就发现了《乐府补题》这一卷南宋人的咏物之词,则朱氏必能为我们留下更多更好的托意深微的佳作。又假使朱氏能珍惜笔墨,不写作那些征典集句的逞才之作,则朱氏之词的数量虽或者不免有所减少,但他在词之成就方面的地位,却或者也许反而能有所提高。然而人既无法自外于所处之时代环境,也难于自胜于一己之性格习惯,遂使得朱氏之词与词学,竟在其巅峰之状态中走向了下坡的道路,这实在是极可为之憾惜的一件事。(《清词丛论》页124)

五百二十六

词史观念的形成有很多的因素,有词体文体本身的美感特质的因素,有词的演进的整个过程的因素,有明朝至清朝改朝易代、国破家亡种种变乱的因素,有周济史学家背景的因素,所以才形成词史的观念。果然从嘉道以后,在清朝衰微之际,在很多丧权辱国的国耻之中,有多少的作者,愈是在悲哀苦难之中,写出来的词愈好,这也是能发挥词的弱德之美的条件。因之在晚清这种不幸的国运历史之中,却产生很多很好的史词,这是互为因果的。(《清词丛论》页282)

五百二十七

中国词的拓展,与世变,与时代的演进,与朝代的盛衰兴亡,结合了密切的关系。词第一次从"伶工之词"变成"士大夫之词",是因为李后主的国破家亡。(《当爱情变成了历史——晚清的史词》,《迦陵说词讲稿》页100～101)

五百二十八

小词从"歌辞之词"到"诗化之词"种种的发展,与世变有着密切的关系。而词学家对于词的美感特质的认识也与世变有着密切的关系。从北宋到南宋的变故,成就了一派"诗化之词";而南宋的败亡,也成就了宋、元之际的一代作者。所以李清照不写激昂慷慨的词,而徐灿写了,那是因为徐灿经过了明清的又一次世变。到了晚清那个激变、急变、多变的时代,小词与世变的密切关系,就体现得更为明显。(《当爱情变成了历史——晚清的史词》,《迦陵说词讲稿》页108～109)

五百二十九

（后蜀南唐偏安宴乐的）小环境虽然如此，大环境却无时不在干戈扰攘之中，而且北方势力的逐渐强大使南方偏安的形势日益受到威胁。你如果细读南唐二主跟冯延巳等人的作品就会发现隐含在作品之中的一种忧惧之感，尽管他们没有明白地表露出来。……（比如李璟）危亡不安只是隐藏在他心底的一种感觉，而这种隐含的感觉就使他的小词产生了一种微妙的作用。也就是说，尽管他表面上写的是美女爱情、征夫思妇、伤春怨别，可是他把心底的一种幽微的患难的感觉无形中表现出来了，这样就可以使读者产生一种言外的联想。所以从一开始，小词就有了双重的意蕴。这种双重意蕴从何而来？我们可以说是从它产生的环境、背景而来。（《南宋名家词选讲》〔叙论〕页 4～5）

五百三十

晚清时大家都写咏物词，这些词一般都有寄托。一方面，当然是政治原因——晚清已经一步步走向衰亡了；另一方面，是因为帝、后两宫之间相互争斗、矛盾重重，大家都不敢直言。除此之外，晚清的咏物词之所以盛行，还有一个缘故，就是很多人受了"茗柯"的影响。"茗柯"是谁？就是张惠言……他在《词选·序》中说："传曰：'意内而言外谓之词。'……盖诗之比兴，变风之义，骚人之歌，则近之矣。"他认为，小词里边要有诗、骚的比兴寄托的意思。所以，先是有乾嘉时期张惠言关于比兴寄托的提倡，再加上后来晚清动荡的政局，这就造成了晚清时产生了很多很好的咏物词。（《南宋名家词选讲》页 229～230）

五百三十一

我以为清词虽以其创作及研究的种种成果，号称中兴，但是真正促使清词有种种成果的一个基本因素,却实在乃是自清初直至清末,一直隐伏而贯串于这些词人之间的一种忧患意识。(《清代名家词选讲》〔序言〕页 4~5)

五百三十二

云间派词人陈子龙、李雯、宋徵舆诸人,他们早期所写的所谓"春令"之作,也仍然只不过是一些叙写男女柔情的艳歌而已。直到甲申国变以后,经历了切身的家国之痛,才使他们的作品有所改变,加深了词的内容,也提高了词的境界。(《清代名家词选讲》〔序言〕页 5)

五百三十三

清词之所以有中兴之盛,其最重要的一个原因,实在正是由于明清易代的惨痛国变所造成的结果,这一点乃是不争之事实。不过,每一位词人在国变中之遭遇既各有不同,其性格之反映也各有不同,所以清初词坛乃在国变之后,骤然展现出一种激扬变化的异彩。(《清代名家词选讲》〔序言〕页 6)

五百三十四

相继于清初的易代之悲与身世之慨的余波与嗣响犹未全歇的时际,未几就进入了清朝的道、咸衰世,外患内忧,接踵而至。于是自早期云间派词风之转变,由词人所经历的忧患而重新振起的词之深层的美感特质,遂得以相继延承,历清室之衰亡,而在晚清诸大家的词作中,乃有了更为出色的表现。而这种由时代之忧患与词人之忧思所结合而形成的词之深层的美感特质,遂终于突破了词之被人目为小道末技的局限,而拓广和加深了词之作为一种文学载体的意境和容量,于是词在文学体式中的地位,在清一代乃获得了大幅度的提升。不仅吸引了大批优秀的才人,投入了创作的行列,而且吸引了大批的学人,对词籍之编校整理投注了大量的精力。(《清词名家论集》序,《迦陵杂文集》页 293)

五百三十五

《花间集》中的小词之所以很妙，就因为有伤春怨别的感情在里面，在小环境与大环境既相重叠又相背离的情景之中，有了很多言外的情景可以让读者去推测、去想象，这就是小词之美感特质与世变的关系。(《论词之美感特质的形成及反思与世变之关系》，《文学遗产》2008年第4期页20)

五百三十六

在朝代更迭的时候，家国沧桑、典章文物的悲慨，使得清初的词之境界一下子就提高了，这也和世变有着密切的关系。(《论词之美感特质的形成及反思与世变之关系》，《文学遗产》2008年第4期页22)

词与性别

五百三十七

早期的艳歌小词为"词"这种新兴的文类所树立起的一种特殊的美学品质,乃是特别易于引起读者的言外之联想,且以富于此种言外之意蕴为美的。而此种特殊之品质与评量之标准的形成,则与早期艳歌中之女性叙写,如温词中之"梳髻"、"扫眉"的形象和语码,以及韦词中之许身无悔的口吻和情思,结合有极为密切的关系。因为正是这些女性的叙写,造成了一种潜隐的双性之性质,也才造成了这类小词的双层意蕴之潜能。(《词学新诠》页91~92)

五百三十八

温庭筠与韦庄的两首词,其叙写之情思乃皆出于女性之口吻,代表了一种女性的心态。而欧阳炯与张泌的两首词,其叙写之情思乃皆出于男性之口吻,代表了一种男性的心态。如果将此两类词一加比较,我们就会发现前者之所以特别富含有一种言外之双重意蕴,实与男性之作者假借女性之口吻来叙写女性之情感所形成的一种双性人格之作用,有着密切的关系。至于后者则直接以男性之作者,用男性之口吻来写男性对美色之含有欲念之观看与追求,则纵然此一类作品虽或者也可以写得生动真切,但却毕竟也只

是单层的情意,而缺少了一种言外之双重意蕴的特美。(《词学新诠》页94)

五百三十九

凡男性之作者用男性口吻所写的相思怨别之词,其所以有时也同样能具含一种言外的意蕴深微之美,固正由于其在表面上虽未使用女子之口吻,然而在本质上却实在已具含了女性之情思的缘故。如此,我们当然更可证明《花间集》中之艳歌小词,其美学特质乃是以具含一种双性的言外深微之意蕴者为美,而花间词之女性叙写及其所蕴涵的双性之人格,则实为形成此种美学特质之两项最基本且最重要之因素。至于传统词学家之所以往往将本无比兴寄托之艳歌强指为有心托喻之作,造成了牵强附会之弊,就正因为他们对此种由女性与双性形成的特质,未曾有明确之认知的缘故。(《词学新诠》页95)

五百四十

关于"游戏笔墨"的"空中语"之所以能在小词中产生一种微妙的作用,我以为其主要的因素约可分为以下的几点来看:第一点微妙的作用,乃在于这些"空中语"恰好可以使作者脱除了其平日在写作言志与载道之诗文时的一种矜持,因而遂在游戏笔墨中,流露出了一份更为真实的自我之本质。……第二点微妙的作用,乃在于小词之所以为"空中语",还不同于其他戏弄的笔墨,小词之为"空中语",乃是在自我从显意识隐退以后,更蒙上了一层女性之面目的作品。因此遂使其脱除了显意识之矜持以后的自我之真正本质,与作品中之女性叙写无意中融成了一种双性之特质。……至于第三点微妙的作用,则更在于其为"空中语"之故,遂使作者隐意识中之真正本质,与其小词中之女性叙写之融会,乃完全达成了一种全出于无心的自然运作之关系。而这也就正是何以小词所写的美女,与传统诗歌中所写的有心托喻之美女,在符表与符义之运作关系上,遂产生了极大之不同的一个基本原因。(《词学新诠》页98~99)

五百四十一

词之为体,本属于一种女性化之文体,使用女性化之语言,叙写女性之形象与女性之情思,其形式之特色与情思之特色本是互为表里的,西方女性主义文论中,曾将社会政治地位以性别化为区分,以为男性化是属于统治者(dominate)的层面与地位,而女性化则是属于附属者(subordinate)的层面与地位,女性本是弱者,是被压抑与被屈辱的,即使是英雄豪杰的词人如辛弃疾,他在词中所表现的意境情思,也同样是一种屈抑的情思。不过屈抑之情思之所以美,还不只是单纯的屈抑而已,还有一种坚持和担荷的力量,所以我在20世纪90年代初所写的《从艳词发展之历史看朱彝尊爱情词之美学特质》一文中,就曾对词之美感特质提出过一种"弱德之美"的说法,其后于90年代后期,当我为一位已在"文革"中逝世的生物学家石声汉之《荔尾词存》写作序文时,曾经对我所提出的词之"弱德之美"又曾有所发挥,而现在我更将在此为本文作一结论,那就是词之美感特质之所以每逢遭遇世变,便能提高和加强其深致的美感,而词学家也是要在经历世变以后,方能对词之深致的美感作出反思,这一切的根本原因,皆在于歌辞之为体本是一种女性化之文体,而其美感特质则正是宜于表现一种幽约怨悱的弱德之美的缘故。(《词学新诠》页216~217)

五百四十二

前面我对小词的内容借用西方的文学理论翻译出来,说那是"潜能",下面我还要把这种"潜能"的本质说一说。小词有一种潜能,我认为这种潜能所表现的是一种"弱德之美"。什么是"弱德之美"?"弱德"不同于"弱者","弱者"是完全失败的,而"弱德"则是你有所持守,而且具有谦卑的、忍让的、承担的这样一种品德。好词为什么形成了这样的一种"弱德之美"呢?我认为,一是由于文学体式,一是由于性别文化。(《陈曾寿词中的遗民心态》,未刊演讲稿)

五百四十三

女性词的美感特质的演进,是伴随着男性词的美感的特质而进行的女性的语言、女性的情思,跟男性完全不同……女性的词的美感特质的演进,是一方面有它自己独立的特色,另一方面是时时刻刻地受到男性词的影响。(《从不成家数的妇女哀歌到李清照词的出现》,未刊演讲稿)

五百四十四

而词之所以微妙,特别是花间词所形成的特质之所以微妙,写的虽然也是美女与爱情,但如果以词中所叙写的女性形象与以上各文类的不同女性形象相比较,我们就会发现《花间集》里的女性形象大多是歌伎酒女,在家庭社会的伦理关系之中并没有一个归属的位置。这一点是很值得注意的。因为,当家庭和伦理的这一层关系除去了之后,这些形象所剩下的,乃是介乎现实与非现实之间的美色与爱情的化身。(《从西方文论看花间词的美感特质》,《迦陵说词讲稿》页27)

五百四十五

由于"美"与"爱"恰好是最富于普遍的象喻性的两种品质,所以《花间集》中的女性形象虽然是写现实中的女性,但确实具含了使人可以产生非现实的联想的一种潜藏的象喻性。(《从西方文论看花间词的美感特质》,《迦陵说词讲稿》页28)

五百四十六

花间词深长的余味来自它所具含的一种 potential effects。如我们在前文所言,花间词中的女性形象,由于不受传统上那些家庭伦理关系的约束,从而成了单纯的爱与美的对象,但却又不是有心安排的喻托,这是他们之所以具有丰富的象喻之可能性的第一个原因。(《从西方文论看花间词的美感特质》,《迦陵说词讲稿》页28)

五百四十七

词中女性化的情思与女性化的语言与男性作者的思想意识的结合,这又形成了词有象喻之可能性的第二个原因。(《从西方文论看花间词的美感特质》,《迦陵说词讲稿》页39)

五百四十八

结合中国的词来看,我们就可以发现一件很奇妙的事情:中国早期的小词虽有女性的风格,但它们的作者却绝大多数是男性。(《从西方文论看花间词的美感特质》,《迦陵说词讲稿》页29)

五百四十九

既然不是由女性而是由男性的作者来写这种女性化风格的词,当他们在描写女性的容貌、女性的妆饰、女性的相思怀念之情的同时,就在里面融入了某些男性的意识。这些男性的意识,有的仅仅停留在对女性的凝视,而且是属于一种现实的带有情欲的眼光的叙写,缺少言外之意;但有的则结合了更深一层的东西,能够引起读者丰富的联想。它所给予读者的,就不仅仅局限于词在表面上所写的美女与爱情了。而这种微妙的结合,也就在不知不觉之间提高了词的品格。(《从西方文论看花间词的美感特质》,《迦陵说词讲稿》页30)

五百五十

花间词的作者绝大多数都是男性,然而他们在写词的时候却用了女性的意识和女性的语言,这真是一种很微妙的结合,一种"双性"的结合。而双性结合的结果,就使得小词有了"低回要眇"的姿态,有了"兴于微言"的联想,有了"以道贤人君子幽约怨悱不能自言之情"的可能性。(《从西方文论看花间词的美感特质》,《迦陵说词讲稿》页40)

五百五十一

但是词就很微妙了,词里所写的女性真是奇妙,奇妙在哪?词里所写的女性,她是介于现实与非现实之间的女性,这是非常奇妙的一点。(《简介几位不同风格的女性词人——由李清照到贺双卿(上)》,《迦陵说词讲稿》页261)

五百五十二

可是有很奇妙的一点,就是《花间集》里所写的美女,这些歌伎酒女她们是不属于家庭伦理之间的女子,她们不是母亲,不是妻子,不是女儿,甚至连弃妇也不是。她们代表的就是美色与爱情,她们就是在酒筵歌席的"语境"里所形成的一种文学角色。也正因为词所产生的这种微妙的语言环境,所以形成了微妙的词之美感。怎么奇妙呢?因为歌伎舞女是介于现实与非现实之间的一种微妙产物,而词的美感特质,是它有一种象喻的可能,可以引发读者的联想。这与刚才所说的屈原的《楚辞》里的美人、曹植的《七哀诗》或《杂诗》里的弃妇是不同的。屈原、曹植是有心的托喻,是心里先有一个情意,有心造出一个美女的形象来假托的。(《简介几位不同风格的女性词人——由李清照到贺双卿(上)》,《迦陵说词讲稿》页261)

五百五十三

当男性的作者为歌伎写歌词而表达女性情思的时候,就有一种双重性别的复杂性,这就容易引起读者很多言外的联想。可是当一个女子也写女性的情思,也用花间婉约风格的时候,她所写的就是现实的自己的情思,她

也就继承诗言志的传统。(《简介几位不同风格的女性词人——由李清照到贺双卿（中）》,《迦陵说词讲稿》页285)

五百五十四

凡以女子的口吻来写的歌词,感情上都表现得比较专注,旧传统礼教这样要求女子,而她们又处于被选择、被遗弃的地位,所以女子表露感情的口吻都是期待的,她不能去主动追求。古代词人一般所写的女子的感情是如此的。而男子的感情却不这样。……王国维在《人间词话》中说:"艳词非不可作,惟不可以作儇薄语",词中应该有一种意境,有的词所造成的高远幽深的境界,不但可以给人一种托喻的联想,就是我们把关于托喻的联想置之不论,具体只说爱情,难道爱情就不该有品德,不该有境界吗?!(《唐五代名家词选讲》页58～59)

五百五十五

从早期花间词开始,词就形成了一种"双性"的美感特质。(《名篇词例选说》页124)

五百五十六

词这种文学体式的美属于阴柔的美而不是阳刚的美,因此花间词的作者是用女性的语言去写女性的形象与女性的情思。然而实际上他们本身都是男性,当他们以女性口吻写女性对爱情的向往和失落爱情的悲哀时,无意之中就流露出属于男性的"感士不遇"的悲慨。这就是花间词所特有的一种"双性"的美。(《名篇词例选说》页124)

五百五十七

从《花间集》本身来看,它里面的语言有一种幽微要眇的特质,跟诗的整齐的语言不同,是一种女性化的语言。它所描写的女性形象则是美色与爱情,这样就具有一种源于现实而又超越现实的象喻性。(《论词之美感特质的形成及反思与世变之关系》,《文学遗产》2008年第4期页19)

五百五十八

《花间集》里边都是男子写的美女的相思怀念的思妇怨妇之词,本来就是写一个美女,可是居然就被读者在这样的歌辞里边发现了男子被抛弃的一种不能够言说的感情。……这些个借着女子的形象写女子被抛弃的相思怨别的小词常常流露出了男子的感情。(《词之美感特质的形成与演进》页12)

五百五十九

歌辞之词的美感特质跟诗是不一样的。诗是言志的,你写的里边的内容,你的思想,你的志意;可是词是歌辞之词,而歌辞之词就很妙了。所以现在就有了一个现象,就是双重的性别,他表面上是写一个女子——女子起床,女子化妆,女子插花,女子穿衣服,可是他是一个男子在写的,就有了一种双重性别的作用。(《词之美感特质的形成与演进》页24)

五百六十

除了文化传统的这个原因以外,小词之所以给读者这样的联想,有这样的美感作用,还因为我们所说的性别,因为它有双重的性别。小词作者所写的是一个女子,是一个闺中的思妇、一个怨妇,她期待的是一个男子,是男子的一份爱情。而在中国的伦理关系之中,有所谓"三纲五常"。什么是"三纲"? 是"君为臣纲,父为子纲,夫为妻纲"。君永远是高高在上的,父也是高高在上的,夫也是高高在上的。一个是 dominant,是统治的;一个是 subordinate,是被统治的。于是这男女的关系与君臣的关系,就有了一种相似之处:做臣子的只能期待上边的君主,君主和朝廷欣赏你,就任用你;不欣赏你,不任用你,就可以把你贬谪,把你斥逐,甚至可以给你下一道旨意赐死。即使把你赐死,你也应该叩头谢恩的。而夫妻之间呢,男子对于女子,他爱你还是不爱你,要不要把你休弃,要不要移爱别人,他有多少妻多少妾,他在外面有多少浪漫的爱情事件,那是他的自由。做妻子的则只能任凭丈夫的弃取,他喜欢你就跟你在一起;不喜欢你,纵然不把你赶出去,也可以把你冷落在空房。所以,这男女的关系与君臣的关系大有相似之处。而现在很奇妙的一点是,小词都是写给歌女的歌词,所写的都是女性的感情、女性的情思、女性的语言。而女性本来就是 subordinate,就是说她们都只能任凭男子的取舍。而作为一个读书人,一个士人呢,你不是"士志于道"吗?你不是要以天下为己任吗?如果你默默无闻,连科举考试都没有通过,你有什么资格以天下为己任?你一定要得到那高的地位,你才有资格以天下为己任,要不然你是没有资格的。所以说,这种君臣之间的地位关系与夫妻男女之间的地位关系,是有相似之处的。因此,当小词的作者给歌女写歌词的时候,他写一个女性的感情,写这个女性的相思,写女性对于爱情的期待,对于一个欣赏她的人的期待,这时候就会引起读者的联想。因为这个作者他本身是一个男子而不是一个女子啊!事实上,在中国旧传统的科考时代,男性读者和男性作者,每个人都会有这样的一种"情意结"。在西方的心理学上,有一种情意结,一个 complex。作者有这种情意结的 complex,读者也有这种情意结的 complex。所以读者才会读出来这种种的联想。于是,就是这种写美女、写爱情、写闺中思妇怨妇的小词,这种给歌女写的歌词,由于它能够引起读者这样丰富的联想,所以其内容的意涵就丰富起来了。以上所讲的,是歌辞之词的美感特质的一类。(《词之美感特质的形成与演进》,页38～40)

五百六十一

当男性作者使用女性形象来叙写女性的伤春怨别之情时,由于作者之身份与叙写之口吻所形成的一种双重性别之现象,遂使得其作品中所表达的情思,产生了一种足以引发读者言外之想的可能性。(《从性别与文化谈女性词作美感特质之演进》,《中国文化》第27期页28)

五百六十二

记得早在 90 年代初,当我撰写《论词学中之困惑》一文的时候,曾经提出过"早期《花间集》中的男性词作,乃是对诗之传统的一种背离"之说。那主要是因为就诗之传统而言,诗之写作主要是以"情动于中而形于言"的"言志"的传统为主,而早期的词之写作则只是男性作者为歌伎酒女而写作的一种"空中语"的歌辞。这种情况实在极值得注意,因为此种情况所形成的"双重性别"之微妙的作用,与中国诗歌旧传统中之所谓"男子做闺音"的喻托之作,及"男子做闺音"的代言之作,在美感特质方面原是有着极大差别的。
(《从性别与文化谈女性词作美感特质之演进》,《中国文化》第 27 期页 28)

五百六十三

张惠言之从温、韦的叙写美女与爱情之小词中看出了"诗骚"与"忠爱"的喻托,与王国维之从南唐中主的叙写征夫思妇之相思怨别的小词中看出了"众芳芜秽,美人迟暮"的悲慨等,盖皆属于此类克氏之所谓"符示"的作用。而这种微妙的作用则正是由于男性作者在叙写女性情思时,其文本中之符示作用,使人联想到了男子之情思而产生的。如此说来则当女性之作者也叙写梳妆服饰之美与离别相思之苦的女性情思时,则读者便会以为其所叙写的只是女性之现实的生活与情感,而失去了所谓因"双重性别"而产生的微妙作用。而女性作者既是直写自己的情思,则对诗歌之以直接感发为主的所谓"情动于中而形于言"的传统而言,自然便是一种继承而并非背离了。至于再就南唐之冯、李的小词之可以引发读者的危亡无日之隐忧的"双重语境"之联想而言,则不仅由于冯、李之均为男性,因而当其以女子口吻写女子情思时乃易于使读者有言外之想,而且也更因为冯、李二人在偏安的南唐小国中一则为宰相,一则为国主,两人皆具有特殊身份地位的缘故。如果是女子而写伤春怨别之情,则纵然有外在大环境之战乱的语境,读者也仍然会认为其所写者只是个人一己之情思,而不会有更深的言外之联想了。

如此说来则造成女性之词作与男性之词作的美感特质之差别者,实在便不仅是由于生理上性别之不同而造成的结果而已,其实与社会中之文化习俗对于不同之性别的不同身份之预期,更是有着密切之关系。(《从性别与文化谈女性词作美感特质之演进》,《中国文化》第 27 期页 29)

五百六十四

至于早期的女性作者,则尽管其所写者乃是歌辞之词,但其内容所叙写者则仍是属于"情动于中而形于言"的一种自叙之词,而并非如男子所写的歌辞之作之但为"空中语"。(《从性别与文化谈女性词作美感特质之演进》,《中国文化》第 27 期页 31)

五百六十五

至于《敦煌曲子》及《全宋词》中所收录的一些妇女之作,则除去一些歌儿伎女之作以外,偶尔有个别女子有单篇作品之传留者,则大多是当其遭遇到极大之苦难与不幸时,不得已而流露出的一种发自生命血泪的悲泣和哀诉。以上两类作品,作者既本来就没有以文字传世之意,其在以男性文化为中心的文学史中之被漠然弃置不加重视,自不待言。(《从性别与文化谈女性词作美感特质之演进》,《中国文化》第 27 期页 32)

五百六十六

在妇女词人中李清照可以说是唯一的可以在以男性为主的词史中占得一席地位的一位女性作者,但即使有如李氏之成就,她也仍不免在强大的性别文化之影响下,受到了不少歧视和谗毁。(《从性别与文化谈女性词作美感特质之演进》,《中国文化》第 27 期页 33)

五百六十七

可见妇女之写作,不仅在以"言志"为主的诗歌之传统中,处于劣势之地位;原来在以叙写女性之情思为主的早期的词之领域内,妇女也是处于劣势之地位的。同时我们更该注意到的,就是女性原不仅在写作之处境与写作之内容等方面,都受到了被文化习俗所设定之种种局限;而且在评赏方面,也受到了以男性作品为衡量标准的拘限。(《从性别与文化谈女性词作美感特质之演进》,《中国文化》第 27 期页 33)

五百六十八

而"士"之文化既是以男性为主体的,因而男性的词作在其精神理念之贯串下,其词之内容意境,就也一直有一种不变的延续。但女性之作则不然了。从两宋时代良家妇女之不敢轻易为词,到明清两代的妇女诗词之大量的出现,以迄于近代的秋瑾之革命烈士词之出现,这当然关系于时代政治与社会风习等多方面之改变,而政治与社会风习之改变,则同时既关系于男性对于妇女写作之观念的转变,也关系于妇女自己写作之观念的改变。(《从性别与文化谈女性词作美感特质之演进》,《中国文化》第 27 期页 34)

五百六十九

女性在词之写作中既是少数的弱势,故其美感特质与男性之作虽并不相同,但却无可避免地时时都受着男性词之风格演化的影响。(《从性别与文化谈女性词作美感特质之演进》,《中国文化》第 27 期页 34)

五百七十

男性与女性之词的起点之不同。……男性之词的特质以《花间集》为起点,而女性之词则应以敦煌曲子为起点。因为女性之词与女性之诗,在其都以叙写个人之生活情思为主的本质上,既然并无不同,不像男性之词有着从言志之诗到歌曲之词的重大的背离,所以女性之词自应随词体之开始为开始。(《女性语言与女性书写——早期词作中的歌伎之词》,《中国文化》第27期页38～39)

五百七十一

《花间集》之以叙写美女与爱情为主的小词之出现,对于男性"士"之文化意识中的以"言志"为主的诗歌传统,乃是一种背离。(《女性语言与女性书写——早期词作中的歌伎之词》,《中国文化》第27期页38)

五百七十二

作为一个男性,即使当他为歌筵酒席之流行歌曲撰写歌词,而脱离了"士"之意识形态时,他的作为男性的父权中心之下意识,却依然强烈地存在。因而这些男性词人笔下之美女与爱情,就形成了两种主要的类型:第一种类型是用男性口吻所叙写者,则其所写之美女就成为了一个完全属于第二性的他者,他们笔下所写的美女,只是一个可以供其赏玩和爱欲的对象。……至于另一些大胆叙写男女之情,如欧阳炯者,则其笔下之女子便大多是属于爱欲之对象。而无论是属于赏玩之对象或爱欲之对象,其男性父权中心之意识都是显然可见的。至于第二种类型则是用女子口吻来叙写的女性之情思,此类叙写也有两种情况,一类是在男子的爱欲之中女子所表现的无悔无私的奉献之情……另一类则是当女子失去男子之爱情时所表现的相思怨别之情的作品……也就正是这一类作品中所写的女性情思,竟而使得读者引生了许多男性之"感士不遇"的"贤人君子幽约怨悱不能自言之情"的联想。这种联想之引发……固应是由于一种"出处仕隐"之属于男性的"士"文化之情意结的作用,自不待言。而如果抛开此种作用之联想不谈,而只就其表面所写的男子想象中之被自己所离弃以后的女子之情思而言,则我们便可分明感受到男子之自我中心的一种充满自信的强烈的男性意识。在男子的意识中,对女子之取舍离合其主权固完全是操之在己的一种自由任意的行为,而女子对于男子则应是永不背弃的忠贞的思念。(《女性语言与女性书写——早期词作中的歌伎之词》,《中国文化》第 27 期页 38～39)

五百七十三

文化层次较低之歌伎所写的歌词,其读书既少,因之所受到的"男性书写"的格式之习染与约束也就较少,所以才会写出如此生动变化富于本真之生命的表现。(《女性语言与女性书写——早期词作中的歌伎之词》,《中国文化》第 27 期页 42)

五百七十四

与文士相往来的文化层次较高的歌伎之词,则其最值得注意的一点,就是其所受到的文士们之"男性书写"之方式习染之渐深。(《女性语言与女性书写——早期词作中的歌伎之词》,《中国文化》第 27 期页 42)

五百七十五

作品内容之情思意境,盖主要皆应由作者之生活背景而来。不同性别有不同的生活背景,这正是造成男性诗词与女性诗词之内容与风格之差异的主要原因。如果脱离了作者主观抒情的写作方式,而写为客观的咏物之词,则作者之性别差异自然就失去了对作品之内容与风格之影响的重要性。而咏物之作本来原是男性文士们在其诗酒文会之时,作为逞才取乐的一种雅戏,所以咏物之作的主要风格原来本是由男性诗人所形成的,因此当女性诗人偶然也写为咏物之作时,自然也就不免受到男性诗人在咏物之作中所形成的风格的影响。而所咏之物既原无男女性别可言,所以当女性也写为客观的咏物之词时乃能完全脱除了其在现实生活中所受到的性别之拘限,

而纯以个人之才能心智为之。(《女性语言与女性书写——早期词作中的歌伎之词》,《中国文化》第 27 期页 46～47)

五百七十六

男性词人之双重性别的美感特质,是男性词人中纯用女性口吻来写女性情思的作品;而在女性词人中纯用男性口吻写男性情思者,则极为少见。一般说来,即使女性在作品中表现了属于男性之情思与风格,其口吻也仍是属于女性自我叙写之口吻的。(《女性语言与女性书写——早期词作中的歌伎之词》,《中国文化》第 27 期页 47)

五百七十七

男子所写的伤春怨别的思妇之词,一则既因其所写者本非现实妇女真正的生活和感受,因此其所叙写之情事遂显得空灵而不质实。再则更因其以男性而写为女性之口吻,于是遂产生了一种所谓"双重性别"的微妙的作用。三则更因为作为士人的男子,经常怀抱有一种志意和理想,因此遂使得他们所写的那些伤春怨别的思妇之情,往往会在表面所写的女性情事以外,更流露有一种超乎其所写之情事以外的深微高远的意趣。所以张惠言才会在温、韦的小词中,看到骚雅之意与忠爱之思,王国维才会在晏、欧的小词中,看到成大事业与大学问的三种境界。……女性所写的伤春怨别的思妇之词,乃是她自己切身的生活和感受,所以其美感特质乃完全不在言外之意趣的联想,而在其所写的个人一己之生活感受的真切和深刻。……男性书写乃是历史文化中之主流,任何时期的女性书写都会受到男性书写之影响,这原是一种自然的结果和趋势。所以尽管这些良家妇女所写的伤春怨别的思妇之情,乃是属于其自己之切身的生活和感受,但其不可避免地会受有男性词作之影响,也仍是显然可见的。(《良家妇女之不成家数的哀歌》,《中国文化》第 28 期页 40)

五百七十八

一般来说,女性在男性之心目中,永远是一个他者,当男性作者写女性之形象时,其出于男性口吻者,则女性之形象自然就成为了一个可供男性欲求或欣赏的客体。而即使是男性作者尝试用女性之口吻来叙写女性之情思时,事实上在男子内心深处之基本心态中,其所写之女性情思,就也仍然是一个被男性欣赏之客体,所以男子所写的思妇之词,如前举温庭筠与薛昭蕴之词句,乃往往会较之女性所自写的思妇之词更富于可欣赏之美感特质。(《良家妇女之不成家数的哀歌》,《中国文化》第 28 期页 41)

五百七十九

把李清照词之双重性别的特质,与早期花间词中男子作闺音的双重性别之作略加比较。私意以为,二者间原有一种明显的差别。花间词之双性,是由于男性作者之用女性口吻来叙写女性的情思,而李清照词之双性,则绝非由于女性作者借用男性口吻来叙写男性情思而取得的双性。李清照词之双性是由于作者本身所具有的一种兼具双美的天性之禀赋的一种自然的呈现。前者的作用主要是作者未必有此意,而可以使读者有言外之想,后者的作用则是由于作者本身的双重的性向,而使得作品呈现出丰富多样之光彩的。两者的作用虽不尽同,但其皆因双性之因素而表现为一种特美的一点,则是相同的。(《宋代两位杰出的女词人——李清照与朱淑真》,《中国文化》第 29 期页 102~103)

五百八十

女性之词作则在基本上与男性之词作本有着绝大的差异,男性词作是为歌伎填写的应歌之辞,而女性词作则大多是借流行歌曲而表述的自我的情怀。(《宋代两位杰出的女词人——李清照与朱淑真》,《中国文化》第 29 期页 110)

五百八十一

男性写女子闺情之作一般多着笔于女子所居处之环境,及女子所表现之情态与衣饰的叙写,前举薛昭蕴与张泌的两首词可为明证;至于女子的自写闺情之作,则大多偏重于直写自我之感受与情思,其重点在写景方面则多写春光消逝之速,在写情方面则多写一份怀春之情,而所谓"怀春"者,实在就是对于一份美好的爱情之向往和追寻。(《宋代两位杰出的女词人——李清照与朱淑真》,《中国文化》第 29 期页 115)

五百八十二

词是经过了苏东坡的诗化之词,经过了辛弃疾的豪放之作,到了徐灿才知道词也可以有激昂慷慨之作。时代愈来愈进步,女性的意识也随着时代而提升,于是更产生了清末民初之际,如女革命家秋瑾的作品。(《简介几位不同风格的女性词人——由李清照到贺双卿(中)》,《迦陵说词讲稿》页 302~303)

五百八十三

至于女性的作者则与男性不同。不管诗也好词也好,她们都是言志。当然那不是男性治国平天下的志,而是女性的情志,即女性自己的生活、体验、感情和感受。但这里边又分两种:一种是早期那些略识文字的歌伎酒女,她们所写的词是纯女性的;而女子如果受了很好的教育,如李清照、徐灿等,她们的作品里边就不是单纯的女性的生活体验和感受,而是混合进了男子的志意。(《简介几位不同风格的女性词人——由李清照到贺双卿(下)》,《迦陵说词讲稿》页 313)

其 他

五百八十四

要想把咏物寄托之词写得好,便不仅要求作者自己心中先须有一份极为感动的情意,而且更要求作者对所咏之物也要有一份感动的情意,更需要能把内心之情意与所咏之物的情意融为一体,而且要使这种情意的感动和用以铺排叙写的事典相结合,如此则藉咏物来寄托的安排思索,便不仅不会蒙蔽和伤损原有的情意的感动,反而会使原有的情意经过这一番安排思索,更显得有盘旋沉郁的姿态和力量,如此才能算是有寄托之词的上乘之作。(《迦陵论词丛稿》页174)

五百八十五

读词,既要能够入进去体会,还要能够跳出来不受它的局限。这是欣赏词的办法,也是写作词的办法。(《当爱情变成了历史——晚清的史词》,《迦陵说词讲稿》页107)

五百八十六

我读"鬓云欲度香腮雪(xuè)",雪没有读 xuě。在南开大学讲学时,有的同学问我是哪里的人,我说是北京人。他说我平时说话像北京人,一念词就不像北京人了。这同学说得一点都不错。因为我念词的时候,有一些字念的不是北京音。我说下雪了,雪就念成 xuě,可是在词里我就把雪念成 xuè,是与"灭"押韵的字。我们现在北京普通话的发音,没有入声字了。我们读词也可以不读入声字,可以按普通话去读。何况我读的入声并不很准确,因为我不是广东人、福建人,不会发出很准确的入声字音。我所读的只能说是一个仄声字,跟"灭"字押韵的一个仄声字而已。我习惯于这样读,是因为词是一种音乐性很强的文学形式,所以它有一种节奏韵律的美,我只是希望能够尽量把它原来的那种特质、韵律的美保存下来。(《唐宋词十七讲》页21~22)

五百八十七

评论词的方法共有三种:一种只讲语码;一种是结合他的"思笔"的安排来讲的,这二种都属"比"的方式。另外一种是属于"兴"的欣赏方式。创作的时候有见物起兴的方法,听到雎鸠关关的叫声,就会想到君子好逑;评论的时候也同样可以用"兴"的方式。……不假借语码典故,而是他本身的语言符号的本质的材质就传达出来一种感发力量,这就是"兴"的欣赏方法。(《唐宋词十七讲》页492~493)

五百八十八

我在介绍每一位作者时,都特别注意其风格之特色与其所传达的感情之品质的差别。因为词在早期本多为应歌之作,所以自其表面观之似乎殊少差别,因此我以为词的讲述乃特别应注意其相似而实不同的深微之意境与风格的差别。(《唐宋词十七讲》自序页16)

五百八十九

这词人的好坏、成功与否,就在于他创作的时候那一点点微妙的感觉。

一个真正的伟大的好的词人,不只是他有博大深厚的胸襟、感情、怀抱,而且他有敏锐感受的能力。还不只是敏锐的对于景物感情的感受的能力,是敏锐的对于文字的感受的能力。(《唐宋词十七讲》页145)

五百九十

要欣赏批评一首词,每一句,每一个字,每一个结构,每一个组织,一定都有它的作用。(《唐宋词十七讲》页158)

五百九十一

每一个词人的作品,一定是他结合着他自己的生平,结合着他自己的感情、人格的品质的,必然是如此的,不管是好是坏,一定是跟他自己结合在一起的,这是没有办法的一件事情。写论文,你只要材料丰富,下的功夫多,可能写出一篇不错的论文。可是我常常要说,你只要是写诗,特别是写古典诗词是绝不能作假的。古人说:"存乎人者,莫良于眸子。"我说"观乎性情者莫良于诗",不管你的平仄格律好坏,你只要拿出诗来一看,你整个人的性情、品格、厚薄、深浅都在里边了。(《唐宋词十七讲》页369)

五百九十二

小词里边,就是写美女和爱情的词,但却表现出了这些词人们的品格,他们的修养,他们的心灵,他们的感情。这是我在唐宋词系列讲座中所讲的要真正认识的一种境界。(《唐宋词十七讲》页441)

五百九十三

古人欣赏诗词,能在诗词中看到比较深的意思,得到比较大的感动,是因为当他们读到这些作品的时候,可以引起相关的联想。而这样的联想只是我们中国这些古典的诗人学者才有的吗？不是的。西方最新的文学理论也是这样讲。我也不是说，我们什么都有，我们什么都是好的。不是的。很多成就我们早已有了，但我们不会说明。我们从来没有建立过像西方那样精密的、那样完美的、那样博大的理论体系，我们只能使用一些抽象的评语，所以青年人不喜欢。他们说，什么比兴，老讲比兴，我们才不要听。他们不知道这比兴之间所讲的本来就是人基本的意识活动，是人的意识跟外在的现象接触时的最基本的活动，它不但有创作的根源，也是宇宙一切认识的根源。我们所谓"比兴"所掌握的，其实正是那最基本的两种心物交感的形式：从心到物，从物到心。（《唐宋词十七讲》页 485~486）

五百九十四

诗词的好坏不在用典与否，而在用典的"隔"与"不隔"。用典用得好，不但"不隔"，而且因所用典故之联想更可以增加作品之情趣；用典用得不好，则堆砌一批荒僻生涩的辞字简直使人不知所云了。（《名篇词例选说》页 67）

五百九十五

不只是词，文学本来都是当作者有了一种挫折、一种刺激，然后才会写出好的作品来。无病呻吟不成，当一个人真的有病，有痛苦的哀号，那写出来的作品才可以感动人。（《名篇词例选说》页 162）

五百九十六

中国的诗词是一种美文，这个美不只是它文字的美和感情的美，也包含了声音的美，诗词里面声调是非常重要的。（《小词之中的儒家修养》，《北京大学学报》2008 年第 4 期页 7）

五百九十七

《论语》上说过:"可与言而不与之言,失人;不可与言而与之言,失言,知者不失人,亦不失言。"对于诗词的欣赏,也应该做到不失人也不失言。对于诗词的作者,如果他有深意,而你不理会,你便对不起他,如果是他的作品没有深意,你要强加于他,则是你的错误。尤其是对于含蓄委婉的作品更应不失人亦不失言。(《唐五代名家词选讲》页 43)

五百九十八

广义的诗,包括词在内,是注意其中感发的作用的,那感发的作用有大小、厚薄、深浅的种种不同,即使在无心中你自己个人的学问、修养、经历、性格在不经意的时候也会对作品中的感发作用产生影响的。(《北宋名家词选讲》页 31)

五百九十九

中国的吟诗,一定不能谱成一个调子,一定不能有死板的音节,一定要有绝对的自由。为什么不能谱成一个调子呢?因为你每次读一首词都可以有不同的感受,而且不同的人读这首词也可以有不同的感受,吟诵的时候一定要把你自己对这首词的体会和情意用你自己的声音表现出来。(《北宋名家词选讲》页 343)

六百

诗作、词作之易被人写成或解成为有寄托之作品,其原因约有两端。一则因诗词皆为美文,据西洋美学家之说,则美感经验当为形象之直觉,既自此直觉而得意象,复自此意象而生联想,故睹天上之流云,可以意为白衣苍狗,睹园内之鲜花,亦可以想为君子美人。而此意象及联想之获得与产生,则因各人之性格、情趣、修养、经验之不同而各有差异。……然我国文士之易于将诗作、词作写成或解成为有寄托之作,则除上述美感之联想之原因外,更另有一大原因在。盖以我国自古既将文艺之价值依附于道德之价值之上,而忽略其纯艺术之价值……是以不写成为有寄托之作,则不足以自尊;不解成为有寄托之作,则不足以尊人。(《迦陵论词丛稿》页11~13)

摘录书目

著作：

1.《王国维及其文学批评》(北京大学出版社 2008 年版)
2.《词学新诠》(北京大学出版社 2008 年版)
3.《唐五代名家词选讲》(北京大学出版社 2007 年版)
4.《北宋名家词选讲》(北京大学出版社 2007 年版)
5.《南宋名家词选讲》(北京大学出版社 2007 年版)
6.《清代名家词选讲》(北京大学出版社 2007 年版)
7.《清词丛论》(北京大学出版社 2008 年版)
8.《词之美感特质的形成与演进》(北京大学出版社 2007 年版)
9.《名篇词例选说》(南开大学出版社 2006 年版)
10.《唐宋词十七讲》(北京大学出版社 2007 年版)
11.《唐宋名家词赏析》(南开大学出版社 2006 年版)
12.《唐宋词名家论稿》(北京大学出版社 2008 年版)
13.《迦陵说词讲稿》(北京大学出版社 2007 年版)
14.《迦陵杂文集》(北京大学出版社 2008 年版)
15.《迦陵论词丛稿》(北京大学出版社 2008 年版)
16.《迦陵诗词稿》(中华书局 2007 年版)

论文:

1.《女性语言与女性书写——早期词作中的歌伎之词》,《中国文化》第 27 期
2.《良家妇女之不成家数的哀歌》,《中国文化》第 28 期
3.《宋代两位杰出的女词人——李清照与朱淑真》,《中国文化》第 29 期
4.《小词之中的儒家修养》,《北京大学学报》2008 年第 4 期
5.《论词之美感特质的形成及反思与世变之关系》,《文学遗产》2008 年第 4 期
6.《清代词人在〈花间〉两宋词之轨迹上的演化及对于词之美感特质的反思》,《南京大学学报》2009 年第 2 期

演讲整理稿:

1.《从不成家数的妇女哀歌到李清照词的出现》,国家图书馆"文津讲坛"第 345 期讲座,2006 年 11 月 4 日
2.《爱情与道德的矛盾和超越——谈词学的发展过程》,"初识南开名师讲座",2006 年 12 月 19 日
3.《双照楼诗词》,台湾"洪建全文化教育基金会"敏隆讲堂演讲,2007 年 10 月 4 日
4.《陈曾寿词中的遗民心态》,台湾大学演讲,2007 年 10 月 9 日